JENNIFER ALICE JAGER

FROZEN QUEEN

DAS LIED DES WINTERS

IMPRESS

© privat

Jennifer Alice Jager schrieb ihr erstes Buch während der Ausbildung zur Mediengestalterin. Schnell erlangte sie Bekanntheit durch ihre erfolgreichen Märchenadaptionen und Fantasyromane bei Carlsen Impress. Nachdem sie eine Zeit lang in Japan lebte, wohnt sie heute wieder in ihrer Heimat, dem Saarland. Dort widmet sie sich hauptberuflich dem Schreiben und verbringt ihre Freizeit am liebsten mit ihren Tieren in der Natur.

Für Jene, die glauben, in Vergessenheit geraten zu sein.
Der Verstand vergisst, das Herz nie.

ABSCHNITT I

Der Fluch

KAPITEL 1

An klaren Tagen konnte man das Schloss der Schneekönigin oben auf den hohen Bergen thronen sehen. Ähnlich einer Krone aus Kristall ragte es zwischen den schneebedeckten Gipfeln hervor und glänzte wie klares Eis im Schein der tiefstehenden Sonne – prachtvoll und unnahbar, genau wie die Herrin des Winters selbst.

Als ich am Morgen aufgebrochen war, um gemeinsam mit Alina und Navena Wurzeln im Wald zu suchen, hatte das Schloss noch hinter Nebelschwaden gelegen. Nun zeichnete es sich deutlich vor dem blauen Himmel ab und ich war trotz der Kälte stehengeblieben, um es zu bewundern. Ich zog mir meinen fadenscheinigen Überwurf enger um die Schultern, schaute hinauf zu den fernen Türmen und fragte mich, was dort hinter den Fenstern geschah, wer das Schloss bewohnte und ob sie genauso auf mich hinunterschauten wie ich zu ihnen hinauf.

»Immer wieder beeindruckend, nicht wahr?«, fragte Alina und versuchte vergebens, sich ihr strohblondes Haar hinter die Ohren zu streichen. Mir huschte ein flüchtiges Lächeln über die Lippen, weil es ein bisschen lustig aussah, wie sie das mit ihren dicken Fäustlingen versuchte. Im Gegensatz zu mir waren die Schwestern bestens für die Kälte ausgerüstet. Beide trugen sie Wollschals, Fellmützen und gefütterte Mäntel.

Ich nickte und rieb mir die frierenden Hände. Der Anblick des Schlosses flößte mir immer wieder Ehrfurcht ein. Und doch konnte ich die Augen nicht von ihm lassen. So häufig, wie es schneite, kam es schließlich selten genug vor, dass sich mir die Gelegenheit bot, es zu sehen.

»Aus dem Weg!«, blaffte jemand.

Wir wichen auf das angrenzende Feld aus, als auch schon ein Pferdekarren an uns vorbeipreschte. Der Kutscher hatte sich nicht einmal die Mühe gemacht, sein Tempo zu drosseln. Alina wäre beinahe gestürzt und Navena ließ ihren Korb fallen. »Der Blödsack hätte uns auch früher warnen können!«, fluchte sie.

Navena nahm selten ein Blatt vor den Mund, was im starken Kontrast zu ihrem puppenhaften Aussehen mit den goldenen Locken und rosigen Pausbäckchen stand. Sie schnaufte mürrisch, sah dabei eher niedlich als böse aus, und sank auf die Knie. Ihre gesammelten Wurzeln lagen überall auf dem Weg verteilt.

Ich ging ihr beim Aufsammeln zur Hand. »Vielleicht bringt er Nahrung«, mutmaßte ich und schaute dem Karren nach.

Der unfreundliche Mann war auf dem Weg nach Embird, unserer Heimatstadt. Die Waren, die er mit sich führte, hatte er unter einer Plane abgedeckt, sodass man nicht erkennen konnte, worum es sich dabei handelte. Mit etwas Glück war es Korn, vielleicht Brot oder Fleisch. Hauptsache etwas zu essen, denn das ging den Bewohnern des kleinen Städtchens allmählich aus.

»Schön wär's«, murrte Navena.

»Oder Stoffe«, überlegte Alina und schaute dem Karren ebenfalls nach. »Stellt euch vor, die Schneekönigin gibt einen Winterball und lädt alle jungen Mädchen Avendars ein! Wir tanzen und schwingen die Röcke unserer neuen Kleider. Vielleicht lernt eine von uns einen Prinzen aus einem fernen Land kennen. Wäre das nicht schön?«

Sie hob ihren Mantel an, drehte sich im Kreis und begann leise zu summen. Mir versetzte das einen Stich. Ich sprang auf, packte Alina und drückte meine Hand auf ihren Mund.

»Schhh!«, zischte ich eindringlich. »Das ist verboten.«

Alina riss sich von mir los und stieß mich grob von sich. Ich verlor den Halt und stürzte in den Schnee.

»Lass deine Finger von mir!«, beschwerte sie sich und spuckte. »Du bist voller Erde und jetzt habe ich das Zeug im Mund. Das ist eklig.«

Mein Blick wanderte zu meinen ausgemergelten Händen. Sie waren vom Ausgraben der Wurzeln verschmutzt, rau und in der Kälte rissig geworden. Der Hunger tat sein Übriges, um sie wie dürre Äste aussehen zu lassen.

»Tut mir leid«, entschuldigte ich mich. »Aber du weißt, was passiert, wenn man gegen die Gesetze der Schneekönigin verstößt. Es ist nun mal verboten, zu singen und zu tanzen.«

»Malin hat recht«, stimmte mir Navena zu. »Was, wenn jemand gesehen hätte, wie du hier so blöd rumhüpfst?«

»Aber mich hat niemand gesehen«, entgegnete Alina gereizt. »Und ich hüpfe auch nicht blöd!«

Navena streckte ihrer großen Schwester die Zunge raus. »Bäääh!«

»Du benimmst dich wie ein Kleinkind!«, blaffte Alina.

Mein Blick wanderte wieder zum Schloss. Tanzen, wallende Kleider, königliche Bälle ... allein der Gedanke daran war abwegig und doch hatte ich ein klares Bild davon vor Augen.

Vielleicht war ich früher einmal auf einem Ball gewesen? Immer wieder kam es vor, dass ich glaubte, mich an etwas aus meiner Vergangenheit erinnern zu können. Doch das verging schnell und verlor sich, wie ein Traum, der bereits kurz nach dem Aufwachen zu schwinden begann. Was zurückblieb, war Leere in meinem Kopf, wo die Erinnerungen an mein bisheriges Leben sein sollten.

»Ich kann mir nicht vorstellen, dass die Königin keine Tanzbälle gibt«, meinte Alina und riss mich damit aus meinen Gedanken. »Worum wetten wir, dass man am Schloss singen, tanzen und musizieren darf?«

Navena lachte hämisch. »Wahrscheinlich hat sie es nur dem Volk von Avendar verboten, weil sie unser Gequake nicht ertragen kann.«

»Dann müsste sie uns auch das Lachen verbieten, denn du klingst dabei wie ein alter Esel!«

»Das ist überhaupt nicht wahr!«, beschwerte sich Navena. Sie sprang auf, verteilte dabei die aufgesammelten Wurzeln auf dem Boden und stürzte auf

Alina zu. Die ließ ihren Korb fallen und suchte fluchtartig das Weite. Lachend rannten die beiden Schwestern über das verschneite Feld und bewarfen sich mit Schneebällen.

Zumindest das war nicht verboten. Lachen durfte das Volk von Avendar noch. Allerdings gab es nicht viele Gründe dafür. Nicht bei der Armut, die überall vorherrschte, bei dem Hunger und dem Verbot, auch nur zu Summen. In einem Land zu leben, das unter Eis und Schnee bedeckt lag, war für niemanden leicht. Dabei mochte ich den Winter. Ich liebte es, wie der Schnee bei jedem meiner Schritte leise knirschte. Wenn die Sonne ihn zum Glitzern brachte und die Welt aussah, als wäre sie von Diamantenstaub bedeckt. Jede Schneeflocke war ein einzigartiges Kunstwerk. Auf den ersten Blick mochten sie zart und vergänglich sein und doch waren sie in ihrer Masse eine unüberwindbare Streitmacht, die jeden Feind in die Knie zwingen konnte. Der ewige Winter war voller Wunder und Schönheit, die man ihm trotz seiner tödlichen Gefahren nicht absprechen konnte.

Ich schaute ein letztes Mal zum Schloss, dann sammelte ich die heruntergefallenen Wurzeln ein, nahm alle drei Körbe und machte mich auf den Heimweg. Es dämmerte allmählich und Wolken zogen sich am Himmel zusammen.

»Alina, Navena, kommt ihr?«, rief ich den beiden zu.

Die Mädchen lachten und jagten einander noch immer. Erst kurz bevor wir Embird erreicht hatten, schlossen sie zu mir auf.

»Jetzt hast du alles allein schleppen müssen«, entschuldigte sich Alina schwer atmend und griff sich ihren Korb.

Navena nahm mir ihren ab.

Wir durchquerten das beschauliche kleine Städtchen, mit seinen strohbedeckten Fachwerkhäusern und gepflegten Vorgärten. Hier und dort behaupteten sich darin ein paar Rosen, Veilchen und Krokusse Kamelien gegen die eisige Kälte. Die Bewohner Embirds taten alles, um die einstige Schönheit ihrer Heimat zu bewahren. Dennoch konnte man den beginnenden Verfall nicht verleugnen.

Als wir den Marktplatz passierten, sahen wir den Händler mit seinem

Pferdekarren. Die Waren darauf hatte er mittlerweile enthüllt und pries nun Töpfe und Pfannen bester Qualität an. Viel Aufmerksamkeit bekam er jedoch nicht. Die Stadtbewohner konnten sich kaum das Brot auf ihren Tellern leisten, geschweige denn Eisenwaren.

Vom Hof des Pferdewirts hörte man eine Glocke schlagen.

»Es gibt schon Essen!«, stellte Navena freudig fest.

»Ich habe so einen Hunger!«, jammerte Alina.

Die beiden beschleunigten ihre Schritte und hatten es so eilig, dass sie nicht bemerkten, wie ihnen immer wieder ein paar Wurzeln aus den Körben fielen. Ich folgte ihnen und klaubte eine Wurzel nach der anderen vom Boden auf. Wir konnten es uns nicht leisten, auch nur auf eine davon zu verzichten.

Am Hof angekommen stand die Hausherrin in der offenen Tür und schlug die Glocke. Marisol war eine stattliche Frau, mit eiserner Mimik, aber warmherzigen Augen. Der Pferdewirt gehörte zu den wohlhabenderen Bewohnern Embirds, was man seiner Gattin auch ansah. Trotz der vorherrschenden Armut trug sie stets ihre besten Kleider und steckte sich ihr Haar mit hübschen Spangen hoch.

»Ab rein mit euch, Mädchen!«, rief sie ihren Töchtern zu. »Lasst mal sehen, was ihr gefunden habt.«

»Was gibt es zu essen, Mutter?«, fragte Alina. Sie stellte ihren Korb an der Tür ab und klopfte sich den Schnee von den Stiefeln. Die Frau warf einen flüchtigen Blick auf die gesammelten Wurzeln der Mädchen. Ihre Enttäuschung über die karge Ausbeute des Tages konnte sie nur schwer überspielen.

»Rübensuppe, Liebes«, sagte sie und schob Alina ins Haus.

»Aber die gab es doch schon gestern«, maulte Navena.

Die Frau legte ein schmales Lächeln auf. »Wenn ihr morgen statt Wurzeln ein saftiges Schweinchen ausgrabt, gibt es Schweinebraten. Bis dahin müssen wir uns alle mit der Rübensuppe begnügen. Zumindest noch solange, bis euer Vater die Jungtiere verkauft hat.«

»Das ist so gemein!« Navena pfefferte ihre Handschuhe auf den Boden und stapfte ins Haus.

»Deine Schuhe, Navena!«, rief ihre Mutter ihr nach.

Ich trat vor und deutete einen Knicks an. »Mehr war leider nicht zu finden, Herrin«, erklärte ich und zeigte ihr meinen Korb.

Die Frau hob eine Braue, als sie die kümmerlichen Wurzeln sah. »Nun gut«, sagte sie. »Ändern lässt sich daran jetzt auch nichts mehr. Du siehst ganz durchgefroren aus, Kleines. Komm rein und wärm dich am Kamin auf.«

»Danke sehr.« Ich stellte den Korb neben die anderen und schlüpfte aus meinen Schuhen.

Die Mädchen waren bereits ins Esszimmer gelaufen, das gleich an die Wohnstube grenzte. Als ich ins Haus trat, konnte ich von dort Besteck und Geschirr scheppern hören. Mir knurrte der Magen. Aber das Feuer war in diesem Moment verlockender. Seine Wärme flutete den gemütlichen, kleinen Raum mit der einladenden Sitzecke und den Familienportraits an den Wänden. Ich sank auf das Schafsfell vor dem Kamin und wärmte mir meine durchgefrorenen Hände auf.

Die Hausherrin verschwand im Esszimmer. »Finger weg!«, drohte sie ihren Töchtern.

»Aber ich habe so einen Hunger«, maulte Navena.

In dem Moment ging die Haustür auf und der Pferdewirt betrat die Stube. Ich war sofort auf den Füßen und knickste höflich. Watheos, ein kräftig gebauter Mann mit Augenbrauen, aus denen man Perücken hätte knüpfen können, bedachte mich mit einem abfälligen Blick. Er entledigte sich seines schneeüberzogenen Mantels. Mütze und Schal folgten und dabei murmelte er etwas unverständliches in seinen Bart hinein.

Seine Frau kam aus dem Esszimmer gelaufen. »Liebling, deine Töchter warten bereits sehnsüchtig auf dich!«, begrüßte sie ihn.

»Was macht die Kleine hier?«, fragte er mit einem Nicken in meine Richtung.

Sie warf mir einen flüchtigen Blick zu. »Es ist eiskalt draußen, die Mädchen waren den ganzen Tag unterwegs.«

»Gott weiß, wo sie herkommt und welchen Ärger sie uns noch einbringt«, murrte ihr Mann mit gesenkter Stimmte. »Ich will nicht, dass du sie mit den Mädchen losschickst und erst recht hat sie nichts in unserer guten Stube zu suchen. Gib ihr eine andere Arbeit, wenn du sie unbedingt behalten willst, aber halte sie von unseren Kindern fern.«

»Sie kann doch sonst nirgendwo hin«, erinnerte sie ihn.

»Vater!«, rief Navena.

Sie und Alina kamen angelaufen und umarmten den Mann. Er drückte die beiden fest an sich. »Wart ihr heute auch fleißig?«, fragte er.

»Das waren sie«, bestätigte ihre Mutter. »Und jetzt lasst uns essen, solange die Suppe noch warm ist.«

»Rübensuppe?«, fragte Watheos argwöhnisch.

»Sie macht satt, mein Lieber.«

Der Pferdewirt brummte unzufrieden und begab sich mit seinen Töchtern ins Esszimmer. Seine Frau wandte sich noch einmal an mich. Ihr Blick war nicht mehr ganz so warmherzig: »Geh jetzt und bring den Angestellten ihr Essen. Den Rest des Tages kannst du dir freinehmen.«

»Danke sehr«, sagte ich.

Die Frau musterte mich noch einmal nachdenklich, dann folgte sie ihrer Familie.

Ich schaute ihr nach. Wie lange mich ihr Mann noch dulden würde, wusste ich nicht. Zwar tat ich mein Bestes, um mich nützlich zu machen, aber die Wahrheit war, dass mich diese Familie nicht wirklich brauchte. Sie hatten genug Angestellte am Hof und brauchten kein weiteres Maul, das es zu stopfen galt.

Ich seufzte schwer, schaute noch einmal zum einladenden Kamin, dann warf ich einen Blick aus dem Fenster. Allmählich wurde es dunkel. Nach dem langen Arbeitstag hatten die Angestellten des kleinen Pferdehofs bestimmt großen Hunger und ich wollte sie nicht länger warten lassen, also ging ich zur Tür, wo Brot, Käse und ein paar Äpfel auf mich warteten. Ich packte alles in einem Stofftuch zusammen und verließ das Haus.

Von der anderen Seite des Hofes fiel ein schmaler Lichtstreif über den ausgetretenen Schneematsch. Das Tor zur Scheune war dort nur angelehnt, fröhliche Stimmen drangen zu mir vor und ich lief darauf zu. Kurz bevor ich die Scheune erreicht hatte, begann zu es schneien. Dicke weiße Flocken tänzelten vom Himmel auf mein Haar herab. Ich blieb stehen und legte den Kopf in den Nacken. Am nächsten Morgen würde alles in der Umgebung, bis hin zum Schloss der Königin, wieder unter einer weißen Decke verschwunden sein. Und alle Spuren des vergangenen Tages wären verwischt, als hätte es sie nie gegeben. Alles würde wieder aufs Neue beginnen können. Der Gedanke hatte etwas Beruhigendes an sich und ich schloss die Augen, um mich ihm einen Moment lang hinzugeben.

»Keine Wurzeln schlagen, Malin«, rief mir jemand zu. Es war Dantos, einer der Stallburschen, der den Kopf aus dem Scheunentor gestreckt hatte. Er war ein schlaksiger junger Kerl, der immer einen Scherz parat hatte. »Wir verhungern hier noch, während du verträumt in den Himmel starrst.«

Ich lächelte. »So schnell wirst du schon nicht vom Fleisch fallen, Dantos«, versicherte ich ihm und schob mich an ihm vorbei in die Scheune, wo sich die Angestellten, Frauen und Männer, um eine Feuerschale versammelt hatten. Sie saßen auf Kisten und Strohballen, unterhielten sich und scherzten miteinander. Ein paar von ihnen warfen mir misstrauische Blicke zu, aber die meisten hatten hingenommen, dass mir die Frau des Pferdewirts Obdach bot. Gefallen musste ihnen das deswegen aber noch lange nicht.

Luger, der Vorsteher der Arbeiter, ein fülliger Mann mit Halbglatze und Knollennase, legte mir eine Pferdedecke über die Schultern. »Es gefällt mir gar nicht, dass sie dich jeden Tag in die Kälte schicken. Nur mit diesem schäbigen Überwurf, ohne Schal und Mütze.«

»Wenn ich nun mal mehr nicht besitze«, sagte ich.

»Du könntest im Haus aushelfen«, meinte Bathea. Sie gehörte zu den Wenigen, die ganz normal mit mir umgingen. Mit ihrem runden Gesicht, dem ergrauten Haar und den immerwährenden Lachfalten um die Augen hatte sie etwas Mütterliches an sich.

»Aber das machst du doch schon«, meinte ich. »Für mich gibt es da nicht mehr viel zu tun. Außerdem will mich der Hausherr dort nicht sehen.«

»Recht hat er«, hörte ich jemanden kleinlaut sagen.

Ich versuchte das zu ignorieren, ging in die Hocke und knüpfte das

Stoffbündel auf. Um so viele Leute satt zu bekommen, reichte das Essen kaum aus, aber wir hatten schon weniger gehabt und niemand beschwerte sich.

»Wehe er spielt mit dem Gedanken, dich fortzuschicken«, sagte Luger in drohendem Ton. Er brach das Brot in mehrere Teile und verteilte es. Auch an mich reichte er ein Stück weiter. Ich sank auf einen Strohballen und biss von meinem Brotstück ab. Wie viel Hunger ich tatsächlich gehabt hatte, merkte ich erst in diesem Moment und ich schlang es gierig herunter.

»Es ist sein gutes Recht«, sagte einer der Stallburschen. »Wenn er sie nicht mehr hierhaben will, muss sie sich halt etwas anderes suchen.«

»Aber sie leistet gute Arbeit«, meinte Bathea.

»Das tun wir doch alle, oder?«

In dem Moment war vom Hof her das Geräusch von Hufschlägen zu hören und zog alle Aufmerksamkeit auf sich.

»Besucher?«, fragte Bathea nervös. »So spät noch?«

Luger stand auf. »Ihr wartet hier«, entschied er und ging zum Tor. Aber niemand hatte die Geduld zu warten. Alle eilten ihm nach und wollten sehen, wer im Dunkeln auf den Hof des Pferdewirts geritten kam. Ich konnte nur einen kurzen Blick nach draußen erhaschen und sah die Flanke eines weißen Pferdes.

»Der Achatkrieger«, krächzte Dantos erschrocken und wich zurück.

Sofort brach Unruhe aus und auch ich wurde nervös. Mit etwas Glück war der Abgesandte der Königin nur auf der Durchreise, wollte sein Pferd versorgen lassen oder nach dem Weg fragen, aber wie wahrscheinlich war das? Wenn der Achatkrieger ein Ziel ausgemacht hatte, brachte ihn nichts davon ab. Dann setzte er ihm nach, bis seine Aufgabe erfüllt war. Ich konnte mir nicht vorstellen, dass er es nötig hatte, nach dem Weg zu fragen.

Ich musste an Alina denken und zeitgleich glitt mein Blick zu der Nische zwischen den alten Pferdeboxen, wo ich meinen einzigen Besitz vor den Augen aller verborgen hielt. Er hatte es doch nicht etwa darauf abgesehen?

Unweigerlich lief ich rückwärts, tiefer in die Scheune hinein, während Luger seine Haltung straffte, das Tor aufschob und ins Freie trat. Die anderen folgten ihm. Ein paar von ihnen warfen mir zuvor noch abschätzige Blicke zu. Sie mutmaßten wohl, dass der Achatkrieger meinetwegen gekommen war, sagten aber nichts.

»Kommst du?«, fragte Bathea. »Wir sollten keine Angst zeigen. Vor allem du nicht. Deine Strafe hast du bereits erhalten, also gibt es keinen Grund dazu.«

Damit hatte sie wahrscheinlich recht. Niemand konnte sagen, wie der Achatkrieger seine Ziele ausfindig machte. Gut möglich, dass er die Angst der Schuldigen von ihren Gesichtern ablas, vielleicht konnte er sie aber auch riechen oder sie bereits aus der Ferne spüren. Ihm mutig entgegenzutreten, war das Einzige, was ich machen konnte – denn entkommen konnte ihm niemand und wenn man sich auch noch so gut zu verstecken wusste.

Ich nahm all meinen Mut zusammen und verließ die Scheune an Batheas Seite, konnte im ersten Moment aber nur die Rücken der anderen sehen. Die Angestellten standen dicht an dicht, wagten sich nicht vor und tuschelten leise.

»Er sagt gar nichts«, meinte einer von ihnen.

»Mir macht er Angst«, flüsterte jemand anderes.

»Ob er wegen ihr hier ist? Besser, wir hätten sie nicht aufgenommen.«

Schließlich war es Luger, der sich räusperte und vortrat, wodurch ich freie Sicht bekam. »Wie können wir helfen?«, fragte er.

Der Mann auf dem stattlichen Schimmel wandte sich ihm zu. Er war von oben bis unten in Weiß gekleidet. Sein Umhang und die wallenden Stoffe, die ihn umhüllten, flatterten im Wind. Ich sah weder Schwert und Schild noch trug er eine Rüstung, wie ich vermutet hatte. Im Kampf wären seine ledernen Handschuhe und Stiefel, sowie die nietenbesetzten Riemen um seine Schultern, kaum von Nutzen gewesen. Die Kapuze hatte er sich tief ins Gesicht gezogen und wenn man versuchte, einen Blick auf sein Gesicht zu erhaschen, war alles, was man sehen konnte, eine schmalgeschnittene Maske. Mich erinnerte sie an das Abbild eines dämonischen Fuchses und im Grunde war der Achatkrieger auch genau das: Er war ein Dämon. Er suchte das Volk von Avendar heim und machte vor niemandem halt – nicht einmal vor den

Alten, den Schwachen und den Kindern. Er zeigte keine Gnade und niemand wagte es, sich ihm in den Weg zu stellen.

Er musterte Luger von oben bis unten, dachte aber wohl nicht daran, ihm seine Frage zu beantworten. Erst als auf der anderen Seite des Hofes die Tür zum Haupthaus geöffnet wurde, schwang er sich vom Pferd.

Die Hausherrin und ihre Töchter traten ins Freie. Der Pferdewirt folgte mit einer Axt bewaffnet, schob sich vor seine Familie, senkte die Waffe aber, als er sah, mit wem er es zu tun hatte.

Panik überkam mich, als ich sah, wie der Blick des Achatkriegers an Alina hängenblieb. Mir rutschte die Pferdedecke von den Schultern und mein Herz begann wie wild zu pochen. Der Mann machte sich ohne Umschweife auf den Weg zu ihr, seine Schritte knirschten im Schnee, seine Hände ballten sich zu Fäusten.

»Was haben die Mädchen angestellt …?«, murmelte Bathea betreten.

Mein Atem ging schneller. Es waren doch nur ein paar Töne gewesen! Was Alina getan hatte, war von niemanden gehört worden. Niemand hatte sie dabei gesehen. Ich wollte nicht wahrhaben, dass nur so wenig ausreichte, um die Königin zu erzürnen. Alina dafür zu bestrafen, war einfach nicht gerecht.

Ich konnte nicht anders und setzte dem Achatkrieger nach. Wenn unter der Maske ein echter, lebender Mensch zu finden war, musste er Gnade kennen. Dann musste man doch mit ihm reden können!

»Wir haben nichts Falsches getan«, warf die Hausherrin dem Achatkrieger mit zitternder Stimme entgegen.

Ich hatte ihn eingeholt und verstellte ihm den Weg. Obwohl ich große Angst hatte, wusste ich nicht, was ich sonst hätte tun können. »Sie ist fast noch ein Kind«, flehte ich den Achatkrieger an.

Der Mann hielt inne, war mir aber so nah gekommen, dass ich ihm direkt ins Gesicht blicken und seine Augen unter der Maske erkennen konnte. Eines blauschimmernd wie klares Eis, das andere von einem warmen, fast rötlichen Braunton.

Er wirkte so viel jünger, als ich es vermutet hatte. Wahrscheinlich war er kaum älter als ich. Und so wie er mich anschaute, hatte er nichts Berechnendes, nichts Böses an sich. Wie konnte jemand so grausame Taten vollbringen und dabei so menschlich wirken?

Je länger ich ihm gegenüberstand, desto mehr hatte ich das Gefühl, alles um mich herum würde verstummten. Und für den Bruchteil eines Augenblicks kam es mir vor, als wäre ich an einem anderen Ort – als würden warme Sonnenstrahlen meine Haut küssen. Ich hörte das Zwitschern von Vögeln, spürte taunasses Gras unter meinen Füßen und lauschte einer Stimme, die mir Worte zuflüsterte, die zu leise waren, um sie zu verstehen. Als ich es dennoch versuchte, zerbrach der Moment wie hauchdünnes Eis und ich stürzte zurück in die eisige Wirklichkeit.

Der Achatkieger hatte seine Hand gehoben, als wolle er meine Wange berühren und ich war wie erstarrt. Ich hätte es geschehen lassen, dass mir seine Finger über die Haut glitten, weil mich sein Blick noch immer gefangen hielt. Doch kurz bevor er mich berührte, holte er aus und stieß mich grob von sich. Ich landete der Länge nach auf dem gefrorenen Boden und schlug mir dabei den Ellbogen auf. Der Schmerz schoss mir bis in die Fingerspitzen und ich biss mir auf die Lippen. Als ich mich wieder aufgerappelt hatte, war der Häscher der Königin bereits an die Familie herangetreten und hatte seine Hand nach Alina ausgestreckt. Sie versteckte sich hinter ihrer Mutter, aber jeder wusste, dass das nichts nutzen würde.

»Bitte«, flehte die Frau vergebens und schaute zu ihrem Mann, nachdem der Achatkrieger keine Reaktion zeigte. Doch der Pferdewirt senkte nur beschämt den Blick.

»Ich … ich habe doch nicht …«, wimmerte Alina noch, bevor ihre Augen glasig wurden.

Zarte Silberfäden begannen sich von ihrem Antlitz zu lösen. Wie eine vom Wind getragene Schneewehe schwebten sie auf die ausgestreckte Hand des Achatkriegers zu. Sie umwoben seine Finger und formten sich zu einer Kugel aus schimmerndem Licht. Alina ließ ihre Schultern hängen, während sie willenlos hinter ihrer Mutter hervortrat und sich dem Achatkrieger näherte.

»Aufhören!«, verlangte ich. Meine Kehle war wie zugeschnürt. Ich stürzte voran, wollte mich erneut zwischen ihn und Alina stellen, doch er hielt mich mühelos mit nur einer Hand auf und vollendete sein Werk, indem er seine Faust ballte, das Licht darin einschloss und gnadenlos erstickte.

In dem Moment sackte Alina kraftlos auf die Knie. Navena und ihre Mutter waren sofort bei ihr und hielten sie fest, während ich mich wie betäubt fühlte und Alina mit weit aufgerissenen Augen anstarrte – unfähig mich zu bewegen oder auch nur zu atmen.

Der Achatkrieger warf mir noch einen letzten Blick zu. Seine Hand hatte sich um den Stoff meines Überwurfs geschlossen. Er hielt mich fest und hätte mich erneut von sich stoßen können, wenn er willens gewesen wäre. Stattdessen schlug er die Augen nieder, ließ mich los und wandte sich seinem Pferd zu.

Ich taumelte. Es war mir vorgekommen, als hätte er mich wiedererkannt. Aber konnte das sein? Erinnerte er sich an seine Opfer? An jedes einzelne? Es musste ungefähr ein Jahr zurückliegen, dass er mir angetan hatte, was gerade mit Alina geschehen war. Auch mir hatte er alles genommen. Bei dem Gedanken wurde mir heiß und kalt zugleich und Wut kam in ihr auf.

»Du bist ein Monster«, rief ich ihm mit erstickter Stimme nach.

Der Achatkrieger stockte, ließ es dann aber doch auf sich beruhen und lief zurück zu seinem Pferd. Wahrscheinlich war das auch besser so. Obwohl sich ein Teil von mir wünschte, meine Worte hätten ihn berührt, vielleicht sogar verletzt. Dann hätte ich ihn angeschrien, auf ihn eingeschlagen und alles rausgelassen, was mich innerlich aufzufressen drohte – dann hätte ich gewusst, dass er ein Herz hatte, das genauso leiden konnte, wie er seine Opfer leiden ließ. So aber blieb mir nichts anderes, als hinunterzuschlucken, was so quälend in mir brannte.

Im Augenwinkel sah ich, wie er sich auf sein Pferd schwang und vom Hof ritt. Noch einen Moment lang blieb ich wie betäubt stehen, dann eilte ich zu Alina.

»Es tut mir so leid!« Tränen füllten meine Augen. Ich machte mir die größten Vorwürfe, nicht schneller eingegriffen zu haben, als sie begonnen hatte zu Summen.

Alina schaute sich verwirrt um. »Wo ... wo bin ich?«

»Zuhause«, sagte ihre Mutter mit erstickter Stimme. »Du bist zuhause, mein Schatz.«

»Wer seid ihr?«, fragte Alina bestürzt.

»Das ist unsere Mutter«, erklärte Navena unsicher.

»Mutter?«, fragte Alina.

Die Frau nickte, öffnete den Mund, doch kein Wort kam ihr über die Lippen.

»Ich bin deine Schwester, Navena. Erkennst du mich nicht?«

Alina schüttelte den Kopf. »Nein!«, stieß sie aus, sprang auf und lief rückwärts. »Ich kenne euch nicht! Ich kenne niemanden von euch!«

»Beruhige dich«, forderte sie ihr Vater auf. Dann wandte er sich mir zu. Sein Blick war voller Wut. »Und du, geh zu den anderen. Das hier ist Familiensache.«

»Ich ... ich habe ihr den Mund zugehalten«, erklärte ich. »Es war nur ein Summen, mehr nicht. Wenn ich früher ...«

»Du hättest uns sagen müssen, was passiert ist«, fuhr er mich an. »Durch dein Schweigen hast du uns um die letzten Stunden mit unserer Tochter gebracht. Geh mir bloß aus den Augen, bevor ich mich vergesse!«

Ich schaute zu Alina, deren Verzweiflung sich deutlich in ihren Zügen abzeichnete. Der Achatkrieger hatte ihr all ihre Erinnerungen genommen. Genau wie er es mit mir getan hatte. Geblieben war mir damals bloß mein Name. Mehr nicht. Nicht einmal eine Familie, die sich um mich sorgte und kein Zuhause, das ich neu kennenlernen konnte. Nichts. Alina so zu sehen fühlte sich an, als würde ich noch einmal alles verlieren.

Navena und ihre Mutter führten das verwirrte Mädchen ins Haus. Ihr Vater folgte ihnen.

»Malin?«, sprach mich Bathea vorsichtig an. »Alles gut bei dir?«

Ich sagte nichts. Ich konnte nicht. Die Worte waren mir ausgegangen, in meinem Kopf herrschte nur Leere.

»Das wird schon werden«, meinte Bathea. »Das Mädchen hat weder eine Ausbildung, die ihr verlorengegangen ist, noch steht es ganz allein da. Ihre Familie wird ihr alles erzählen, was sie wissen muss und dann schafft sie sich neue Erinnerungen.«

Ein Jahr ... ein langes Jahr und niemand hatte je nach mir gesucht. Wo war meine Familie? Wo waren die Menschen, die mich liebten und vermissten? Völlig allein und verloren, mit Schnittwunden an den Armen, von denen ich nicht wusste, wie ich sie mir zugezogen hatte, war ich damals durch die Straßen von Embird geirrt. Einzig der Achatkrieger konnte wissen, was mit mir geschehen war. Doch dieser Dämon wäre der letzte, der mir Antworten geben würde.

»Es geht schon«, sagte ich leise und wandte mich der Scheune zu, wo die Angestellten betroffen dastanden und leise miteinander tuschelten. Ihre Blicke zu ertragen, war das schwer. Ich hatte mir irgendetwas zu Schulden kommen lassen. Vielleicht war es bloß ein Summen gewesen, genau wie bei Alina. Aber sie malten sich anderes aus, glaubten, dass ich eine Diebin oder Kindsmörderin sein könnte – in jedem Fall eine Gefahr, die sie nicht einschätzen konnten. Vielleicht sogar ein Unglückbringer, der den Achatkrieger direkt zu ihnen gelockt hatte.

Wenigstens das würde Alina erspart bleiben.

»Bist du sicher?«, fragte Bathea, während ich bereits losgelaufen war. Ich schob mich zwischen den Angestellten hindurch und mied dabei ihre Blicke.

»Das arme Mädchen«, sagte einer von ihnen.

Luger seufzte. »Jeder weiß, dass es verboten ist zu singen.«

»Aber sie ist noch ein halbes Kind«, verteidigte sie jemand.

»Wer weiß, ob sie nicht zum Singen verführt wurde«, mutmaßte ein anderer.

Ich schlüpfte durch das Scheunentor und lief zu meiner Schlafstätte. Dort, zwischen den Pferdeboxen, bewahrte ich alles auf, was mir von einem Leben geblieben war, das mir der Achatkrieger genommen hatte. Ich zog ein kleines Bündel unter dem Stroh hervor. Einen Samtbeutel mit goldener Kordel. Edel wirkte er, nicht so verlottert wie die Kleider, die ich am Leib trug.

In meinem Rücken hörte ich, wie jemand durch das Scheunentor trat. »Sie suchen dich bestimmt«, sagte Bathea. »Das ist es doch, was dich beschäftigt, oder? Du denkst, dass dich deine Familie nicht sucht, aber wahrscheinlich wissen sie nur nicht, wo du hingelaufen bist. Du hast doch gesehen, wie verwirrt Alina war. Wahrscheinlich hattest du Angst und bist davongelaufen und jetzt suchen sie dich.«

»Alle hier glauben, dass ich verstoßen wurde«, sagte ich und verbarg den Beutel unter meinem Überwurf. »Sie glauben, dass mein Verbrechen so schlimm war, dass mich meine Familie nicht mehr haben wollte. So ist es doch, oder?«

Bathea wirkte betroffen und sagte nichts dazu. Das brauchte sie auch nicht, ich wusste, dass ich recht hatte.

»Aber wenn es so war, warum erinnere ich mich nicht daran?«, fragte ich. »Warum weiß ich nur noch, wie ich durch die Straßen von Embird geirrt bin?«

»Ich weiß es nicht«, gestand Bathea. »Vielleicht wirkt der Fluch des Achatkriegers noch ein paar Stunden nach. Es kann gut sein, dass sich Alina morgen auch nicht mehr an ihn erinnert.«

Ich wandte mich dem Scheunentor zu. Nach und nach kehrten die Angestellten an die Feuerschale zurück. Ein paar von ihnen warfen mir verstohlene Blicke zu. Außer Bathea wagte es niemand, mich anzusprechen. Nicht einmal Luger.

Es war ihnen unangenehm. Vielleicht dachten auch ein paar von ihnen, dass es allmählich an der Zeit war, mich fortzuschicken. Und vielleicht wäre es auch für mich besser, mir eine Vergangenheit auszudenken und andernorts von vorne zu beginnen. Ohne den Fluch des Achatkriegers, der an mir haftete wie ein übler Geruch. Bloß war es nicht leicht Arbeit zu finden, wenn man keine Ausbildung hatte oder zumindest aus gutem Hause stammte.

»Ich brauche etwas frische Luft«, sagte ich und verließ die Scheune wieder.

KAPITEL 2

Langsam durchquerte ich die Stadt. Dabei musste ich mich gegen den Wind lehnen, der den Schnee in Böen durch die Straßen peitschte.

In den ersten Wochen und Monaten, nachdem ich ohne Erinnerung in Embird aufgetaucht war, hatte ich bei jeder sich bietenden Gelegenheit nach meiner Familie gesucht. Ich war fest davon überzeugt gewesen, sie früher oder später zu finden und hatte mir allmögliches ausgemalt, warum sie nicht nach ihrer verlorenen Tochter fragten. Dass sie mich verstoßen haben könnten, wollte ich einfach nicht wahrhaben. Ich war auf meiner Suche tief in den Wald vorgedrungen, in der Hoffnung, dort ein verstecktes Haus vorzufinden – ein Zuhause, an das ich mich bloß nicht mehr erinnern konnte. Mit einer Familie, die vielleicht nur am falschen Ort gesucht hatte.

Gefunden hatte ich etwas anderes. Kein Zuhause, aber eine Zuflucht, die ich immer dann aufsuchte, wenn alles über mir zusammenzubrechen drohte. Auch an diesem Abend ging ich dorthin. Ich lief tief in den Wald hinein, wo abseits der ausgetrampelten Pfade der Schnee so hoch lag, dass man kaum vorankam.

Die Bäume standen dicht an dicht, der Mondschein drang nur spärlich durch ihr Blätterdach und ich musste mich ganz auf mein Gefühl verlassen, um meinen Weg zu finden.

Als es allmählich wärmer wurde, wusste ich, dass ich den Ort erreicht hatte, an dem der Einfluss der Schneekönigin endete. Dort, zwischen hohen

Hecken und mächtigen Lärchen, lag eine Lichtung, auf der es die Vögel wagten zu Zwitschern. Die Bäume waren nicht kahl, sondern in ein rotleuchtendes Blätterkleid gehüllt und der Boden war anstatt mit Eis und Schnee von weichem Moos bedeckt.

Ich hatte das Gefühl, alles hinter mir lassen zu können, wenn ich diese Lichtung betrat. Es gelang mir wieder frei zu atmen. Auch spät in der Nacht, wenn die Tiere des Waldes schliefen und die Stille mich wie eine Decke umhüllte, hatte ich das Gefühl, auf der Lichtung sicher und geborgen zu sein.

Schon oft hatte ich darüber nachgedacht, Bathea oder den Mädchen von diesem Ort zu erzählen. Aber ich hatte Angst. Angst davor, dass sie es nicht für sich behalten konnten. Was, wenn die Schneekönigin erfuhr, dass es einen Flecken in ihrem Reich gab, der nicht unter einer weißen Decke lag? Wenn sie wüsste, dass tief im Wald die Vögel ihre Lieder trällerten? Was würde sie dann tun? Alles abholzen? Ihre Macht ausweiten und die gesamte Umgebung zu Eis erstarren lassen? Die Angst, diesen Zufluchtsort zu verlieren, vielleicht sogar ganz Embird in Gefahr zu bringen, war einfach zu groß, also behielt ich mein Geheimnis für mich.

Ich lief zu dem Baumstumpf am Rand der Lichtung, auf dem ich schon viele Male gesessen und dem Gesang der Vögel gelauscht hatte. So spät in der Nacht war bloß der Ruf einer Eule zu hören. Hier und dort raschelte es im Gebüsch und im hohen Gras fiepte ein Mäuschen.

Meine Hand glitt über den samtenen Beutel auf meinem Schoß.

Sorgsam knüpfte ich die Kordel auf und zog einen kleinen, hohlen Kasten daraus hervor. Er war aus dunklem Holz gefertigt, glattpoliert, mit Verzierungen an den Rändern. Über ein Loch, genau in der Mitte, bogen sich mehr als ein Dutzend Metallzinken.

Wie man diesen Kasten nannte, wusste ich nicht, und wie man ihn zum Klingen brachte, hatte ich mir selbst beibringen müssen. Ich konnte nur vermuten, dass mir der Achatkrieger meine Erinnerungen wegen eben diesem Instrument genommen hatte. Vielleicht war ich einmal gut darin gewesen, es zu spielen. Vielleicht stammte ich aus einem fernen Land, wo jeder wusste, wie der Name dieses kleinen Kästchens lautete und wo die Menschen sangen und tanzten und glücklich waren.

Ich kannte nur einen Weg, den Antworten auf meine vielen Fragen näherzukommen: Wenn ich das Instrument spielte, war es fast so, als könne ich meine Vergangenheit erahnen. Es gab da ein Lied, tief verschüttet in mir drinnen, und jedes Mal, wenn ich die wenigen Noten anstimmte, die mir davon wieder eingefallen waren, wurden meine verschollenen Erinnerungen beinahe greifbar. Ich war fest davon überzeugt, dass ich sie zurückbringen konnte, wenn es mir nur gelang, dieses Lied zu meistern. Und nur auf der Lichtung, wo die Schneekönigin keinen Einfluss hatte, konnte ich den Versuch wagen, ohne befürchten zu müssen, den Achatkrieger anzulocken.

Vielleicht, wenn es mir eines Tages wirklich gelang, mich zu erinnern, würde ich auch anderen Menschen helfen können. Ich würde sie herführen und ihnen das Lied vorspielen. Angefangen mit Alina.

Ich umschloss den Kasten mit beiden Händen, legte die Daumen an die Metallzinken und schon eine sanfte Berührung reichte aus, um ihnen warme, melodischen Töne zu entlocken. Augenblicklich spürte ich eine tiefempfundene innere Ruhe. Der sanfte Klang rief kaum greifbare Gefühle in mir wach. Es war beinahe, als würde sich ein Schleier heben, der mir den Blick in die Vergangenheit verwerte und doch waren es nie klare Bilder, die ich sah. Es waren nur Gefühle, ähnlich wie Farben, die all die Dunkelheit meiner Gedanken mit Licht erfüllten. Ich schloss die Augen, gab mich der Melodie hin, zuckte aber jedes Mal zusammen, wenn ich einen falschen Ton anschlug. Dann begann ich von vorne, wagte einen neuen Versuch, spielte fünf Noten, dann sechs, und wieder musste ich alles überdenken und zum Anfang zurückkehren. Es gelang mir einfach nicht, mich an das Lied zu erinnern. So sehr ich es auch versuchte.

Aber aufgeben wollte ich nicht. Auch wenn es viele Monate gebraucht hatte, um auf kaum ein halbes Dutzend Noten zu kommen. Noch einmal begann ich mit dem ersten Ton und plötzlich blitzte ein Bild in mir auf.

Es war nichts aus meiner verschütteten Vergangenheit, kein Zuhause und auch nicht der Anblick meiner Eltern. Es waren die Augen, in die ich vor nicht einmal einer Stunde geblickt hatte. Eines kalt wie Eis und Schnee, das andere warm und leuchtend. Vor Schreck warf ich den Kasten zu Boden, mein Atem ging stoßartig.

Wieso musste es ausgerechnet der Achatkrieger sein? Der Frieden, den ich auf dieser Lichtung empfunden hatte, war mit einem Mal zerschlagen. Die Dunkelheit der vorangeschrittenen Nacht brach wie ein Schneegestöber über mich herein, das Rascheln in den Hecken und Sträuchern klang bedrohlich und der Wind zupfte eisig an mir. Ich zitterte und zog mir den Überwurf enger um den Körper.

Hatte mir der Achatkrieger nicht schon genug genommen? Musste er mich auch noch an diesen Ort verfolgen? Ich schüttelte den Kopf. Vielleicht war es eine Erinnerung gewesen. Schließlich war ich ihm nicht zum ersten Mal begegnet. Er hatte mir davor schon einmal gegenübergestanden und es musste wohl dieser Moment gewesen sein, der so plötzlich über mich gekommen war: Der Tag, an dem er mir meine Erinnerungen genommen hatte.

Ich schaute zu dem Kasten. Auch wenn es erschreckend gewesen war, ausgerechnet seine Augen zu sehen, war es wahrscheinlich ein gutes Zeichen. Es war das erste Mal, dass das Spielen der Melodie mehr in mir geweckt hatte als bloße Gefühle und verschwommene Farben. Ich atmete tief durch, hob den Kasten auf und begann von vorne.

***

Der Morgen graute bereits, als ich mich auf den Rückweg machte. Ich hatte stundenlang verbissen versucht, die nächsten Noten herauszufinden. Gelungen war es mir nicht. Wahrscheinlich hatte ich es zu sehr versucht.

Irgendwann war ich eingenickt und erst wieder beim Zwitschern der Vögel erwacht. Als ich auf dem Hof ankam, herrschte bereits Hochbetrieb. Die Junghengste waren aus ihren Ställen ausgebüxt und ließen sich nicht wieder einfangen.

»Treibt sie von den Ställen der Stuten weg!«, brüllte der Pferdewirt seinen Arbeitern zu.

Ein besonders stattlicher Hengst mit schwarzer Mähne und einem Fell wie Karamell wieherte aufgebracht und bäumte sich auf. Dantos stellte sich ihm in den Weg, hob die Arme und trieb ihn zurück zu den anderen.

Ich schlang meine Arme fester um den Samtbeutel unter meinem Überwurf und nutzte die Aufregung, um eilig zur Scheune zu huschen.

»He, Kleine!« Jemand packte mich am Arm, hielt mich auf und der Beutel fiel mir dabei aus der Hand. Erschrocken riss ich die Augen auf.

Es war Luger, der mich festhielt. »Wo kommst du her? Du hättest beim Ausmisten der Ställe helfen sollen. Alle haben dich gesucht.«

»Ich …« Flüchtig schaute ich zu seiner Hand, die sich um meinen Ellbogen schloss. Luger ließ mich los.

»Es tut mir leid«, entschuldigte ich mich. »Ich habe die Zeit aus den Augen verloren.«

Argwöhnisch kniff Luger die Augen zusammen. »Du warst die ganze Nacht dort draußen, in der Kälte? Das hätte dein Tod sein können, Kind.«

Ich sagte nichts dazu. Wie hätte ich ihm auch erklären können, dass es auf der Lichtung wärmer als im Rest des Waldes war?

Er verdrehte die Augen. »Das eine Mal will ich dir das durchgehen lassen. Aber nur, weil du sonst immer so fleißig bist.«

»Danke sehr«, sagte ich, ging in die Hocke und hob meinen Beutel wieder auf.

»Was hast du da?«, fragte der Pferdewirt, der die Unterhaltung mitbekommen hatte.

Eilig schob ich mir den Samtbeutel wieder unter meinen Überwurf. »Es ist nichts«, schwor ich.

Der Mann wirkte nicht, als würde er mir glauben. »Hattest du diesen Beutel nicht auch bei dir, als man dich damals gefunden hat? Was versteckst du vor uns?«

Mein Herz schlug schneller und ich drückte den Beutel fest an meine Brust – genau wie ich es damals getan hatte, als ich allein und ohne Erinnerung durch die Straßen geirrt war. Ich hatte nicht gewusst, wo ich hergekommen und wie ich nach Embird gelangt war. Nur dass ich diesen Beutel unbedingt beschützen und vor den Blicken Fremder verstecken musste, war mir klar gewesen. Als die ersten Menschen auf mich aufmerksam geworden waren, hatte ich ihn in einer Hecke versteckt und erst wiedergeholt, nachdem ich sicher gewesen war, von niemandem beobachtet zu werden. Eine Hecke gab es diesmal weit und breit nicht. Ich wich zurück und wusste nicht ein noch aus. »Es ist nichts, wirklich«, beteuerte ich. »Nur etwas, dass mich daran erinnert, dass ich mal ein anderes Leben hatte. Ich bringe es weg und dann gehe ich sofort an die Arbeit.«

»Du zeigst mir, was du vor uns versteckst«, verlangte der Pferdewirt mit ausgestreckter Hand. Auffordernd schaute er mich an und ich wich noch weiter zurück. Um keinen Preis der Welt durfte er den Kasten zu Gesicht bekommen.

»Komm schon, Malin. Zeig es ihm«, forderte Luger. »Niemand wird dir deinen Schatz wegnehmen. Dein Herr will nur sehen, was es damit auf sich hat.«

Ich schüttelte den Kopf. An dem, was passieren würde, bekäme der Pferdewirt das Instrument zu Gesicht, hatte ich keine Zweifel. Einen Ausweg sah ich jedoch keinen.

»Verdammt!«, schrie einer der Stallburschen.

Die Umstehenden hatten mitbekommen, wie ich in die Enge gedrängt worden war. Die ausgebüxten Pferde waren dabei in Vergessenheit geraten und ein kleiner, aber ungestümer Rappe hatte es bis zu den Ställen der Stuten geschafft.

»Jetzt steht nicht so dumm rum!«, lamentierte Luger mit ausholenden Gesten. »Fangt ihn schon ein! Bewegt euch, treibt alle zurück hinter die Abzäunung!«

Ich nutzte die Gelegenheit, wirbelte auf dem Absatz herum und erreichte das Scheunentor. Doch noch bevor ich hindurchschlüpfen konnte, hatte mich der Pferdewirt eingeholt. Er packte mich am Handgelenk, entriss mir den Beutel und meine Finger glitten dabei versehentlich über die Metallzinken. Sanfte Töne erklangen. Leise und doch laut genug, um den Hausherren dazu zu bringen, den Beutel vor Entsetzen von sich zu werfen.

»Was zum Teufel!«, entfuhr es ihm. Er zerrte mich zu sich heran und schüttelte mich, dass mir schwindelig wurde. »Hast du dieses Ding die ganze Zeit schon vor uns versteckt? Ein Instrument? Auf unserem Hof?«

Er stieß mich grob von sich, wodurch ich neben dem Beutel im Schnee landete. Der Lärm und das Gebrüll waren wohl auch im Haus gehört worden, denn Navena und ihre Mutter traten ins Freie. Bathea folgte ihnen, noch mit dem Geschirrtuch in den nassen Händen.

»Ich habe es nicht gespielt. Nicht hier«, schwor ich. Im Grunde war mir klar, dass es keine Rolle mehr spielte, was ich sagte. Das Urteil des Pferdewirts war längst gefällt.

Der Mann deutete mit ausgestrecktem Finger auf mich. »Da siehst du, was du uns ins Haus geschleppt hast!«, brüllte er seiner Frau zu. Er hob den Fuß und trat auf den Stoffbeutel.

»Nein!«, stieß ich aus. Das Krachen von Holz schnitt sich mir tief ins Innere, in meinen Ohren begann es zu rauschen. Er hatte es zerstört! Er hatte mir den letzten Rest genommen, der mir von meinem alten Leben geblieben war. Tränen liefen mir über die Wange.

»Scher dich von hier fort«, forderte er mich auf.

Ich schluchzte. Wo sollte ich denn hin? Wer würde mich noch aufnehmen, nachdem ans Licht gekommen war, dass ich die ganze Zeit über ein Instrument besessen hatte? Mein Blick glitt über den Hof und was ich sah, war alles von Abscheu bis hin zu Entsetzen, aber kein Mitleid und kein Verständnis. Selbst Bathea wirkte nur enttäuscht.

»Es tut mir leid«, schwor ich leise.

»Scher dich hier fort!«, brüllte der Pferdewirt und trat den Stoffbeutel von mir weg.

»Gebt ihr wenigstens eine Decke«, bat Luger. »Sie hat ja kaum was am Leib.«

Der Mann schnaubte verächtlich. »Misch dich nicht ein oder du kannst ihr gleich folgen.«

Ich rappelte mich auf. Wenn ich jetzt nicht ging, würde ich wahrscheinlich die Nächste sein, die den Stiefel des Mannes zu spüren bekam. Mich noch einmal umzuschauen, wagte ich nicht. Die vorwurfvollen Blicke der anderen waren vorher schon kaum zu ertragen gewesen und nun hatte sich auch noch bestätigt, was sie die ganze Zeit über mich gedacht hatten. Ich brachte ihnen nur Ärger ein.

Mit einem Kloß im Hals und weichen Knien hob ich den Beutel vom Boden auf. Auch ohne hineinzuschauen war mir klar, dass sich darin nur noch ein Trümmerhaufen befand. Dennoch drückte ich die Überreste des Kastens fest an mich, bevor ich ging. Er war doch alles, was ich noch hatte.

***

Ich wusste nicht einmal, welche Richtung ich einschlagen sollte. In der Stadt konnte ich keine Hilfe erwarten. Schon bald würde jeder erfahren, warum der Pferdewirt mich vom Hof gejagt hatte und damit wären mir alle Türen verschlossen. Bis zum nächstgelegenen Dorf war es ein weiter Weg und dort jemanden zu finden, der mir einen Schlafplatz, vielleicht sogar Arbeit bot, würde nicht leicht werden. Die Menschen in Avendar hatten ja kaum genug für sich selbst. Zu teilen konnte sich niemand leisten.

An der Stadtgrenze angelangt hielt ich inne. Dort gabelte sich der Weg und führte in die eine, wie auch in die andere Richtung, durch eine weite, schneebedeckte Landschaft.

»Malin!«, hörte ich jemanden hinter mir rufen. Mein Herz machte einen Satz und ich drehte mich um.

Navena und Bathea waren mir gefolgt und holten mich bald ein. Sie zu sehen trieb mir die Tränen in die Augen. Ich war fest davon überzeugt gewesen, auch ihre Zuneigung verloren zu haben.

Die beiden waren aus der Puste und brauchten einen Moment, um zu Atem zu kommen, sodass ich die Zeit hatte, mir die Tränen wegzuwischen.

»Wie geht es Alina?«, fragte ich.

Navena hob die Schultern. »Sie geht Mutter und mir ziemlich auf die Nerven. Ständig will sie etwas wissen. Ich glaube, sie stellt sich absichtlich dumm.«

»Es ist meine Schuld«, sagte ich. »Als sie angefangen hat, den Rock zu schwingen, hätte ich sofort etwas sagen müssen.«

»Deswegen darfst du dir keine Vorwürfe machen, Kind«, meinte Bathea.

Ich hob den Samtbeutel an. »Wegen dem hier schon«, sagte ich. Die Beiden wirkten mit einem Mal bedrückt und sagten kein Wort mehr. Auch mir fiel das Sprechen schwer. »Ich hätte den Kasten im Wald verstecken sollen. Es ist für alle zu gefährlich gewesen, ihn in der Scheune aufzubewahren. Wenn der Achatkrieger ihn gefunden hätte ...!«

»Aber das hat er nicht«, unterbrach mich Bathea und legte tröstend ihre Hand an meinen Arm.

»Dumm war es trotzdem«, fügte Navena hinzu. »Du siehst ja, wohin das geführt hat. Mit wem gehe ich denn jetzt Wurzeln sammeln?«

Bathea trug eine Pferdedecke bei sich, die sie mir reichte. »Viel mehr können wir nicht für dich tun«, sagte sie mit Bedauern in der Stimme. »Wenn der Herr wüsste, dass wir mit dir reden ...«

»Ich danke euch«, murmelte ich leise.

»Und hier noch was zu essen.« Navena kramte ein Stück Brot aus ihrer Rocktasche.

»Geh nach Westen«, riet mir Bathea. »Dann schaffst du es vor Einbruch der Nacht ins nächste Dorf. Nachts solltest du wirklich nicht unterwegs sein. Nicht bei der Kälte.«

Ich nickte.

»Gut, dann ...« Navena druckste etwas rum, dann tat sie einen Schritt auf mich zu und drückte mich fest. »Erfrier nicht oder so.«

»Ich gebe mein Bestes«, versprach ich mit einem schmalen Lächeln auf den Lippen.

KAPITEL 3

Ich versank knöcheltief im Schnee. Das Vorankommen wurde mehr und mehr zur Qual und bei dem heftigen Schneefall, der schon vor einer Weile eingesetzt hatte, konnte ich kaum die eigene Hand vor Augen sehen. Die Pferdedecke war wirklich Gold wert. Ohne sie hätte ich nicht lange durchgehalten.

Ob ich noch auf dem richtigen Weg war, konnte ich nicht sagen. Es gab kaum Orientierungspunkte, keine Häuser, nur ab und an ein paar einsame Bäume.

Als ich am Nachmittag eine unförmige Silhouette in der Ferne sah, machte ich mir Hoffnungen, mich endlich einem Dorf zu nähern. Meinen Proviant hatte ich bereits aufgebraucht und der lange Fußmarsch hatte an meinen Kräften gezerrt. Mit etwas Glück gab es dort vorne ein Gasthaus, in dem ich mich aufwärmen konnte. Zumindest bis man herausfand, dass ich nichts hatte, um eine Bewirtung zu bezahlen.

Die Silhouette blieb nicht lange unbewegt. Sie kam auf mich zu, wurde größer und nach ein paar Minuten hörte ich das Schnalzen einer Peitsche und wiehernde Pferde. Es war eine Kutsche, die sich genauso mühsam durch das Schneegestöber kämpfte, wie ich es tat.

Ich trat zur Seite, um Platz zu machen, unterschätze aber die Tiefe des Straßengrabens. Vor Schreck schrie ich auf, als ich den Halt verlor, rücklings im Schnee landete und mir dabei der Samtbeutel verlorenging. Panisch wühlte ich nach ihm.

»Whoa!«, brummte eine dunkle Männerstimme und die Kutsche kam neben mir zu Stehen. »Ist das ein neuer Zeitvertreib unter den jungen Leuten? Schneeschwimmen?«

Endlich hatte ich den Beutel gefunden und konnte aufatmen. Es war ja nichts Wertvolles mehr darin. Nur lose Zinken und zerbrochenes Holz. Aber ich hätte unmöglich ohne ihn weiterziehen können.

Ich versuchte, mich aus dem Schnee zu kämpfen, doch mittlerweile waren meine Arme und Beine so steifgefroren, dass ich mich kaum noch bewegen konnte. Meine Finger fühlte ich gar nicht mehr und die beißende Kälte hatte mir die Tränen in die Augen getrieben, nur um sie auf meinen Wimpern erstarren zu lassen. Ich zitterte am ganzen Leib und war dankbar, dass der Kutscher von seinem Bock sprang, mich am Ellbogen packte und zurück auf die Straße zog.

»Du siehst aus wie ein Schneemonster, Kleine«, stellte er fest und klopfte den Schnee von meiner Pferdedecke.

Ich schlang mir die Arme um den Körper und sprang von einem Bein aufs andere, um mich etwas aufzuwärmen. »Es geht schon, danke«, sagte ich mit dünner Stimme.

»Du bist doch nicht etwa in den Schnee gesprungen, um mir auszuweichen, oder?«

Ich schaute zu ihm auf. Bei seiner Wollmütze, dem dicken Fellmantel und der dichten Behaarung in seinem Gesicht war kaum etwas von dem Mann darunter zu erkennen. Ich wusste nicht einmal, wo die Augenbrauen aufhörten und der Bart anfing. Aber das Wenige, das ich sah, wirkte freundlich. Wie ein gutmütiger, alter Bär.

»Ich wollte nicht im Weg stehen«, erklärte ich.

Der Mann lachte laut und hielt sich dabei den Bauch. »Und da entscheidest du dich für ein Schneebad? Wohin willst du überhaupt? So ganz allein und zu Fuß, bei dem Wetter.«

»Zum nächsten Dorf oder zu einem Gasthaus, wenn eines auf dem Weg liegt.«

»Hm«, brummte der Mann. »Du weißt also nicht wohin mit dir. Dann spring mal auf.« Er nickte in Richtung der Kutsche und ich schaute ihn nur fragend an. »Komm schon, ich habe heute meinen großzügigen Tag«, erklärte er. »Hinten liegen eine Decke und etwas Proviant. Wärm dich auf, die Fahrt dauert ein paar Stunden.«

»Ich … ich danke Euch«, stammelte ich.

»Nichts zu danken«, sagte er und wandte sich wieder seinem Kutschbock zu.

Ich eilte nach hinten und krabbelte zwischen die abgedeckte Ladung. Die Decke und der Korb mit dem Proviant waren schnell gefunden und kaum, dass ich saß, ließ der Mann auch schon die Zügel schnellen.

»Festhalten da hinten!«, rief er. Mit einem Ruck setzte sich die Kutsche in Bewegung. Ich hüllte mich in die Decke, zog den Korb an mich heran und faltete das Geschirrtuch zusammen, unter dem ein wahres Festmahl zum Vorschein kam. Gepökeltes Fleisch, Plunderstücke und Brote, dick beschmiert mit Butter und Honig. Mir lief das Wasser im Mund zusammen.

»Nur keine falsche Bescheidenheit«, sagte der Kutscher, dem wohl nicht entgangen war, dass ich seinen Proviant nur anstarrte und nicht wagte, mir etwas davon zu nehmen. Zu groß war meine Befürchtung, bloß zu träumen. Wenn das aber wirklich ein Traum war – wenn ich in Wahrheit noch in diesem Straßengraben lag, das Bewusstsein verloren hatte und drohte zu erfrieren – dann wollte ich diese Einbildung wenigstens mit vollen Zügen genießen. Ich nahm mir eines der Plunderstücke und biss herzhaft hinein. Die Füllung lief mir das Kinn hinunter und in meinem Mund fühlte es sich an, als hätte ich in eine zuckersüße Wolke gebissen. Ich stöhnte genussvoll und verschlang die weiteren Bissen.

»Mein Name ist übrigens Eschwind«, stellte sich der Kutscher vor.

»Malin«, sagte ich mit vollem Mund.

Ich hatte kaum hinuntergeschluckt, da überkam mich die Müdigkeit. Die letzte Nacht draußen auf der Lichtung war wenig erholsam gewesen, und der Fußmarsch hatte sein Übriges getan, mir die Kräfte zu rauben. Es gelang mir kaum noch die Augen offenzuhalten. Immer wieder fielen sie mir zu.

Als die Kutsche plötzlich so heftig polterte, dass ich beinahe von der Ladefläche geflogen wäre, schrak ich hoch.

Erschrocken schaute ich mich um, starrte voller Entsetzen in einen tiefen Abgrund und robbte rückwärts davon weg.

»Gib mit der Ladung Acht!«, ermahnte mich Eschwind.

Ich brauche einen Moment, um zu begreifen, dass wir einen Bergpfad hinauffuhren. Zu einer Seite ragten die Felsen in die Höhe, zur anderen fielen sie steil ab.

Ich hatte wohl ein oder zwei Stunden geschlafen, denn das Tal erstreckte sich weiter unter uns. Man konnte Embird in der Ferne sehen, auch den Wald, in dem die verborgene Lichtung lag und den Pfad gen Westen, auf dem mich Eschwind aufgegabelt hatte. Schnell begriff ich, wohin wir unterwegs waren. Ich wandte mich nach vorne und dort war es bereits zu sehen: das Schloss der Schneekönigin.

Mein Herz überschlug sich schier. Unzählige Gedanken schossen mir durch den Kopf und endeten in einem: Er würde mich erkennen. Der Achatkrieger würde mich wiedererkennen, wenn wir uns im Schloss begegneten und wer konnte schon sagen, was er dann mit mir anstellen würde.

»Dir geht es noch gut dort hinten?«, fragte Eschwind. »Hast du deine Zunge verschluckt?«

»Ich wusste nicht, dass wir zum Schloss fahren.« Ich war davon ausgegangen, dass wir zu einer Stadt oder einem Dorf in der Nähe unterwegs waren. Mit dem Schloss der Schneekönigin hätte ich im Leben nicht gerechnet.

»Hast du ein Problem damit? Du hast mir nicht danach ausgesehen, als würdest du ein warmes Mahl und ein Dach über den Kopf ablehnen. Natürlich kannst du auch auf der Kutsche sitzenbleiben und warten, bis ich wieder ins Tal fahre. So wie ich die Raffgier der Königin kenne, kann das nicht lange dauern.«

Raffgier? In Embird wäre jemand, der so von der Schneekönigin sprach, mit Steinen beworfen und fortgejagt worden. Eschwind hatte nicht einmal die Stimme gesenkt. Ich schob die Plane beiseite, um nachzuschauen, welche Waren er mit sich führte und fand edelste Stoffe, Kästen mit Schmuck und kistenweise Lebensmittel vor.

»Davon solltest du die Finger lassen«, riet mir Eschwind. »Das sind die

Abgaben des Volkes. Alles, was die armen Schlucker noch entbehren konnten.«

Ich zog die Plane wieder zu und wandte den Blick nach vorne, wo das Schloss bereits so nah gekommen war, dass ich die Muster auf den Vorhängen in den Turmfenstern erahnen konnte. Von Nahem wirkte das Schloss ganz anders. Längst nicht mehr so unwirklich. Es bestand nicht aus Kristall oder Eis, wie es im Glanz der Sonne den Anschein gehabt hatte, sondern aus eben denselben Steinen, aus denen auch die Häuser in Embird gefertigt worden waren. Angsteinflößend war es dennoch, so mächtig und hoch, wie es vor mir lag. Mit Türmen, deren Zinnen ich nur erkennen konnte, wenn ich den Kopf weit in den Nacken legte, und einer Mauer, die den Anschein erweckte, unüberwindbar zu sein. Die Soldaten, die darauf patrouillierten, trugen ebenso weiße Waffenröcke und Umhänge wie auch der Achatkrieger. Nur waren sie mit Armbrüsten bewaffnet und in Rüstung und Kettenhemd gekleidet.

Wir passierten das Eingangstor und zu meinem Glück kam niemand, um uns aufzuhalten oder Fragen zu stellen. Ein Blick in den Samtbeutel, den ich bei mir trug, und sie würden mich wohl auf dem direktesten Weg zurück ins Tal befördern. Eilig knotete ich die Pferdedecke auf, die ich mir fest um den Körper geschlungen hatte, schob den Beutel unter meinen Rock und knüpfte ihn am Gürtel fest. So hatte ich die Hände frei und musste nur befürchten, in Erklärungsnot zu geraten, wenn mich jemand durchsuchen sollte.

Ich hüllte mich wieder in die Pferdedecke und schaute mich um. Auf Vorplatz lag kaum Schnee. Dazu herrschte zu viel Betrieb. Überall sah ich Bedienstete, Frauen mit Wäschekörben, junge Mädchen, die Gänse vor sich hertrieben, Stallburschen mit Karren voller Mist und Männer in Rüstung.

Zwei Stallburschen eilen zur Kutsche und nahmen sich den Pferden an. »Reibt sie gut trocken«, befahl Eschwind. »Und sagt dem Schmied, dass er sich den linken Vorderhuf von Juros anschauen muss. Der Gute lahmt etwas. Malin?«

Ich wandte mich Eschwind erschrocken zu. Das geschäftige Treiben am Hof der Königin hatte mich völlig in den Bann gezogen. Alles wirkte so vertraut auf mich. Als wäre ich zurück in Embird, wo jeder seinem Tagwerk nachging. Es gab immer etwas zu tun, alle packten mit an und die Arbeit ging einem nie aus. Bloß dass die Menschen am Schloss nicht aussahen, als würden sie hungrig zu Bett gehen müssen.

Ich sprang von der Kutsche. Ein paar Männer und Frauen kamen, schlugen die Plane auf und luden die Waren ab.

»Vergiss nicht den Korb«, sagte Eschwind. »Der landet in den Gemächern der Königin, wenn du ihn diesen Heuschrecken überlässt.«

»Hast du unterwegs wieder etwas aufgegabelt?«, fragte eine verbittert wirkende Frau mit Rüschenschürze und Haube auf dem Kopf. Sie hatte sich zwei Stoffballen auf die Schultern gehievt und musterte mich von oben bis unten. »Sieht ganz abgemagert aus. Kannst du auch arbeiten, Mädchen? Oder bist du nur gut, um hübsch auszusehen?«

»Kümmere dich nicht um die alte Schnattertante«, riet mir Eschwind. »Komm jetzt.«

Ich nahm den Korb von der Ladefläche und verabschiedete mich von der Frau, indem ich einen Knicks andeutete. Ihr Blick lag noch immer prüfend auf mir. »Wenigstens hat sie Manieren«, murmelte sie und schaute dann über meinen Kopf hinweg zu Eschwind. »Schick sie zu mir, wenn du sonst nichts für sie findest. Ich mache ein anständiges Zimmermädchen aus ihr.«

Ich schloss zu Eschwind auf, der bereits davonstapfte und als Antwort nur abwinkend die Hand hob.

»Kann ich hier wirklich Arbeit finden?«, fragte ich.

»Was denkst du, warum ich dich aufgelesen habe? Die Köchin sucht eine neue Küchenhilfe. Die Letzte … sagen wir mal, der Königin hat die Suppe nicht gemundet. In die Küche bist du jedenfalls besser aufgehoben als unter den Fittichen der griesgrämigen alten Kammerdame.«

Ich schluckte schwer. Arbeit war genau das, was ich gesucht hatte. Aber hier am Schloss? So nah bei der Königin und ihrem dämonischen Diener? Ich konnte mir nicht vorstellen, dass das eine gute Idee war und hätte mir Eschwind gesagt, wohin die Fahrt ging, wäre ich wohl nicht auf seine Kutsche gestiegen.

Wahrscheinlich hatte er es mir genau deswegen verschwiegen. Es war sicher nicht leicht, jemanden zu finden, der freiwillig am Schloss einer Königin mit einem Herz aus Eis arbeitete.

»Du kannst doch Rüben putzen und Zwiebeln schälen, oder?«, fragte Eschwind.

»Natürlich.«

Wir hatten den Hof überquert und Eschwind stieß eine unscheinbare Tür ins Innere des Schlosses auf. Sofort schlugen mir verführerische Düfte, laute Stimmen und das Scheppern von Geschirr entgegen.

»Immer hereinspaziert«, forderte er mich auf und deutete ins Innere.

Die Küche des Schlosses war groß, laut und vollgestopft. Überall hingen Töpfe und Pfannen von der Decke, Geschirr häufte sich in Regalen, Essen im Überfluss türmte sich auf den Tischen und auf mehreren Kochstellen brutzelten verschieden Speisen. Eschwind blieb an einer Servierplatte stehen, auf der gezuckerte Pfannkuchen zu einem anschaulichen Berg stapelten waren. Er fuhr sich mit der Zunge über die Lippen, streckte seine Hand danach aus und bekam umgehend einen Holzlöffel über die Finger gezogen.

»Wag es ja nicht, du Gierschlund!«, fuhr ihn eine hochgewachsene Frau mittleren Alters an. Ihr dunkles Haar verschwand unter einem Netz, sie hatte sich eine Schürze umgebunden, auf der verblasste Flecken dutzender Mahlzeiten zu erkennen waren und trug in den darin eingelassenen Taschen ein ganzes Arsenal an Kochutensilien mit sich herum. Vom Gemüsemesser bis hin zu Suppenbolle war alles dabei.

Eschwind rieb sich murrend die Hand, während ihn die Köchin kritisch beäugte. »Als ob ich dir nicht genug Proviant für die Fahrt eingepackt hätte.«

»Du machst nun mal die besten Pfannkuchen, Amerild. Und von denen hast du mir keine mitgegeben.«

»Weil sie für die Königin sind!« Der Blick der Frau fiel auf mich. »Willst du mir deine Begleiterin nicht vorstellen?«

»Verzeiht«, bat ich, knickste und senkte den Blick. »Malin ist mein Name.«

»Du wolltest doch eine Küchenhilfe, oder?«, fragte Eschwind.

Amerild verengte den Blick. »Einen Burschen habe ich gesagt, du Dummkopf!« Sie hob drohend den Kochlöffel und Eschwind riss verteidigend die Arme hoch. Dabei grinste er so breit, dass seine Zähne zum Vorschein kamen.

»Jetzt schlag ja nicht wieder auf mich ein!«, bettelte er auf überzogene Weise. »Wenn du mir die Finger brichst, kann ich keine Kutsche mehr lenken.«

»Weichei«, zischte sie und verdrehte die Augen. »Tut mir leid, Kleine, aber für die Küche bist du mir zu zart. Du wirkst schüchtern und auch etwas unsicher. Damit kommst du hier nicht weit. Bei mir ist harte Arbeit und schnelles Handeln angesagt.«

»Ich kann hart arbeiten«, versprach ich.

Die Frau wirkte wenig überzeugt. »Zeig mir deine Hände«, forderte sie mich auf.

Ich trug noch Eschwinds Proviant bei mir. Eilig schaute ich mich um, fand aber auf die Schnelle keinen freien Flecken, auf dem ich den Korb abstellen konnte.

Amerild seufzte. »So wird das nichts. Schick sie wieder fort.« Sie wandte sich der Küche zu und gab ihren Untergebenen ein paar Anweisungen. »Schneller rühren, Katherin. Finn, der Teig dort muss noch ruhen, deck ihn wieder ab und rupf die Hühner.«

Ich wechselte einen kurzen Blick mit Eschwind, der nur bedauernd die Schultern hob.

Eigentlich war am Schloss der Königin zu arbeiten doch das Letzte, was ich tun wollte. Ich hätte die Entscheidung der Köchin hinnehmen und wieder gehen können, aber den Menschen hier schien es gut zu gehen. Sie hatten genug zu essen und Schutz vor der Kälte. Mehr konnte ich mir nicht erhoffen.

Kurzerhand stellte ich den Korb auf dem Boden ab und eilte Amerild nach. Bei ihr angekommen streckte ich ihr meine Hand entgegen. Die Frau bedachte mich mit einem barschen Blick, dem ich mich entschlossen stellte. Ich wollte nicht, dass sie mich weiterhin für unsicher hielt. Schließlich ergriff sie meine Hand und drehte sie. »Etwas dürr, aber die Schwielen zeigen mir, dass du dich nicht scheust anzupacken. Der Dreck unter den Fingernägeln muss weg. Geh dich dort hinten am Becken waschen, nimm ordentlich Seife, dann kommst du wieder zu mir und ich gebe dir etwas zu tun.«

Ich strahlte von einem Ohr zum anderen und war so erleichtert, nicht wieder in die Kälte zu müssen, dass ich Amerild ohne nachzudenken in die Arme fiel. »Vielen Dank!«, stieß ich aus.

Die Frau wurde stocksteif, entspannte sich aber schnell und tätschelte meinen Kopf. »Schon gut, stell dich nur nicht allzu ungeschickt an, damit ich meine Entscheidung nicht bereuen muss.«

Ich löste mich von ihr und versuchte tatkräftig und ernst zu wirken. Eigentlich war es nicht meine Art, jemand Fremden ungefragt zu umarmen, aber Amerild hatte trotz des schroffen Tons, den sie anschlug, etwas an sich, dass mich all meine Zurückhaltung vergessen ließ. Ich nickte und lief zum Waschbecken. Dort warteten bereits die Seife und eine Schüssel auf mich.

»Sollte sie mir Ärger machen, ziehe ich dich zur Verantwortung!«, hörte ich Amerilds warnende Stimme in meinem Rücken.

»Vor dir verantworte ich mich immer wieder gerne«, brummte Eschwind, woraufhin die Köchin erschrocken quiekte.

Ich warf einen Blick zurück und sah, dass sie sich den Hintern rieb, während er verstohlen grinste. Offenbar hatte er ihr einen Klapps verpasst. Ich schmunzelte.

»Jetzt raus mit dir, du Flegel!«, scheuchte sie ihn vor die Tür.

»Bis zu den Ellbogen«, sagte ein Küchenjunge neben mir. Er war kaum älter als zwölf, mit Sommersprossen im Gesicht und lockigem, rotem Haar. »Und nimm die Bürste, für die Fingernägel.«

»Mach ich, danke. Wie heißt du?«

»Finn«, stellte er sich vor und straffte seine Haltung.

»Malin«, sagte ich.

»He, da hinten kein Getuschel«, warnte uns Amerild.

Finn und ich zuckten zusammen und kicherten leise, während er sich wieder dem Rupfen seines Hühnchens und ich mich meinen Fingernägeln widmete.

Den Rest des späten Nachmittags, bis hin zum Abend, verbrachte ich mit Schälen, Schneiden, Rupfen und Putzen. Ich tat mein Bestes, um zu beweisen, dass Amerild keinen Fehler begangen hatte. Dennoch stand ich oft im Weg oder wusste nicht, was ich als Nächstes tun sollte. Immer wieder seufzte sie oder verdrehte die Augen, wenn ich einen Fehler beging.

Meine Hände waren bald aufgequollen, mein Rücken schmerzte und meine Füße pochten.

Neben mir arbeiteten noch fünf weitere Hilfen in der Küche. Zwei junge Frauen an den Kochtöpfen und drei Jungs, ungefähr in Finns Alter. Bei ihnen saß jeder Handgriff, sie waren schnell und befolgten ihre Anweisungen ohne zu zögern. Dennoch waren auch sie erschöpft, als das opulente Abendmahl der Königin endlich angerichtet war und von der Dienerschaft abgeholt wurde. Mir lief bei dem Anblick das Wasser im Mund zusammen und ich schaute mit großen Augen dabei zu, wie saftige Braten, duftende Suppen und jede Menge Backwaren ihren Weg aus der Küche ins Schloss fanden. Von dieser immensen Masse hätte ganz Embird sattwerden können. Ich fragte mich, ob der Königin klar war, wie sehr ihr Volk unter Hunger und Entbehrungen litt. Schämte sie sich denn nicht dafür, so zu speisen, während andere kaum genug hatten, um ihre Kinder satt zu bekommen?

»Nicht auf die Servierplatten sabbern«, sagte ein Diener. Er trug ein Tablett mit gefüllten Eiern an mir vorbei. Ich hatte sie eigens gekocht und geschält und hätte Amerilds Füllung zu gerne probiert.

»Puh«, sagte eine der beiden Hilfsköchinnen, nachdem alle Speisen hinausgetragen worden waren. Sie war ein ungewöhnlich großes Mädchen, mit weit auseinanderstehenden Augen und spitzer Nase. Stöhnend streckte sie sich und ließ ihre Schultern kreisen. »Ich dachte, wir werden heute gar nicht mehr fertig.«

»Ohne Rey läuft es hier nun mal nicht rund«, meinte die andere Hilfsköchin, eine zierliche junge Frau mit schwarzem Haar. Sie bedachte mich mit einem giftigen Blick.

»War Rey mein Vorgänger?«, fragte ich.

Schnaubend verschränkte sie die Arme vor der Brust. »Das würde voraussetzen, dass du seine Arbeit übernehmen kannst, aber so hat das heute nicht ausgesehen.«

»Lass gut sein, Katherin«, mischte sich Amerild ein. »Kümmere dich lieber um den Abwasch.«

»Aber …!«, beschwerte sie sich und schnappte nach Luft.

»Sofort!«, befahl Amerild. Sie wandte sich der anderen Hilfsköchin zu. »Tami, du zeigst Malin, wo sie schlafen wird und nimm gleich etwas zu essen mit. Für euch und auch für Rey.«

Tami nickte schwerfällig. »Komm mit«, bat sie mich. Sie griff sich Eschwinds Korb, der im Laufe des Tages unter einen der Tische geschoben worden war. Auf dem Weg zum Ausgang füllte sie ihn mit ein paar Resten, die es nicht auf die Servierplatten geschafft hatten. Brötchen, die etwas zu dunkel geraten waren, übrige Bratenfüllung und krumme Rüben.

Ich folgte ihr und wir überquerten den Vorplatz.

»Sie kommt!«, rief einer der Wachen von den Zinnen der Außenmauer.

Hektik brach aus, zwei Stallburschen kamen herbeigeeilt und bezogen in der Mitte des Platzes Stellung. Der Haupteingang zum Schloss wurde geöffnet, mehrere Diener fegten den Schnee von den Stufen und rollten einen blauen Samtteppich aus. Wer nichts mit diesen Vorbereitungen zu tun hatte, beendete schnell, was er gerade tat und verschwand in der nächstbesten Tür.

»Hierher!«, drängte mich Tami, nahm meine Hand und zog mich hinter ein paar Strohballen. Dort gingen wir in die Hocke und warteten ab.

Ich wollte fragen, was vor sich ging, als auch schon eine prachtvolle offene Kutsche auf den Vorplatz fuhr. Vier stattliche Schimmel waren ihr vorgespannt. Dass es die Kutsche der Königin war, hätte niemand auch nur einen Moment bezweifelt. Sie wirkte wie aus Eis gehauen, glänzte silbrig im Licht der tiefstehenden Sonne und war so reichlich mit Ornamenten verziert, dass man gar nicht wusste, wo man zuerst hinschauen sollte.

Mein Blick wanderte zur Königin. Ihre Haut war wie Milch, ihr Haar weiß wie Schnee und ihre Augen eisblau. Ihre Gesichtszüge wirkten zeitlos. Unmöglich zu sagen, wie alt sie tatsächlich war. Auf ihrem Haupt ruhte eine prachtvolle Silberkrone, um die sich die Locken ihrer Frisur wanden. Ihr blassblaues Kleid aus Spitze und Seide war mit weißem Fell und Edelsteinen besetzt. Der hohe Kragen umrahmte ihren schmalen Hals und die ausladenden Ärmel flossen wie klares Wasser über die Falten ihres Rockes. Wie gemalt wirkte sie.

Mir jagte ihr Anblick ein Schauer über den Rücken. Nicht nur dass sie genauso rein und einzigartig wie eine Eisblume aussah, sie schien mir auch ebenso kalt zu sein.

»Sie sieht dir ein bisschen ähnlich«, behauptete Tami.

Verwirrt warf ich ihr einen flüchtigen Blick zu. Sie zuckte mit den Schultern. »Ich meine ja nur.«

Die Kutsche war zum Stehen gekommen und sofort widmeten sich die Stallburschen den Pferden, während ein Diener herbeigeeilt kam, um seiner Königin die Tür zu öffnen.

Sie sah mir kein Stück weit ähnlich. Außer dass wir beide lange Haare hatten, war uns nichts gemein. Nie im Leben hätte ich so elegant und grazil sein können. Die Königin erhob sich und schwebte geradezu über die Stufen auf den Teppich hinab, den man ihr ausgelegt hatte. Sanft wie der Flug eines Kranichs glitt sie zum Schloss hin. Dort wurde die Tür erneut geöffnet und mein Herz machte einen Satz, als ich den Achatkrieger sah. Allein ihn von Weitem zu sehen ließ es schon schneller schlagen. Ich schob das auf meine Wut auf ihn und das, was er mir, Alina und so vielen anderen angetan hatte. Aber da war noch mehr. Ich fühlte eine Verbindung zu ihm, die ich mir nicht erklären konnte. Ein Ziehen tief in meinem Inneren, als würden meine verschütteten Erinnerungen an den Ketten rütteln, die sie gefangen hielten.

Der Achatkrieger nahm die Stufen nach unten und sank vor der Schneekönigin auf ein Knie. Ob er ihr etwas sagte, konnte ich nicht hören. Dazu waren sie zu weit entfernt. Ich sah nur, wie die Schneekönigin ihre Hand hob, eine beiläufige Bewegung tat und ihm damit befahl, den Weg freizumachen. Das tat er, ohne zu ihr aufzuschauen. Er wartete ab, bis sie an ihm vorbeigeglitten war, dann folgte er ihr zum Schlosseingang.

Um ihnen nachschauen zu können, musste ich mich hinter dem Strohballen aufrichten, schrak aber sofort wieder zurück, als er stehenblieb und sich umschaute. Irgendetwas musste seine Aufmerksamkeit erregt haben und ich hoffte, dass nicht ich es gewesen war. Spürte er in meiner Gegenwart denn dasselbe wie ich? War da auch ein Ziehen an seinem Herzen, wenn ich in seiner Nähe war? Dazu hätte er wohl ein Herz haben müssen. Ich bezweifelte jedoch, dass einer, der so Grausames tat, ein schlagendes Herz in der Brust trug.

Vorsichtig spähte ich über das Stroh. Der Achatkrieger ließ seinen Blick noch einmal über den Vorplatz wandern, dann folgt er seiner Königin und beide verschwanden sie im Schloss.

»Komm jetzt«, forderte mich Tami auf.

»Verstecken sich immer alle vor der Königin?«, fragte ich.

Tami hob die Schultern. »Wenn sie schlecht drauf ist, will ihr niemand über den Weg laufen. Aber zum Glück sieht man sie nur selten hier draußen. Sie ist wie eine dornige Rose: wunderschön, aber auch gefährlich, wenn man ihr zu nah kommt.«

»Und den Achatkrieger?« Allein seinen Namen zu nennen sorgte schon dafür, dass sich meine Brust zusammenschnürte. In meinem Kopf blitzte noch einmal das Bild seiner Augen auf. Es hatte sich mir eingebrannt und jedes Mal, wenn es mich überkam, hatte ich mehr das Gefühl, in ihnen zu versinken. Es war, als würden sie ein Rätsel bergen, als hätte er mir versucht, mit nur einem Blick Dinge zu sagen, die ich einfach nicht verstehen konnte.

Ich schüttelte mich, um diese Gedanken loszuwerden.

»Dem gehst du am besten auch aus dem Weg«, riet mir Tami.

Auf dem Vorplatz kehrte wieder Normalität ein. Der Teppich wurde abgeklopft und weggeräumt, die Stallburschen führten die Pferde zur Tränke und wer sich versteckt hatte, trat wieder ins Freie.

Tami führte mich zu einer Tür neben den Schweineställen. Dahinter lag ein gemütlicher Raum mit Kamin, Tischen, Stühlen und ein paar Regalen.

»Dort hinten findest du Kissen und Decken, falls du etwas brauchst. Auch ein paar ausrangierte Kleider. Mützen, Schals und solche Sachen.« Sie deutete auf die Regale. »Ein paar Bücher gibt es auch. Ich weiß ja nicht, ob du lesen kannst, aber wenn das, was du unter deinen Klamotten versteckst, ein Buch ist, dann leg es dazu. Wir teilen hier alles miteinander.«

»Nein«, sagte ich eilig und bemerkte erst jetzt, dass ich seit der Begegnung mit den Achatkrieger meine Hand auf den Samtbeutel gelegt hielt. »Kein Buch.«

Tami musterte mich kurz, sagte aber nicht weiter dazu. »Jeder ist dafür verantwortlich, dass das Feuer in Gang bleibt. Wenn du mal siehst, dass es niedergebrannt ist, leg neues Holz nach und wenn es zur Neige geht, holst du neues. Es lagert auf der anderen Seite des Platzes. Du kannst es nicht übersehen.«

»Verstanden.«

»Und hier geht es zu den Schlafgemächern.« Sie durchquerte den Raum, öffnete eine Tür und führte mich in einen schmalen Gang. »Hier schlafen die Männer, hier sind Familien untergebracht«, erklärte sie und deutete dabei auf die eine oder andere Tür. »Wer im Schloss arbeitet, hat es besser. Dort hat das Personal mehr Platz und Privatsphäre. Aber uns geht es auch ganz gut. Hier schlafen die Frauen und Kinder, also auch wir.« Sie legte ihre Hand an den Griff einer Tür. Dann wandte sie sich mir zu. »Malin war dein Name, nicht wahr? Du scheinst mir ganz nett zu sein. Ich hoffe, wir können Freundinnen werden. Mit Katherin komme ich nämlich gar nicht klar und die Jungs haben nur Flausen im Kopf.«

»Das hoffe ich auch«, sagte ich.

Tami nickte zufrieden. »Mein Name ist Tamira, aber alle nennen mich nur Tami. Ich bin seit einer gefühlten Ewigkeit am Schloss. Es lässt sich hier ganz gut leben, wenn man fleißig ist und der Königin aus dem Weg geht. Und jetzt stelle ich dir Rey vor, dann verstehst du, was ich meine.«

Sie öffnete die Tür und wir betraten einen Schlafsaal. An den Wänden standen Etagenbetten für ungefähr ein Dutzend Personen. In manchen davon lag jemand, ich hörte sie schnarchen und sah, wie sie sich unter ihren Decken bewegten.

»Pssst.« Tami legte sich den Finger auf den Mund. »Manchmal arbeiten welche von uns nachts und schlafen tagsüber, also sei leise.«

Sie schlich auf Zehenspitzen zu einem der hinteren Betten. Dort saß ein Junge mit Blick zur Wand. Er hatte uns den Rücken zugekehrt, sodass ich nicht viel von ihm erkennen konnte. Tami umrundete das Bett, ging vor ihm auf die Knie und stellte den Korb ab.

»Rey?«, sprach sie ihn leise an. Er regte sich nicht. »Ich habe etwas Leckeres zu Essen mitgebracht. Haselnussfüllung mit Rosinen. Die liebst du doch, oder?«

Zögerlich schloss ich zu Tami auf, umrundete das Bett ebenfalls und erstarrte, als ich Rey ins Gesicht blicken konnte. Der Junge war kreidebleich, weiße Strähnen zogen sich durch sein kohlrabenschwarzes Haar, seine Lippen waren blau angelaufen und seine Augen milchig und trüb. Er wirkte teilnahmslos, starrte noch immer zur Wand und reagierte auch dann nicht, als Tami seine Hand berührte.

»Er hat nichts getan«, erklärte sie mir mit erstickter Stimme. »Er war nur zur falschen Zeit am falschen Ort. Wenn die Königin wütend wird, sollte man besser nicht in ihrer Reichweite sein.«

»Weiß er, wo er ist?«, fragte ich. »Bekommt er irgendetwas mit?«

Tami hob die Schultern. »Hoffentlich nicht. Niemand kann das so genau sagen. Er sitzt nur da, isst und trinkt kaum. Ich weiß nicht, wie lange das noch so weitergeht.«

Sie nahm einen Löffel Füllung und hielt sie ihm an den Mund. »Komm schon. Nur einen Happen«, forderte sie ihn auf, doch Rey machte keine Anstalten, etwas zu essen. Tami seufzte schwer, nahm eines der Brötchen und drückte es ihm in die Hand.

»Lass uns draußen essen, wo wir die anderen nicht stören.« Sie stand wieder auf. »Das dort hinten ist dein Bett. Deine Habseligkeiten kommen in die Kiste daneben. Der Schlüssel steckt, aber keine Sorge, hier stiehlt dir niemand etwas.«

Während sie zum Ausgang lief, verstaute ich meinen Überwurf und den Samtbeutel in der Kiste. Den Schlüssel ließ ich in meiner Rocktasche verschwinden, dann strich ich über die Matratze meines Bettes. Ein eigenes Bett, weiße Lacken, eine Decke. Mit der Nische in der Scheune des Pferdewirts war das nicht zu vergleichen. Aber die Aussicht, so zu enden wie Rey, wenn ich mir einen Fehltritt erlaubte, schmälerte meine Freude. Ich schaute noch einmal zu ihm. Er hatte das Brötchen in beide Hände genommen und starrte weiter zur Wand. Nichts über meine Vergangenheit und Herkunft zu wissen war schrecklich, aber wohl ein milderes Schicksal als das von Rey. Ich hätte nicht mit ihm tauschen wollen.

KAPITEL 4

Im Vergleich zum entbehrungsreichen Leben in Embird war der Alltag am Schloss leicht zu bewältigen. Im Aufenthaltsraum brannte immer ein gemütliches Feuer, es gab stets genug zu essen, niemand musste hungern, frieren oder im Stroh schlafen. Die Arbeit in der Küche war hart, aber ich wurde immer besser und schneller darin. Nicht zuletzt, weil mir Finn mit Rat und Tat zur Seite stand, Tami immer ein paar aufmunternde Worte parat hatte und Amerild über all die kleinen Fehler hinwegschaute, die mir immer mal wieder passierten. Mein erster Eindruck von ihr, der mich dazu verleitet hatte, sie ungefragt zu umarmen, hatte sich schnell bestätigt. Sie tat oft schroff und streng, aber im Grunde hatte sie ein gutes Herz.

Nur Katherin war nicht gut auf mich zu sprechen. Ich versuchte ihr aus dem Weg zu gehen, was in der engen Küche oft nicht leicht war. Immer wieder rempelte sie mich im Vorbeigehen an oder schob mir die Schuld für ein Missgeschick in die Schuhe. Was ich getan hatte, um so von ihr verachtet zu werden, wusste ich nicht.

Es waren bereits einige Tage vergangen, in denen ich mich gut eingefunden hatte, als sie mir aus heiterem Himmel ein Bein stellte. Ich trug gerade einen großen Topf mit dampfender Suppe, stolperte und verschüttete einen ganzen Schwall davon. Sie klatschte auf den Boden und spritze an die Schranktüren.

»Pass doch auf, du Tollpatsch!«, fuhr sie mich an.

»Was ist jetzt schon wieder?«, rief uns Amerild vom anderen Ende der Küche aus zu.

»Die dumme Göre hat die Leibsuppe der Königin auf dem Boden verteilt!«

»Du hast mir ein Bein gestellt«, knurrte ich. Natürlich hatte sie sich dafür einen unbemerkten Moment ausgesucht, sodass ich keine Beweise hatte.

»Ach, jetzt kommst du also wieder mit Lügen und Ausreden«, maulte Katherin. »Wisch das lieber schnell weg, bevor die Königin hier auftaucht und sieht, was du angerichtet hast.«

Tami nahm mir den Topf aus der Hand und stellte ihn beiseite. »Ich helfe dir«, bot sie an.

Einer der Jungs brachte uns einen Putzeimer, wir gingen in die Hocke und begannen zu wischen.

»Katherin, schau zu, dass du die Suppe streckst«, befahl Amerild. »Und zwar so, dass sie nicht verwässert schmeckt. Die Königin macht uns sonst alle einen Kopf kürzer.«

»Ich muss das jetzt also ausbaden?«, beschwerte sie sich. »Dieses ungeschickte Gör bringt uns noch alle ins Grab!«

Tami beugte sich zu mir vor. »Stimmt es wirklich?«, fragte sie mit gesenkter Stimme. »Hat sie dir ein Bein gestellt?«

Ich nickte. »Keine Ahnung, was sie gegen mich hat.«

Tami zuckte mit den Schultern. »Sie hat doch gegen jeden irgendetwas ... Seit das mit Rey passiert ist, ist es besonders schlimm und weil du für ihn einspringst, hat sie dich wohl auf dem Kieker.«

»Beeilt euch«, drängte Amerild. »Die Arbeit macht sich nicht von selbst.« Ihr Blick lag besonders lang auf mir. Wahrscheinlich fragte sie sich, ob sie nicht doch einen Fehler begangen hatte. Katherin gab sich jedenfalls größte Mühe, es so aussehen zu lassen.

In dem Moment sprang die Tür zum Vorplatz auf und ich befürchtete schon, Katherins Prophezeiung könnte eintreffen und die Königin würde eintreten. Allerdings hatte ich sie seit dem Tag meiner Ankunft nicht mehr zu Gesicht bekommen und ich bezweifelte auch, dass sie sich dazu herablassen würde, die Küche zu betreten. Tatsächlich war es nicht die Königin, sondern einer der Hofarbeiter.

»Es geht um Rey«, erklärte er gehetzt.

Katherin riss die Augen auf und schaute fast schon verzweifelt zu Amerild, die daraufhin nickte. »Na geh schon, wir kommen für ein paar Stunden ohne dich zurecht.«

Katherin rannte sofort los und Amerild übernahm es, die restliche Suppe zu strecken. Ich wagte es nicht zu fragen, was mit Rey sein könnte, aber ich konnte es mir schon denken. Seit meiner Ankunft saß er nur schweigend auf seinem Bett. Er aß und trank so gut wie nichts, stand nie auf und sprach kein Wort. Wie lange hielt ein Mensch das aus? Ich ahnte das Schlimmste und ein Kloß bildete sich bei dem Gedanken in meinen Hals. Katherin, die mir bisher überheblich und selbstverliebt vorgekommen war, hatte regelrecht panisch und verängstigt gewirkt. Dabei war sie nicht ein einziges Mal bei Rey gewesen. Tami war es, die immer zu ihm ging und versuchte, ihn zum Essen zu bewegen. Katherin schaute nicht einmal in seine Richtung, wenn sie den Schlafsaal betrat.

»Nicht trödeln«, ermahnte mich Amerild.

Ich widmete mich wieder dem Boden und versuchte, den Gedanken an Rey und Katherin und verdrängen. Bis zum Abend gelang mir das auch. Denn Katherin kehrte nicht wieder zurück und ihre Arbeit zu übernehmen brachte uns alle an unsere Grenzen. Ich sah sie erst wieder, als ich am Abend erschöpft und ausgelaugt den Aufenthaltsraum betrat. Ein paar Bedienstete hatten sich an der Tür zum Schlafsaal versammelt und sprachen miteinander.

»Lange wird es nicht mehr dauern«, meinte einer von ihnen.

»Es tut mir sehr leid um den Jungen«, sagte ein anderer.

Amerild hatte Tami aufgetragen, das Geschirr zu spülen und mich mit dem Essen vorgeschickt. Mit dem Korb fest an mich gedrückt drängte ich mich durch die Leute in den Schlafsaal.

Rey saß nicht mehr auf seinem Bett, sondern lag unter der Bettdecke. Katherin kauerte neben ihm. Sie hielt seine Hand, Tränen stand ihr in den Augen und sie schluchzte. Als sie mich sah, mischte sich augenblicklich Zorn in ihre Verzweiflung.

»Verschwinde von hier«, blaffte sie mich an.

Ich ließ mich nicht abschrecken und kam näher. Auf Reys Stirn lag ein feuchtes Tuch, er hatte die Augen geschlossen und wirkte unruhig. Ich konnte nur vermuten, dass er Fieber hatte. »Ist er krank?«, fragte ich.

»Was geht dich das an?« Sie deutete auf die Tür. »Er wird nichts essen, also nimm den Korb und geh. Ich kann deinen Anblick nicht ertragen.«

Ich wusste nicht, ob wir Freunde geworden wären, wenn ich nicht Reys Arbeit übernommen und dadurch Katherins Wut auf mich gezogen hätte, aber ich sah, wie mitgenommen sie war und sie tat mir unheimlich leid. »Steht dir Rey sehr nah?«, fragte ich.

Die ganze Zeit über hatte ich geglaubt, dass er ihr egal war, weil sie ihn nicht eines Blickes würdigte. Aber das Gegenteil war wohl der Fall. Es war zu schmerzhaft für sie gewesen, ihn in diesem Zustand zu sehen.

Katherin antwortete mir nicht. Sie schaute mich nicht einmal an, also wagte ich mich näher heran und stellte den Korb ab.

»Als Navena einmal so krank war, habe ich ihrer Mutter bei der Pflege geholfen«, erklärte ich und legte meine Hand an Reys Hals, um nach seinem Puls zu fühlen. Er raste geradezu und seine Haut brannte wie Feuer. »Gibt es einen Arzt, den wir rufen können?«

Katherin schüttelte den Kopf. »Es gab mal einen, aber der hat der Königin nicht gepasst. Sie hat ihm den Achatkrieger auf den Hals gehetzt, jetzt mistet er die Pferdeställe aus und kann nicht mal mehr eine verstopfte Nase behandeln.«

»Ich wurde damals losgeschickt, um Rinde von Weißregenbäumen zu sammeln«, erzählte ich. »Daraus lässt sich eine Paste zubereiten, die das Fieber senkt. Und ein Sud aus Brennnesseln sorgt dafür, dass das Atmen leichter fällt.«

Katherin schaute zu mir auf. Ihre Augen waren blutunterlaufen. »Und wieso sollte ich dir glauben? Ich an deiner Stelle würde mir ganz bestimmt nicht helfen. Wir sind ja nicht gerade Freunde.«

»Aber ich bin nicht du und es geht auch nicht um dich. Es geht um Rey.«

In meinem Rücken räusperte sich Tami. »Ich weiß, wo Weißregenbäume stehen«, sagte sie. »Wenn du willst, zeige ich sie dir.«

Ich schaute noch einmal zu Katherin. Um Rey zu helfen, brauchte ich ihre Erlaubnis nicht, aber ich hätte mich mit ihrer Zustimmung besser gefühlt und tatsächlich nickte sie widerwillig.

Tami und ich liefen zur Tür, wo noch immer ein paar Schaulustige standen. »Habt ihr nichts zu tun?«, blaffte Tami sie an. Die Leute drucksten herum, murmelten vor sich hin und verteilten sich allmählich im Raum.

»Wie die Geier«, murrte Tami.

Wir liefen über den Vorplatz zu einem Pfad, der zwischen dem Schloss und der Außenmauer entlangführte. »Es ist nicht weit«, sagte Tami. »Aber versprich mir, dass du niemandem davon erzählst.«

»Ich kann Geheimnisse für mich behalten«, versprach ich.

Durch ein Tor gelangten wir zu einer kleinen Kapelle und verschneiten Gemüsebeten, die bis auf ein paar Kräuter und Grünkohl brachlagen. Dahinter erstreckte sich ein verwucherter Irrgarten. Die Hecken waren mindestens drei Meter hoch, ragten weit in die Wege und bogen sich teils unter dem Gewicht des Schnees.

»Ich habe mich hier mal verlaufen, sonst wäre ich wohl nie auf den verborgenen Garten gestoßen«, erklärte Tami und verschwand zwischen den Hecken.

Ich folgte ihr und wir bogen mehrmals ab. Bald schon hatte ich die Orientierung verloren. »Wie weit erstreckt sich dieser Irrgarten?«

»Oh, keine Ahnung. Ewig weit. Ich habe die Königin aber noch nie hier gesehen. Da fragt man sich doch, warum jemand so etwas pflanzen lässt, wenn es dann nie genutzt wird. Man könnte hier tolle Spiele veranstalten, meinst du nicht auch?«

Wenn der Irrgarten gepflegt wäre, hätte ich mir das tatsächlich vorstellen können. Aber das war er nicht. Teils schlossen sich die Hecken über uns, teils hatten sich Dornenranken ausgebreitet und hingen wie nadelgespickte Vorhänge vor den Durchgängen. Sich an diesem Ort zu verlaufen hörte sich nicht sehr verlockend an.

»Hier ist es«, sagte Tami und verschwand zwischen ein paar Ranken. Ich schlüpfte ebenfalls hindurch und spürte schon bevor ich auf der anderen Seite angelangt war, dass mir ein warmer Windhauch entgegenkam.

Den Irrgarten hatten wir hinter uns gelassen und betraten eine verwilderte, kleine Gartenanlage.

Schnee lag hier keiner.

Das Gras stand mir bis zu den Knien. Es war übersäht von Farbtupfern: zarte Blumen, die überall blühten. Darin summte und surrte es vor Leben. Ich sah Schmetterlinge und Bienen, die von Blütenkelch zu Blütenkelch flogen und in den gut ein Dutzend Bäumen, die sich überall aus der Wiese erhoben, zwitscherten die Vögel. Auch ein paar Eichhörnchen konnte ich durch das Geäst huschen sehen.

Bei dem Anblick ging mir das Herz auf. Der Geruch nach saftig grünem Gras und Blütenstaub lag in der Luft. Ich atmete tief ein und es fühlte sich an, als würde ich den Frieden und die Wärme dieses Ortes tief in mich aufnehmen können.

»Wieso ist es hier so warm?«, fragte ich.

»Ich habe keine Ahnung«, gestand Tami. »Aber ist es nicht wunderschön?«

»Es ist traumhaft«, stimmte ich zu.

Ich schloss für einen Moment die Augen und mir war, als würde ich jemanden singen hören. Eine leise Stimme, gleich hinter mir. Erschrocken wirbelte ich herum, doch da war niemand. Hatte ich mir das nur eingebildet?

»Aber du darfst wirklich niemandem davon erzählen. Wenn die Königin von dem Garten wüsste, wer weiß, was sie dann damit anstellen würde. Ich kann mir nicht vorstellen, dass sie den Ort hier kennt. Sie hasst es, wenn nicht alles so eisig und kalt ist wie sie selbst.«

Ich konnte Tami gut verstehen. Schließlich hatte ich auch niemandem von der Lichtung im Wald erzählt. »Von mir erfährt niemand etwas«, versprach ich.

»Brennnesseln wachsen dort hinten«, sagte sie und zog sich den Ärmel über die Finger. »Ich pflücke ein paar.«

Ich schaute mich noch einmal um. Es musste einen Grund dafür geben, dass es auf der Lichtung und an diesem Ort viel wärmer war als im Rest des Landes. Einen anderen, als ich bisher vermutet hatte. Dass die Macht der Schneekönigin irgendwo endete, erklärte jedenfalls nicht, warum in ihrem eigenen Schloss ein verborgener Garten in voller Blütenbracht stand. Vielleicht lag es an einer bestimmten Blume? Ich schaute mich um, fand aber nichts Auffälliges. Meine Finger glitten über die Blüten, ich schloss noch einmal die Augen und ganz ohne mein Zutun entkamen mir ein paar gesummte Töne. Eine Melodie, so vertraut und fremd zugleich, ein Schwall aus Farben und Gefühlen, aus verschwommenen Bildern, die ich nicht greifen konnte, strömten auf mich ein.

Ich verstummte und riss die Augen wieder auf. Was tat ich da bloß? Es war eine Sache, auf einer Lichtung, weit weg von der Königin, ein Lied zu spielen, aber etwas ganz anderes, es direkt unter ihren Augen zu tun.

Die Verlockung war einfach zu groß. Ich hatte das Gefühl, meine Erinnerungen greifen zu können, wenn ich mich nur noch einmal auf dieses Lied einließ. Die nächsten Noten schwebten mir regelrecht zu und fast schon lagen mir Worte auf der Zunge, die dazu gesungen werden wollten.

»Ich habe sie!«, rief mir Tami zu und riss mich damit aus meinen Gedanken.

Ich schüttelte mich und schaute mich nach dem Weißregenbaum um, den ich genau in der Mitte des Gartens fand. Es war ein so mächtiger Baum, dass ich mich fragte, warum ich ihn nicht schon vom Irrgarten aus gesehen hatte. Seine weißglitzernden Blätter an den hängenden Ästen erweckten den Anschein von fallendem Schnee. Zwischen den Ästen, die fast bis auf den Boden hinabreichten, sah ich im dichten Gras eine verwitterte Sitzbank stehen. Ich schob den Ästevorhang beiseite, legte meine Hand auf die Bank und fragte mich, wann das letzte Mal jemand darauf gesessen und den Frieden in diesem Garten genossen hatte. Vielleicht stammten der Irrgarten und diese Anlage in seinem Zentrum aus einer Zeit vor der Schneekönigin.

Bei dem Gedanken legte ich die Stirn in Falten. Vor ihrer Zeit? Das kam mir so unwirklich vor. Herrschte die Schneekönigin nicht schon immer über Avendar? Lag nicht schon immer alles unter Schnee begraben? Bisher war ich fest davon überzeugt gewesen, genau wie alle anderen Einwohner des Landes. Doch mit einem Mal kamen mir Zweifel. Wozu Äcker und Felder, wenn sie doch nur brachlagen, weil es zu kalt war, um sie zu bestellen? Wozu Instrumente, wenn man sie nicht spielen durfte? Irgendetwas an diesem

Garten sorgte dafür, dass mir alles außerhalb falsch vorkam. Als wäre ich beim Durchschreiten des Irrgartens in die Wirklichkeit eingetreten, während dort draußen ein nicht enden wollender Albtraum nur darauf wartete, durchbrochen zu werden.

»Stimmt etwas nicht?«, fragte Tami.

Verwirrt schaute ich mich zu ihr um.

»Nein, alles gut«, versicherte ich mit ungewohnt rauer Stimme. Ich widmete mich wieder dem Baum und löste etwas von seiner Rinde ab. »Wir sollten uns beeilen.«

***

Es gelang uns, Reys Fieber zu senken. Dennoch machte ich mir große Sorgen um ihn und Katherin ging es nicht anders. Sie wachte weiterhin an seinem Bett und blieb auch dann noch neben ihm sitzen, als sich Tami und ich schlafengelegt hatten. Wirklich müde war ich jedoch nicht. Ich lag lange mit offenen Augen da und wurde die Melodie nicht los, die sich unentwegt in meinem Kopf wiederholte. Sie war mit so Vielem verbunden, das ich nicht greifen und nicht verstehen konnte: so viele Gefühle, geknüpft an verlorene Erinnerungen. Es quälte mich, ihnen so nah zu sein und doch unfähig, die Mauer zu durchbrechen, die sie vor mir abschirmte. Es nutzte auch nichts, die Augen fest zuzukneifen, um mich dazu zwingen zu wollen einzuschlafen. Ich war einfach zu wach und aufgewühlt.

Ich schaute zu Katherin, die an Reys Seite eingeschlafen war. Ihr Oberkörper ruhte auf seiner Bettdecke, während der Junge regungslos dalag und zur Decke starrte. Noch immer war seine Haut blass wie Schnee, seine Augen trüb und sein Haar weißgefärbt, als hätte ihm ein eisiger Schrecken alle Farbe entzogen. Aber er war aus seinem Fiebertraum erwacht und das wertete ich als gutes Zeichen.

Außer ihm schliefen mittlerweile alle. Es musste schon sehr spät sein, denn selbst durch den Türschlitz konnte ich kein Licht fallen sehen und Stimmen waren auch keine zu hören.

Ich schlüpfte auf leisen Füßen aus dem Bett, öffnete meine Kiste und holte den Samtbeutel hervor. Mit dem Überwurf um meine Schultern verließ ich den Schlafsaal, eilte durch den Gang zum Vorraum und zog die Tür hinter mir zu.

Als ich mich dem Ausgang zuwandte, schrak ich zusammen und hätte beinahe aufgeschrieben. Im Sessel vor dem Kamin saß eine bullige Gestalt, schaute mich direkt an und richtete sich ein Stück weit auf. Erst auf den zweiten Blick erkannte ich, dass es sich bloß um Eschwind handelte, der vor dem Kamin eingeschlafen war. Er murmelte etwas Unverständliches, von dem ich nur das Wort Pfannkuchen verstehen konnte, dann drehte er sich zur Seite weg und gluckste leise vor Lachen.

Ich schmunzelte. Dass er Amerilds Pfannkuchen liebte, wusste ich ja bereits. Und offenbar begleitete ihn diese Liebe auch in seine Träume. Ich schlich zum Kamin, legte Feuerholz nach und nahm die Wolldecke vom zweiten Sessel, um Eschwind damit zuzudecken. Er kuschelte sich sofort darin ein und versank tiefer in den Schlaf. Anschließend verließ ich das Zimmer und machte mich auf den Weg zum verborgenen Garten.

KAPITEL 5

Obwohl ich den Weg durch den Irrgarten nur einmal gegangen war, fand ich den verborgenen Garten auf Anhieb. Es war beinahe, als würde er mich rufen. Selbst im Dunkeln leitete mich mein Gefühl durch die wuchernden Hecken und mein Herz schlug schneller, je näher ich meinem Ziel kam. Kurz bevor ich es erreicht hatte, wurde ich so aufgeregt, dass ich fast schon rannte. Ich stolperte durch den Rankenvorhang, drehte mich im Kreis und für einen Moment war mir, als wäre ich in ein anderes Leben hineingestolpert. Ich hörte mich selbst lachen, mein Rock wirbelte um mich herum, sanfte Töne lagen in der Luft, trugen mich leichtfüßig über die Wiese und der warme Schein der Sonne kitzelte mir in den geschlossenen Augen. Doch kaum dass ich mich zu Ende gedreht hatte, wurde es wieder dunkel und die Erinnerung verschwand hinter dem grauen Nebel in meinem Kopf.

Nichts blieb – keine Melodie, kein Sonnenschein, kein fröhliches Lachen. Nur die tiefschwarze Nacht, mein gehetzter Atem, der sich in Wolken vor mir abzeichnete, und eine Erkenntnis: Ich war schon einmal hier gewesen. Am Schloss, genau an diesem Ort. Hier, in dem verborgenen Garten, hatte ich die Melodie gehört, die mir seitdem nicht mehr aus dem Kopf ging. Und wenn es mir gelänge, sie erneut zu spielen, dann würde ich mich endlich wieder erinnern können. Ich war mir ganz sicher, dass es so sein musste.

Nur war mein Instrument zerstört.

Ich lief zur Bank unter dem Weißregenbaum, ging vor ihr auf die Knie und breitete die Bruchstücke auf der Sitzfläche aus. Ein paar Zinken hingen noch am Rahmen, der in mehrere Teile zerbrochen war, die anderen lagen lose vor mir. Ich versuchte, sie zu befestigen und den Rahmen zusammenzusetzen, aber ohne Werkzeug und Leim war das ein aussichtsloses Unterfangen. Ich seufzte.

Dabei war ich den Antworten doch so nah. Ich war mir sicher, schon einmal am Schloss gewesen zu sein. Vielleicht nur zu Besuch, weil mich bisher niemand wiedererkannt hatte. Aber dieser Ort war wichtig für mich gewesen. Er hatte eine besondere Bedeutung.

Ich schloss die Augen und gab mich ganz der Melodie hin, die mir im Garten, unter dem Baum, noch viel greifbarer schien als bisher. Leise summte ich, bis ich wieder das Gefühl hatte, die Worte zu hören, die dazu gesungen werden wollten. Und diesmal kamen sie mir wie von allein über die Lippen: »Ein Lächeln so sanft, das Haar Ebenholz, der Glanz deiner Augen den Sternen so nah …« Tränen sammelten sich auf meinen Wimpern und meine Stimme brach mir weg. Es war, als würden mich die Erinnerungen, nach denen ich mich so sehr sehnte, mit einem Mal zu ersticken versuchen. Es war zu viel, es tat zu sehr weh, um sie zulassen zu können. Und dennoch drängte alles in mir, geschehen zu lassen, was mich überkam. Ich wollte – nein, ich musste der Wahrheit auf den Grund gehen. Noch einmal hob ich an zu singen, als es plötzlich hinter mir raschelte. Ich schrak hoch, schaute mich eilig um und riss die Augen auf, als ich einen weißen Umhang sah.

Hinter einer dicht gewachsenen Hecke, nicht weit von mir entfernt, stand ein Mann und beobachtete mich. Der Achatkrieger, er musste es sein! Mein Herz machte einen Satz und meine Brust schnürte sich mir zu. Die Panik, die mich überkam, lähmte mich. War er mir gefolgt oder hatte er darauf gelauert, dass ich wiederkam, nachdem mich dieser Ort schon einmal dazu verleitet hatte, die mir vertraute Melodie zu summen? Ich wusste es nicht, ich wollte einfach nur noch weg. So schnell es ging und so weit wie möglich.

Ich befreite mich aus der Erstarrung, sprang auf, rannte los und stürzte durch den Rankenvorhang. Ob er mir folgte, konnte ich nicht erkennen. Es kam mir aber vor, als würde ich in meinem Rücken Geräusche hören. Schritte, die durch die Dunkelheit hallten. Immer wieder schaute ich mich gehetzt um, sah aber nichts, also rannte ich weiter durch das Labyrinth und verlor bald die Orientierung. Mehrmals musste ich stehenbleiben und nach dem richtigen Weg suchen, bis ich endlich den Ausgang fand.

So schnell ich konnte eilte ich zurück zu den Räumen der Dienerschaft. Ein Kloß hatte sich in meinem Hals gebildet und ich fragte mich, ob es dem Achatkrieger von Beginn an klargewesen war, dass ich mich irgendwann wieder schuldig machen würde. Oder hatte ihn bloß mein Gesang angelockt, wie das Licht die Motte? Im verborgenen Garten war es dunkel gewesen, gut möglich, dass er mich gar nicht erkannt hatte. Aber ich war mir sicher, dass er mich suchen und nicht ruhen würde, ehe er mich gefunden hatte. Das war doch seine einzige Aufgabe, dazu sandte ihn die Schneekönigin aus. Um solche wie mich aufzuspüren und zu bestrafen. Ein Entkommen gab es nicht. Mir wurde ganz anders bei dem Gedanken.

Ich schlüpfte in den Vorraum, schloss die Tür hinter mir und warf mich mit dem Rücken dagegen. Für den Moment konnte ich durchatmen.

»Malin?«, fragte eine verschlafene Stimme.

Mein Herz machte einen Satz, ich riss die Augen auf, entspannte mich aber, als ich sah, dass es Eschwind war, den ich wohl geweckt hatte. Er streckte sich im Sessel und gähnte ausgiebig. »Was bist du denn so spät noch wach?«

»Ich ... Ich war Feuerholz holen«, redete ich mich raus.

»Ach ja?« Er hob die Brauen. »Und wo ist das Holz?«

»Ich meine, ich wollte, also ... es ist so kalt und dunkel.«

Eschwind lachte. »Das hat die Nacht so an sich. Geh lieber wieder ins Bett. Es ist noch genug Holz da. Ich lege gleich etwas nach und hole morgen neues.«

»Ja, du hast wohl recht.« Ich ging in Richtung Schlafsaal, schaute aber noch einmal zur Tür. Die Angst, der Achatkrieger könnte sie jeden Moment aufstoßen, saß mir in Nacken. Sie verfolgte mich bis in den Schlafsaal und ließ mich auch in meinen Träumen nicht los.

***

Am folgenden Tag war es meine Aufgabe, Kürbisse zu entkernen. Ein ganzer

Berg davon stapelte sich auf dem Küchenboden. Ich nahm mir einen nach dem anderen vor und sammelte die Innereien in Eimern. Bald schon waren meine Hände gelb verfärbt und sogar in den Haaren klebten mir Kerne und Fruchtfleisch.

Immer wieder warf ich einen Blick zur Tür. Meine Unruhe wurde ich einfach nicht los. Ich rechnete fest damit, dass der Achatkrieger jeden Moment auftauchen würde. Immerhin hatte er mein Instrument – auch wenn ich nicht wusste, wie es ihn zu mir führen sollte. Vielleicht roch es nach mir, sodass er mich aufspüren konnte wie ein Hund seine Beute.

»Das hört ja gar nicht mehr auf«, beschwerte sich Finn. Er brachte zwei leere Eimer und tauschte sie gegen die vollen aus. Es war seine Aufgabe, die Kerne vom Fruchtfleisch zu lösen, weswegen auch an ihm überall Kürbis klebte. Unter anderem hing ihm ein Faden am Ohr. Ich kicherte. Es sah aus, als würde er Ohrringe tragen.

»Was ist so lustig?«, fragte er entrüstet.

Ich prustete und deutete auf sein Ohr. »Jetzt fehlt nur noch ein hübsches Kleid.«

Einer der anderen Jungen lief an ihm vorbei. »Schöner Ohrring«, sagte er beiläufig.

»Was?« Finn grabschte unbeholfen nach dem Kürbisfaden.

»Wenn ihr so trödelt, haben wir anderen nur noch mehr Arbeit!«, meckerte Katherin.

Ich öffnete den Mund, konnte mich aber gerade noch davon abhalten, sie daran zu erinnern, dass wir am Vortag ihre Aufgaben übernommen hatten. Unser Verhältnis war gerade erst besser geworden, das wollte ich nicht direkt wieder aufs Spiel setzen.

»Wir trödeln schon nicht, keine Sorge«, sagte ich schließlich und widmete mich wieder den Kürbissen.

»So sieht es nicht aus«, beschwerte sie sich, hob die Nase in die Luft und stolzierte davon.

Ein neuer Mensch würde wohl auch dann nicht aus ihr werden, wenn Rey irgendwann wieder ganz der Alte wäre. Aber zumindest hatte sie mir kein weiteres Mal ein Bein gestellt oder versucht, mir irgendein Missgeschick anzuhängen.

Ich schüttelte den Kopf und nahm mir den nächsten Kürbis vor. In dem Moment ging die Tür auf. Nicht die zum Vorplatz, sondern die, die ins Schloss führte. Sofort wurde ich wieder angespannt. Es war längst nicht so weit, dass die Dienerschaft das Essen abholen konnte, was bisher der einzige Grund gewesen war, aus dem jemand diese Tür geöffnet hatte.

Eine Frau mit dunklem Kleid, weißer Rüschenschürze und Haube betrat die Küche. Ich erkannte sie als diejenige, die bei meiner Ankunft Stoffballen ins Schloss getragen hatte.

Den Mund zusammengezogen, als hätte sie gerade etwas sehr Saures gegessen, schaute sie sich um. Ihr Blick fiel auf mich und sie kam direkt auf mich zu.

Mein Herz schlug schneller, ich rieb mir das Kürbisfleisch an meiner Schürze ab und warf dabei einen verstohlenen Blick zum Ausgang. Doch selbst wenn ich losstürmen und davonlaufen würde, wie weit käme ich?

Die Frau blieb vor mir stehen. »Wasch dich und komm mit«, befahl sie.

Unsicher schaute ich zu Amerild, die mir mit einem Nicken zu verstehen gab, der Anordnung Folge zu leisten. Ich knickste und lief zum Waschbecken. Tami eilte mir nach und tat so, als würde sie Gemüse waschen. »Was will die Kammerdame der Königin von dir?«, fragte sie.

»Ich weiß es nicht.« Mein Blick glitt zu Amerild und der Kammerdame, die sich mit gesenkten Stimmen stritten. Mehrmals deutete Amerild dabei auf mich. Ob es mit dem zusammenhing, was am Abend geschehen war? Hatte die Königin sie statt dem Achatkrieger in die Küche geschickt, um mich holen zu lassen, ohne großes Aufsehen zu erregen?

»Du reibst dir noch die Haut von den Knochen«, warnte mich Tami.

Ich schaute zu meinen Händen, die schon ganz rot waren, weil ich es mit der Bürste übertrieben hatte. Wenigsten war ich so die Kürbisverfärbung losgeworden.

»Die Schürze lässt du hier«, sagte die Kammerdame, die plötzlich direkt hinter mir stand. Ich zuckte zusammen.

»Viel Glück«, flüsterte mir Tami zu und fischte mir einen Kürbisfaden vom Kopf.

Ich nickte ihr dankend zu, legte meine Schürze ab und folgte der Kammerdame ins Innere des Schlosses. Wir durchquerten einen langen Gang, vorbei an einigen Lagerräumen und den Schlafkammern der Schlossangestellten. »Wohin führt Ihr mich?«, fragte ich.

Die Kammerdame warf mir einen flüchtigen Blick zu. »Ich hatte gleich so ein Gefühl bei dir«, sagte sie.

Meine Brust verengte sich. »Ein Gefühl?«

Sie seufzte, blieb stehen und wandte sich mir zu. »Ich habe mich wohl geirrt, aber daran lässt sich jetzt auch nichts mehr ändern. Ich dachte, du wärst als Zimmermädchen geeignet. Zarte Hände, eine gerade Haltung.« Sie zupfte an meinen Ärmeln, nahm mein Kinn zwischen zwei Finger und hob es an. »Ganz hübsch anzusehen, aber auch nicht zu hübsch. Eher schlicht.«

Ich wich einen Schritt vor ihr zurück. Es gefiel mir gar nicht, dass sie mich bewertete wie ein Stück Fleisch auf dem Markt.

»Mit dem Plappermaul habe ich nur nicht gerechnet«, fuhr sie fort. »Du hast keine Fragen zu stellen. Warte, bis man dich anspricht.«

»Ich verstehe nicht.«

»Eines der Zimmermädchen ist ... ausgefallen.«

Ich konnte mir denken, was das bedeutete. Wahrscheinlich hatte sie dasselbe Schicksal ereilt wie Rey und das arme Mädchen saß gerade schweigend auf einem Bett – falls es nicht vom Hof gejagt worden war.

»Und was hat das mit mir zu tun?«, hakte ich nach.

Die Kammerdame verdrehte die Augen. »Du kannst nicht aufhören Fragen zu stellen, oder?«

»Ich glaube nicht«, gestand ich ein.

»Daran arbeiten wir«, sagte sie, drehte sich um und setzte ihren Weg fort.

Ich eilte ihr nach. »Ich soll also als Zimmermädchen arbeiten? Hier im Schloss?«

»Jeder andere würde sich darüber freuen. Ein Aufstieg von der Küchenhilfe zu einem Zimmermädchen gelingt nicht jedem.«

»Ich weiß nicht, ob ich das kann«, sagte ich. Dabei dachte ich vielmehr daran, wie groß die Gefahr war, dem Achatkrieger in die Arme zu laufen. Ich konnte doch unmöglich im Schloss arbeiten, während er auf der Suche nach mir war.

»Du lernst das schon«, meinte die Frau. »Vorerst staubst du nur die Kronleuchter, Vasen und Statuen auf den Korridoren ab.« Sie war vor einer Abstellkammer stehengeblieben und reichte mir einen Staubwedel. »Wenn du dich gut anstellst, kannst du bleiben. Ansonsten wartet die Küche auf dich. Amerild war nicht glücklich darüber, auf ihre neue Hilfe verzichten zu müssen.«

Also musste ich mir nur ein paar Fehler erlauben, um wieder gehen zu dürfen? Allerdings auch keine zu großen Fehler, denn die Wut der Königin wollte ich nicht auf mich ziehen.

»Bist du eingeschlafen?«, fragte die Kammerdame.

»Nein, Ihr sagtet doch, dass ich still sein soll.«

»Du bist ein bisschen schwerfällig, oder? Vielleicht als Kind ein paarmal zu oft auf den Kopf gefallen.«

»Das kann schon sein«, sagte ich. Dass sie mich für dumm hielt, kam mir gerade recht. Ich hielt den Staubwedel hin. »Was mache ich jetzt damit?«

»Staubwischen«, knurrte die Frau. Ihre Lippen zogen sich zusammen, sodass sich Falten um ihren Mund bildeten. Dadurch wirkte sie noch verbitterter als ohnehin schon.

»Ach so«, sagte ich, drehte mich um und lief den Weg zurück, den wir gekommen waren.

»Hier entlang«, rief sie mir zornig nach.

Ich drehte mich wieder um, blieb dabei mit dem Staubwedel an der Wand hängen und warf ihn von mir. »Oh, mein Fehler!«

»Das kann man wohl sagen«, murrte die Kammerdame. »Folge mir, ich zeige dir, wo du mit der Arbeit beginnst.«

Ich nickte resigniert und hob den Wedel wieder auf. Mein kurzer Anflug von Dummheit hatte wohl nicht ausgereicht, um wieder in die Küche geschickt zu werden. Mich schlichtweg zu weigern brachte ich jedoch nicht fertig. Es war eine Sache, zu tollpatschig zu sein, um einer Arbeit nachgehen zu können, eine ganz andere, sich gegen den Willen eines Vorgesetzten zu stellen. Wenn ich nicht vom Hof gejagt werden wollte, auf die Gefahr hin, vor den Toren zu erfrieren, würde ich die Kamine ausfegen müssen – ob ich nun wollte oder nicht.

Wir nahmen eine Treppe nach oben und gelangten in einen Flur, der so breit war, dass man darin ein Haus hätte aufstellen können. Der Boden glänzte wie poliertes Eis, an der Runddecke hingen in regelmäßigem Abstand übermächtige Kronleuchter mit Dutzenden Flammen und die Wände waren mit silberbeschlagenen Säulen staffiert. Ich kam aus dem Staunen gar nicht mehr heraus.

»Hier geht es entlang«, drängte die Kammerdame.

Ihr gefiel es wohl gar nicht, dass ich mich umschaute. Sie lief in großen Schritten auf eine Treppe zu, die noch weiter nach oben führte und ich hatte meine Mühe, ihr zu folgen. Dort angekommen blieb sie abrupt stehen, hielt mich mit angehobenem Arm auf und drängte mich wieder zurück.

Ich verstand erst nicht, was vor sich ging, bis ich ihrem Blick folgte und die Königin oben am Treppenabsatz stehen sah. Ein wallendes Kleid, glitzernd wie Neuschnee, umhüllte ihren anmutigen Körper. Ihr stehender Kragen wirkte wie ein zu Eis erstarrtes Spinnnetz. Er umrahmte ihr hochgestecktes Haar, in dem unzählige Perlen funkelten.

»Kopf runter«, zischte die Kammerdame und ging in einen so tiefen Knicks, dass sie fast schon am Boden kauerte.

Ich folgte ihrem Beispiel und blickte stur nach unten. Dadurch konnte ich nur aus dem Augenwinkel sehen, wie die Schleppe der Königin an uns vorbeiglitt. Ich wollte gerade aufschauen, als ich ein paar weiße Stiefel sah, die der Schleppe folgten. Der Achatkrieger! Erschrocken sog ich Luft ein und senkte den Kopf sofort tiefer. Als ich daraufhin nicht mehr hören konnte, wie die Stoffe des Kleides der Königin rauschten, biss ich mir auf die Lippe. Sie war stehengeblieben und mit ihr der Achatkrieger. Mein Herz schlug so heftig, dass ich mir einbildete, jeder würde es hören können.

»Wen hast du mir da angeschleppt?«, fragte die Schneekönigin zornig. Ihre Stimme war schneidend wie zerbrochenes Eis und ging mir durch Mark und Bein.

»Nur eine Aushilfe, Majestät«, erklärte die Kammerdame mit zittriger Stimme.

»Steh auf«, verlangte die Königin.

Ich war mir nicht sicher, ob sie mit mir oder der Kammerdame sprach, also hob ich vorsichtig den Blick und erstarrte, als mir klar wurde, dass sie mich direkt anschaute. Zögernd stand ich auf.

Der Blick der Königin verengte sich und ihre Stirn legte sich in Falten. Ich wusste nicht, was sie so wütend machte, aber ich konnte sehen, wie diese Wut ihre Züge geradezu versteinern ließ. »Ich will dieses Ding nicht in meinem Schloss haben«, zischt sie. »Wer hat es gewagt, ihr Tür und Tor zu öffnen?«

Sie riss ihren Kopf zum Achatkrieger um. Er war ein Stück weit hinter ihr stehengeblieben und ich war so gebannt vom Anblick der Königin gewesen, dass ich erst jetzt bemerkte, wie seine Augen auf mir ruhten. Er schaute mich direkt an, durchbohrte mich geradezu mit seinem Blick, doch wenn er mich als das Mädchen aus den verborgenen Gärten erkannte, schwieg er darüber.

»Hast du es gewusst?«, fragte die Königin.

Es schien ihm schwer zu fallen, den Blick von mir zu lassen. Er brauchte einen Moment, um auf die Königin zu reagieren und sich ihr zuzuwenden.

Für die Königin dauerte das zu lange. »Hast du es gewusst?«, wiederholte sie.

Statt zu antworten, schlug er lediglich die Augen nieder, woraufhin die Königin so wutentbrannt aufschrie, dass ich erschrak und zurückwich. Sie riss ihren Arm hoch, silbriges Licht wob sich darum, Eiskristalle bildeten sich auf ihrer weißblassen Haut und mit einer schnellen Bewegung schleuderte sie dem Achatkrieger einen mächtigen Zauber entgegen. Seine Augen weiteten sich, sein Atem stockte und er fiel auf die Knie.

»Nein …«, sagte die Königin nachdenklich und ließ von ihm ab. Sie betrachtete ihre Hand und beobachtete, wie die Eiskristalle darauf verblassten. »Du würdest dich nicht gegen mich stellen. Das würdest du nicht wagen. Ist es also ein Zufall?« Sie schaute zur Kammerdame, die unsicher nach Atem rang.

»Es … es war der Stallmeister, Majestät. Eschwind. Er hat sie auf der Straße gefunden, halb erfroren.«

Der Blick der Königin glitt zu mir. Sie betrachtete mich auf abfällige Weise von oben bis unten. »Jagt sie fort«, entschied sie und kam mir näher. »Doch zuvor …« Auf ihrer Hand bildeten sich erneut Eiskristalle, sie hob sie an, kam meinem Gesicht damit gefährlich nahe und ich ahnte, was sie vorhatte zu tun. Ich würde so enden wie Rey. In meinen Ohren rauschte es, mein Körper war wie gelähmt – unfähig zurückzuweichen. Nicht einmal den Blick senken konnte ich. Ich schaute die Königin direkt an, schaute in ihre kalten, eisblauen Augen und hatte das Gefühl, ihre Kälte würde auf mich übergreifen. Es war, als würde ich erfrieren, als würde alles in mir, jeder Gedanke und jedes Gefühl, träge werden und allmählich erstarren.

»Obwohl …«, sagte die Königin leise. Ein diabolisches Lächeln huschte ihr über die Lippen. »Vielleicht gefällt es mir auch, sie hier zu behalten. Sie soll im Schweinestall arbeiten, wo sie hingehört.« Sie wandte sich der Kammerdame zu. »Sehe ich sie noch einmal in meinem Schloss, wird sie nicht die Einzige sein, die meinen Zorn zu spüren bekommt. Haben wir uns verstanden?«

»Sehr wohl, Majestät. Wie Ihr wünscht«, sagte die Frau.

Die Königin machte auf dem Absatz kehrt und schwebte davon.

Ich war noch immer wie erstarrt und meine Knie waren so weich, dass ich befürchtete, einfach zusammenzubrechen, sobald der Bann nachließ, den die Königin über mich gelegt hatte.

Der Achatkrieger hatte sich mittlerweile wieder erhoben. Er schaute zu mir und nickte kaum merklich. Beinahe wirkte es wie ein Abschied. Beinahe freundlich. Ich wusste nichts damit anzufangen und starrte ihm nach, wie er der Königin folgte.

»Dummes Gör!«, fuhr mich die Kammerdame an, nachdem wir wieder allein waren.

»Ich habe doch nichts getan«, verteidigte ich mich.

»Na offensichtlich doch«, widersprach sie und deutete in die Richtung, in die die Königin verschwunden war. »Gott weiß, warum du ihren Zorn auf dich gezogen hast, bist wahrscheinlich ein kleiner Trällervogel, immer ein

Liedchen auf den Lippen, hast wahrscheinlich auf einem ihrer Ausflüge vor ihren Augen gesungen. Woher sonst sollte sie dich kennen?«

Ich konnte dem nichts entgegenstellen. Schließlich hatte ich keine Erinnerungen mehr. Gut möglich, dass es genauso gewesen war, dass mich die Königin mit eigenen Augen beim Singen oder Tanzen beobachtet hatte.

Die Kammerdame nahm den Weg, den wir gekommen waren und ich folgte ihr. »Sie hat nicht einmal in mein Gesicht geguckt«, fiel mir ein.

»Die Königin braucht keine Gesichter zu sehen, um Verräter der Krone zu erkennen.« Die Frau musterte mich abfällig. »Ich hätte es wissen müssen. Irgendetwas stimmte von Anfang an nicht mit dir. Eschwind wird von mir was zu hören bekommen. Das eben hätte ganz anders ausgehen können, für uns beide und auch für ihn. Und jetzt beweg' dich.« Sie packte mich am Arm und zog mich mit sich. Für eine eher magere Frau war sie überraschend stark, sodass mir nichts anderes blieb, als mir ihre grobe Behandlung gefallen zu lassen. Sie schleifte mich aus dem Schloss. Auf dem Vorplatz angekommen riss sie mir den Staubwedel aus der Hand und stieß mich so grob von sich, dass ich zu Boden stürzte.

Ich wollte mich gerade wieder ausrappeln, als sich ein Schatten über mich legte. Es war Eschwind, der alles mitangesehen hatte und mir aufhalf.

»Danke«, sagte ich.

»Du kommst gerade recht.« Die Kammerdame verschränkte die Arme vor der Brust. »Die Kleine ist jetzt dein Problem.«

Eschwind ignorierte sie. »Alles gut bei dir?«

Ich nickte. Erst dann schaute er zur Kammerdame.

»Was ist denn passiert?«

»Du hast uns eine Verbrecherin angeschleppt, das ist passiert. Was ein Glück, dass unsere Königin auch Gnade kennt. Statt sie fortzujagen, hat sie entschieden, ihr weiterhin Obhut zu gewähren. Im Schweinestall soll sie künftig arbeiten. Dass sie mir ja nicht wieder in die Küche gelassen wird und erst recht nicht ins Schloss.«

»Ist das wahr?«, fragte Eschwind an mich gerichtet.

»Ich erinnere mich nicht«, sagte ich leise. Das zuzugeben, war wie ein

Schuldeingeständnis, denn wer keine Erinnerung hatte, war dem Achatkrieger begegnet und wer ihm begegnet war, hatte gegen die Gesetze der Königin gestoßen.

Eschwind wirkte enttäuscht. »Das hättest du mir sagen müssen.«

»Vielleicht hättest du fragen sollen«, warf ihm die Kammerdame vor. »Schleppst uns hier den Abfall an, den die guten Bürger Avendars vor die Häuser kehren. Was dachtest du denn, aufgegabelt zu haben? Einen Rohdiamanten?«

»Hast du nichts zu tun?«, fragte Eschwind und schaute zu dem Staubwedel in ihrer Hand. »Staub wischen zum Beispiel?«

Die Nasenflügel der Frau weiteten sich. »Jetzt werd nicht auch noch frech!«

»Komm mit, meine Kleine«, bat er mich, legte mir die Hand in den Rücken und würdigte die Kammerdame keines Blickes mehr.

»Pah!«, stieß die Frau aus und stapfte davon.

»Es gibt Schlimmeres, als sich um die Schweine zu kümmern«, meinte Eschwind. »Entgegen weit verbreiteter Meinung sind es kluge, reinliche Tiere. Sie haben sogar Namen und hören darauf. Ich stelle sie dir vor.«

Ich war erleichtert, dass er mir die Sache nicht übelnahm. Aber wie würden die anderen darüber denken?

KAPITEL 6

Es dämmerte bereits, als ich noch am Hang außerhalb der Schlossmauer stand und den Schweinen dabei zuschaute, wie sie den Schnee nach Essbarem durchwühlten. Die Rute, die mir Eschwind gegeben hatte, um sie zu treiben, hätte ich gar nicht gebraucht. Es waren kluge Tiere, die genau gewusst hatten, wohin es ging, nachdem ihnen der Stall geöffnet worden war.

Ich lehnte mich an die Mauer und schloss für einen Moment die Augen. Wenn ich gedacht hatte, Kürbis zu schneiden wäre anstrengend gewesen, belehrte mich die Arbeit im Schweinestall eines Besseren. Den ganzen Tag hatte ich damit verbracht die Tröge zu Schrubben, den Stall auszumisten und frisches Stroh heranzukarren.

Ich versuchte mir zu sagen, dass ich dankbar sein sollte. Schließlich hätte ich auch wie Rey enden können. Aber ich war mir sicher, dass die Königin nicht vorgehabt hatte, Gnade zu zeigen. Sie hatte den Gedanken, mich im Schweinestall schuften zu lassen, genossen und ich fragte mich, was ich ihr angetan hatte, um das zu verdienen.

Ich schrak hoch, als mein Kopf zur Seite wegnickte. Beinahe wäre ich im Stehen eingeschlafen. Meine Augen brannten bereits, mir tat jeder Knochen im Leib weh und wenn man müde war, hatte es die Kälte leicht, einem unter die Haut zu kriechen.

»Genug für heute!«, rief ich den Schweinen zu und begann, sie in Richtung

Tor zu treiben. Nur widerwillig setzten sie sich in Bewegung. »Frisches Stroh und ein voller Futtertrog warten auf euch, also stellt euch nicht so an.«

Am Schweinestall angelangt kamen mir ein paar Stallburschen zu Hilfe. Mit ausgestreckten Armen und Schnalzgeräuschen trieben sie die Tiere in den Stall und ich schob den Riegel vor. Erleichtert seufzte ich.

»Nicht schlecht für den ersten Tag«, lobte mich einer der Burschen.

Ich warf ihm ein schmales Lächeln zu. Mehr bekam ich nicht mehr zustande. Alles was ich wollte, war schnellstmöglich ins Bett zu kommen, um diesen Tag endlich abzuhaken. Aber der Gedanke, zuerst noch auf die anderen zu treffen, lockte mich nicht gerade in den Aufenthaltsraum der Dienerschaft. Zu groß war meine Angst, in ihren Augen in Ungnade gefallen zu sein.

Ich schaute den Stallburschen nach, wie sie einer nach dem anderen in den Räumen der Dienerschaft verschwanden und schließlich war es das prasselnde Feuer, das auch mich anlockte. Zögerlich betrat ich den Raum, in dem die Arbeiter vor dem Kamin und an den Tischen saßen. Ein paar von ihnen spielten Karten, andere unterhielten sich in Gruppen. Die meisten hatten wohl schon gegessen, denn die Körbe mit Resten aus der Küche waren allesamt geplündert.

Meine Befürchtung, alle würden sie mich vorwurfvoll anschauen, sobald ich den Raum betrat, bewahrheitete sich nicht. Niemand beachtete mich sonderlich, sie warfen sich keine verstohlenen Blicke zu und tuschelten auch nicht leise hinter meinem Rücken.

»Malin, komm zu uns!«, rief mir Tami zu. Sie saß mit Finn, Katherin und Amerild an einem Tisch. Ihr Essen hatten sie noch nicht angerührt.

Mir fiel ein Stein vom Herzen, als ich sah, wie freundlich und entspannt die drei wirkten. Selbst Katherin machte nicht den Anschein, als würde sie wütend auf mich sein.

»Habt ihr auf mich gewartet?«, fragte ich.

»So kann man es auch nennen«, sagte Amerild und schob mir einen Stuhl zurecht. »Ohne dich hatten wir heute alle Hände voll zu tun und sind gerade erst fertiggeworden.«

»Das tut mir leid.« Ich setzte mich und Tami zog sogleich das Geschirrtuch vom Korb. Kürbispasteten, Käse und eingelegtes Gemüse lachten mich an. Mir lief das Wasser im Mund zusammen.

Katherin atmete erleichtert durch. »Dann können wir ja endlich loslegen.« Sie beugte sich über den Korb und nahm gleich zwei Pasteten.

»Du musst uns alles erzählen«, forderte mich Finn auf.

»Oh ja!«, drängte Tami. »Hat die Königin wirklich mit dir geredet? Was hat sie gesagt?«

»Dass ich bei den Schweinen arbeiten soll«, fasste ich knapp zusammen. Ich fragte mich, ob ihnen Eschwind die Sache um meine Vergangenheit verschwiegen hatte. Nur dadurch konnte ich mir erklären, dass sie mich behandelten wie bisher.

»Da passt du ja auch hin«, meinte Katherin, woraufhin ihr Amerild einen mahnenden Blick zuwarf. Katherin legte die Stirn in Falten. »Was denn?«

»Das hat die Königin auch gesagt«, meinte ich.

»Siehst du! Die Königin und ich sind aus demselben Holz geschnitzt.« Katherin hob die Nase in die Höhe und schmunzelte dabei.

»Oh ja, du wärst eine super Königin«, murrte Tami. »Kaltherzig und gemein.«

»Ich würde jedenfalls gerechte Strafen verhängen«, entschied Katherin. »Rey hat nichts getan und Malin ist doch schon bestraft worden. Wieso sie in den Schweinestall abschieben? Jetzt fehlt uns wieder eine Küchenhilfe.«

Also wussten sie es doch. Offenbar spielte es jedoch keine Rolle für sie. Mir fiel ein Stein vom Herzen. Ich hatte befürchtet, dass mein Leben von diesem Tag an um einiges härter werden würde. Doch im Schloss, wo man der Willkür und dem Jähzorn der Königin tagtäglich ausgesetzt war, behandelte man jemanden wie mich wohl nicht wie eine Ausgestoßene. Ich war noch immer einer von ihnen. Ich hatte Freunde und das wollte ich um nichts in der Welt eintauschen müssen.

»Du gibst freiwillig zu, dass wir Malin brauchen?«, fragte Amerild.

Katherin verdrehte die Augen. »Jedenfalls brauchen wir irgendjemanden. Und wir hätten es auch schlechter treffen können. Sie hat ja nicht *alles* falsch gemacht.«

Ich nahm mir ein Stück Käse, biss herzhaft hinein und konnte mir ein Lächeln nicht verkneifen. Dass sie alle zu mir hielten, tat unheimlich gut. Zum ersten Mal seit Langem hatte ich das Gefühl, einen Ort gefunden zu haben, wo ich mehr als nur geduldet wurde. Einen Ort, der mein Zuhause werden konnte – wenn da nicht die Königin und ihr Häscher gewesen wären.

Wir saßen lange zusammen und jeder erzählte von seinen Erfahrungen mit der Schneekönigin – wie Finn einmal gestolpert war und eine Schale Linsen vor ihren Füßen ausgekippt hatte; was Katherin alles tun würde, wenn sie Königin wäre und das Tami einmal nur ganz knapp der Verbannung aus dem Schloss entkommen war. Meine Müdigkeit war bald vergessen, der Raum leerte sich allmählich und Finn sprang auf, um Feuerholz nachzulegen, als es an der Tür klopfte.

Verwundert wandten sich alle Blicke zum Eingang.

»Wer bitte hält es für nötig, hier zu klopfen?«, fragte Amerild. Sie ging zur Tür und öffnete sie, doch dort war weit und breit niemand zu sehen, also streckte sie den Kopf nach draußen. »Merkwürdig«, murmelte sie.

Erst als Amerild die Tür wieder schließen wollte, entdeckte sie etwas am Boden liegen und hob es auf. Sie drehte sich zu uns um und mir rutschte das Herz bis in den Magen. In ihrer Hand hielt sie einen Samtbeutel. *Meinen* Samtbeutel. Ich sprang unwillkürlich auf.

»Da hängt ein Zettel dran«, stellte Amerild fest. »Malin, dein Name steht darauf.«

Sofort waren alle Blicke auf mich gerichtet.

»Hast du im Schweinestall neue Freunde gewonnen?«, höhnte Katherin und zwinkerte mir zu.

»Vielleicht ein heimlicher Verehrer«, mutmaßte Tami. Sie wirkte ganz aufgeregt. Ihre Augen leuchteten. »Winnie soll in dich verschossen sein, heißt es. Du weißt schon, der Diener mit dem blonden Haar. Der dir mal gesagt hat, dass du nicht auf die Servierplatten sabbern sollst.«

»Der soll bloß die Finger von Malin lassen«, murrte Finn und verschränkte die Arme vor der Brust. »Der hat sie gar nicht verdient.«

»Eifersüchtig?«, zog ihn Katherin auf.

In meinem Kopf herrschte Chaos. Meine Gedanken überschlugen sich und ich starrte den Samtbeuel an, als wäre es ein Dolch, der auf mich gerichtet wurde. Konnte es denn sein, dass ich im Irrtum war? Hatte mich gar nicht der Achatkrieger im verborgenen Garten beobachtet, sondern jemand anderes? Schließlich war nicht nur er in weiß gekleidet. Die Wachposten trugen ähnliche Waffenröcke und Umhänge.

»Soll ich für dich hineinschauen?«, bot Amerild an.

»Nein!«, stieß ich überstürzt aus und eilte zu ihr. »Nein, schon gut, ich mache das lieber selbst.«

Schon als ich den Beutel in die Hand nahm, spürte ich, dass es nicht die Trümmerstücke meines Instruments waren, die sich darin befanden. Mit wild pochendem Herzen öffnete ich ihn, warf einen Blick hinein und riss sofort den Kopf wieder hoch. Ich konnte kaum glauben, was ich gerade gesehen hatte. Jemand hatte mein Instrument repariert!

»Ich … ich muss weg«, sagte ich mit brüchiger Stimme.

»Weg? Wohin denn?«, fragte Tami.

»Nur … Ich bin gleich wieder zurück.« Ohne weitere Erklärung lief ich an Amerild vorbei zur Tür und stolperte ins Freie.

»Du hast nicht mal deinen Überwurf bei dir!«, rief mir Tami nach.

Daran konnte ich in dem Moment keine Gedanken verschwenden. Überhaupt zu denken war schon fast unmöglich. Ich rannte über den Vorplatz, am Schloss vorbei zum Irrgarten. Mein Atem hetzte, mein Blut strömte mir so heiß durch die Adern, dass mir die Kälte kaum etwas ausmachte. Als ich den verborgenen Garten erreicht hatte, taumelte ich vor Erschöpfung, so schnell war ich gerannt.

Ich fiel im hohen Gras auf die Knie, öffnete den Beutel erneut und zog mein Instrument hervor. Meine Hände zitterten, während ich es ungläubig anstarrte. Wer auch immer es gefunden hatte, war damit offenbar nicht zur Königin gegangen. Er hatte es geklebt und die Zinken neu verzahnt. Tränen tropften auf das polierte Holz und meine zittrigen Finger, die es hielten. Wie lange ich so dasaß und nicht glauben konnte, was ich mit eigenen Augen sah, wusste ich nicht.

Irgendwann schlug ich zögerlich die erste Note an. Der klare, warme Klang hallte durch meinen ganzen Körper und es fühlte sich an, als würde mein Herz von Sonnenlicht berührt werden. Die Flut aus Erinnerungen überkam mich erneut. Erst nur Gefühle und Farben, die aber bald schon zu verschwommenen Bildern wurden. Ich schlug die nächsten Noten an und begann leise, kaum hörbar zu singen. »Ein Lächeln so sanft, das Haar Ebenholz, der Glanz deiner Augen den Sternen so nah …«

Mit einem Mal war es, als würde sich ein Schleier heben. Ich hörte ein ganzes Ohrchester eben jenes Lied spielen, sah glitzernde Kronleuchter und Röcke in bunten Farben, die über eine Tanzfläche schwebten. Ich sah einen Thron: einen Thron, auf dem eine Frau saß. Doch es war nicht die Schneekönigin. Noch war das Bild zu verschwommen, um sie erkennen zu können, aber ich erkannte roten Samt, goldene Spitze und ihre Hände, die sie auf dem Schoß gefaltet hielt. Prachtvolle Goldringe zierten ihre Finger.

Ich hoffte auch das Gesicht der Frau erkennen zu können, doch in dem Moment hörte ich Schritte in meinem Rücken und schrak auf. Die Erinnerungen stürzten in sich zusammen. Ich schaute mich gehetzt um, entdeckte einen weißen Umhang hinter einem Gebüsch und stand auf.

»Bist du mir gefolgt?«, fragte ich.

Diesmal wollte ich nicht weglaufen. Diesmal wollte ich wissen, wer der Fremde war. Immerhin hatte er mir meinen größten Schatz zurückgebracht. Ich kniff die Augen zusammen und versuchte zu erkennen, um wen es sich handelte. Mit den Schlosswachen hatte ich bisher nicht viel zu tun gehabt, aber einem von ihnen musste ich aufgefallen sein, wenn er mir schon nachstellte.

»Komm raus«, forderte ich ihn auf. »Es ziert sich nicht, ein Mädchen aus den Schatten heraus zu beobachten.«

Mit wild pochendem Herzen wartete ich auf eine Reaktion und tatsächlich trat er ins Freie. Ich wich erschrocken zurück, als ich den Achatkrieger vor mir stehen sah. Mittlerweile war ich fest davon überzeugt gewesen, dass er es unmöglich sein konnte. Doch ich hatte mich geirrt. Wieso kam er nicht seiner Pflicht nach und nahm mir erneut meine Erinnerungen? Wieso hatte er mich nicht an die Königin verraten?

»Bleib dort stehen!«, verlangte ich und hielt ihn mit ausgestreckter Hand auf Abstand. »Komm mir ja nicht zu nah.«

Ich hatte noch zu gut in Erinnerung, was mit Alina geschehen war, ohne dass er sie dafür auch nur berühren musste. Noch einmal durfte er mir nicht alles nehmen – nicht, nachdem ich gerade das Gefühl hatte, ein Zuhause gefunden zu haben.

Oder war es genau das, worauf er gewartet hatte? Lohnte es sich nur, jemandem die Erinnerungen zu nehmen, wenn derjenige auch etwas zu verlieren hatte?

Ich konnte nicht schon wieder von vorne beginnen. Aber einen Ausweg sah ich nicht. Der Achatkrieger stand unmittelbar am Zugang zum verborgenen Garten und versperrte mir den Fluchtweg. Es gab kein Entkommen.

»War das ein Trick?«, fragte ich. »Hast du diesen ganzen Aufwand betrieben, nur um mich herzulocken? Du hättest dein Werk jederzeit verrichten können. Im Schloss oder schon davor, als ich in der Küche war. Du hättest mir meine Erinnerungen nehmen können, wie du es schon einmal getan hast. Dazu musstest du mir das hier nicht wiedergeben.« Ich hielt ihm mein Instrument hin.

Der Achatkrieger tat nichts. Stumm und reglos stand er da, starrte mich an und ich wusste nicht, was er von mir erwartete. Zwar versperrte er mir den Weg, machte aber auch keine Anstalten, mich dafür zu bestrafen, dass ich gesungen hatte.

»Also gut«, sagte ich. »Dann steh eben dort herum. Du bist mir auch keine Erklärung schuldig, oder? Du bist ja doch nur das Werkzeug der Königin und tust, was sie dir befiehlt.« Ich musste daran denken, wie sie im Schloss mit ihm umgegangen war. »Sie ist grausam«, sagte ich geradeheraus. »Du solltest ihr nicht dienen. Und du solltest dich von ihr nicht so behandeln lassen. Keiner von uns sollte das …« Diese Gedanken warfen weitere Fragen in mir auf. Wie schon zuvor, als ich mit einem Mal begriffen hatte, dass ein Land, in dem tagein tagaus Schnee lag, keine Felder zum Anbau brauchte, fragte ich mich, wer die Königin gekrönt hatte. Es hieß, dass sie seit jeher über das Land herrschte. Aber wie konnte das sein? Es musste eine Zeit vor ihr gegeben haben. Ich hatte es selbst gesehen. In meinen Erinnerungen war eine andere Frau an der Macht gewesen. Oder war es dieselbe Frau gewesen, nur ohne die Magie des Winters?

Ich musste mehr darüber erfahren. Entschlossen schaute ich zum Achatkrieger. »Schlimmer kann ich es nicht mehr machen, oder? Ich habe gesungen und du wirst mir dafür meine Erinnerungen nehmen.«

Wieder blieb er stumm. Wartete er darauf, mich bei frischer Tat zu ertappen? Das konnte ich mir nicht vorstellen. Ich war das Rätselraten aber auch satt. Die Antworten auf so viele meiner Fragen waren greifbar nah und ich konnte ihnen nicht länger widerstehen. Ich sank zurück ins hohe Gras und begann erneut die Noten anzuschlagen. Den Achatkrieger blendete ich dabei völlig aus.

Leise begann ich zu singen. »Ein Lächeln so sanft, das Haar Ebenholz, der Glanz deiner Augen den Sternen so nah ...« Ich atmete tief durch. Wieder sah ich die Tanzenden, die Röcke, wie sie sich zur Melodie bewegten. Nur diesmal versperrte mir jemand die Sicht auf dem Thron. Jemand streckte mir seine Hand entgegen und ich beobachtete, wie ich meine anhob, um sie ihm zu reichen. »Am Abend der Wind, trägt dein Lied mit sich mit. Du singst von ...« Ich stockte. Ein Kloß hatte sich in meinem Hals gebildet und drohte meine Stimme zu ersticken. »Den Sommern«, sagte ich leise, kaum hörbar und schaute auf, weil sich ein Schatten über mich gelegt hatte. Der Achatkrieger war vor mir auf die Knie gegangen, sodass ich direkt in seine Augen blicken konnte. Eines leuchtend warm wie Feuer, das andere zu Eis erstarrt.

»Den Sommern«, wiederholte ich. »Am Schloss Avendar.«

Wie gebannt schaute ich in die Augen, die durchdringend auf mir ruhten – irgendwo schwebten sie zwischen Erinnerungen und diesem Moment, der sich von Zeit und Ort gelöst hatte. Ich hob die Hand und es war, als wäre sie fremdgesteuert. In mir blitzten noch einmal die Bilder von dem Tanzsaal auf, die Melodie spielte im Hintergrund, der Fremde bot mir seine Hand an und ich schaute zu ihm auf. Ich schaute in sein Gesicht, das so freundlich, so liebevoll wirkte. Das sanfte Lächeln, die leuchtendbraunen Augen. Sie waren so warm, so vertraut.

Wie unter einem Bann legte ich meine Hand an die Fuchsmaske des Achatkriegers und er ließ es geschehen. Er tat nichts, als ich sie von ihm löste und darunter eben jener Fremde zum Vorschein kam, den ich in meiner Erinnerung gesehen hatte.

Bloß dass sich ihm weiße Strähnen durch sein hellbraunes Haar zogen. Eiskristalle bedeckten die blassgewordene Haut seiner linken Gesichtshälfte, wo sein Auge die Farbe des Winters angenommen hatte. Das Eis verschloss seine Lippen und zwang ihn zum Schweigen. Wie es möglich war, dass er noch lebte, halb zu Eis erstarrt, war mir ein Rätsel. Er wirkte wie ein Geist. Wie die verblasste Erinnerung längst vergangener Tage. Und er sah dabei so gebrochen und verloren aus. Als hätte ihm jemand alles genommen – alles, nur nicht die schmerzhaften Erinnerungen.

Erinnerungen, die in dem Moment einer Flutwellte gleich über mich hereinbrachen.

ABSCHNITT 2

Der Anfang

KAPITEL 7

Ich stand in auf einem umgedrehten Eimer mitten in der Schlossküche und bewunderte den pastellblauen Stoff meines fast fertigen Ballkleides. Er war so feingewebt, dass er beinahe nach Seide aussah. Vater musste ein Vermögen für ihn ausgegeben haben.

»Autsch!«, stieß ich aus. Mutter war gerade dabei, die Spitze anzubringen, hatte mich dabei schon zum wiederholten Male mit der Nadel gepiekt und diesmal meinen Hintern erwischt. Ich rieb mir die schmerzende Stelle.

»Wenn du nicht zappelst wie ein Fisch, steche ich auch nicht daneben«, verteidigte sie sich.

Zugegebenermaßen zappelte ich wirklich ein wenig. Ich konnte die Augen einfach nicht von dem Kleid lassen. Es war wunderschön, mit freien Schultern, fast durchsichtigen Ärmeln und einem Rock, der bei jeder Bewegung um meine Hüften wirbelte.

»Ich verstehe nicht, warum wir das unbedingt machen müssen. Und dann auch noch hier. Das Kleid ist schön, so wie es ist. Es brauchte keine zusätzliche Spitze.« In der Schlossküche herrschte hektisches Treiben. Die Küchenjungen hatten alle Hände voll zu tun, rannten immer wieder an mir vorbei und Rey hätte mich dabei beinahe vom Eimer gefegt.

»Sieht aber hübsch aus!«, rief er mir im Vorbeigehen zu.

»Ich sollte helfen«, meinte ich an Mutter gerichtet.

Sie ließ sich jedoch nicht beirren. »Keine Widerrede! Ich habe es dir versprochen, also bringe ich es auch zu Ende. Zum Ball trägst du das fertige Kleid und du wirst aussehen wie eine Königin.«

»Die Suppe!«, rief ich und deutete zum Herd.

Erschrocken wirbelte Mutter herum und stürzte zum Kochtopf, wo die Suppe bereits überschäumte. Sie versuchte, den Deckel zu heben, ohne sich dabei die Finger zu verbrühen. »Jetzt bloß nicht anbrennen!«

»Ich übernehme das, Amerild«, sagte Tami und nahm ihr den Kochlöffel aus der Hand.

Katherin, die gerade einen Zopfkuchen gewickelt hatte, verschränkte die Arme vor der Brust und musterte mich von oben bis unten. »Heute Abend findet der größte Ball statt, der am Schloss Avendar je veranstaltet wurde und du beschlagnahmst die Chefköchin für dich. Das kann ja nur in einer Katastrophe enden.«

»Ich beschlagnahme Mutter nicht«, widersprach ich. »Sie weigert sich schlichtweg, das mit der Spitze zu lassen.«

»Die Königin selbst hat meine Tochter zu diesem Ball eingeladen«, erklärte Mutter. »Natürlich bekommst du von mir ein passendes Kleid.«

»Sie hat nicht mich eingeladen, sondern dich«, erinnerte ich sie. »Zum Dank für deine guten Dienste in der Küche, die du im Moment übrigens sträflich vernachlässigst.« Ich schmunzelte, woraufhin Mutter mahnend den Zeigefinger hob.

»Treib es nicht zu weit, Malin«, warnte sie mich. »Aber im Ernst, was sollte ich auf so einem Ball? Ich habe schon den besten Mann, den sich eine Frau wünschen kann. Und eine wunderhübsche Tochter obendrein.« Sie ergriff meine Hände. »Du könntest dir hingegen auf diesem Ball einen wohlhabenden Baron angeln. Schau dich doch an! Alle Blicke werden auf dich gerichtet sein.«

»Ich will mir aber niemanden angeln«, sagte ich lachend.

Katherin schnaubte. »Wenn es heute Abend ein verbranntes Buffett gibt, wird sich die Königin das mit ihrer Dankbarkeit noch mal überlegen.«

»Hier wird nichts anbrennen«, versicherte Mutter mit fester Überzeugung. »Zumindest dann nicht, wenn du deine Arbeit machst.«

»Genau, tu was für deinen Lohn!«, höhnte Rey und warf eine Handvoll Hagelzucker nach Katherin. Ein Teil davon landete auf dem frisch gewickelten Zopfkuchen.

Katherin riss empört den Mund auf. »Vor ein paar Jahren hätte ich dich für so ein Benehmen noch übers Knie gelegt!«, fuhr sie ihren Bruder an, griff ihrerseits in das Gefäß und warf Hagelzucker nach Rey. Der Junge duckte sich lachend und Katherin traf Finn, der gerade Wurstaufschnitt auf einer Platte drapierte.

»Was soll der Mist!«, blaffte er.

»Das reicht jetzt«, unterbrach Mutter sie. »Wir sind hier nicht zum Albern und Zucker hat nichts auf der Wurst zu suchen. Bringt das in Ordnung.« Sie wandte sich mir zu. »Malin, es tut mir leid, aber die Spitze muss warten. Ich nähe sie heute Abend noch an, versprochen.«

»Das musst du nicht.« Ich stieg vom Eimer und drückte ihr einen Kuss auf die Wange. »Das Kleid sieht auch so schon wunderschön aus.«

»Selbst im Nachthemd wärst du die Schönste auf dem Ball«, behauptete sie. Als Mutter musste sie das ja sagen. Wahrscheinlich hatte sie verdrängt, wie anmutig die adligen Damen waren, die immer scharenweise zu den Tanzbällen am Schloss Avendar aufschlugen.

Ich lief zur Tür und drehte mich noch einmal um. »Ich würde sogar im Nachthemd hingehen, solange ich von deinem Buffett kosten darf. Einmal nicht die Reste zu essen wird das Schönste am heutigen Abend sein. Jetzt muss ich aber wirklich los. Ich habe versprochen, in den Ställen zu helfen.«

»Nicht in dem Kleid!«, warnte mich Mutter.

»Vorher ziehe ich mich um, versprochen!«

Mit angehobenem Rock rannte ich quer über den Vorplatz. Auch dort waren die Vorbereitungen für den Ball bereits in vollem Gange. Teppiche wurden ausgerollt, Girlanden hingen über allen Türen und aus den Fenstern der hohen Türme warfen die Schlossangestellten lange Banner in den Landesfarben. Ich drehte mich im Laufen um, damit ich ihnen dabei zuzusehen konnte.

»Vorsicht!«, rief jemand.

Abrupt blieb ich stehen und wirbelte herum. Unmittelbar vor mir stand ein Mistkarren.

»Amerild zieht mir das Fell über die Ohren, wenn der Schweinemist auf deinem hübschen Kleid landet«, sagte Timo, der Stallbursche, in dessen Karren ich beinahe gelaufen wäre. »Übrigens sehr schick. Das solltest du immer tragen.«

Ich knickste übertrieben und grinste dabei. »Habt vielen Dank, Sir Timo von den höfischen Schweineställen.«

Timo verbeugte sich ebenso überzogen. »Nichts zu danken, edle Dame.«

Ich lief weiter zu den Pferdeställen, wo sich mir sogleich ein graugefleckter, strubbeliger Kopf entgegenstrecke. Juros, der alte Kaltblüter meines Vaters reckte den Hals aus seiner Box, um an mich heranzukommen. Er versuchte an meinem Kleid zu knabbern, was ich zu verhindern wusste.

»Suchst du wieder nach Möhren?«, fragte ich und kraulte ihn hinter den Ohren. Er genoss das und legte den Kopf schief.

»Malin?«, sprach mich Vater wie aus dem Nichts an.

Ich erschrak, weil ich ihn nicht näherkommen gehört hatte. Er stand direkt hinter mir, mit Stroh in seinem Bart und der Mistgabel in der Hand.

»Wie kann ein so großer Mann nur so leise sein?«, fragte ich. Eschwind war breit gebaut, mit Händen wie Pranken und strubbeligem Haar. Es grenzte an ein Wunder, dass nicht ständig jemand panisch schreiend von ihm wegrannte, weil er ihn für einen Bären hielt. Dabei war mein Vater sanft wie ein Lamm.

»Ich bin leichtfüßiger als ich aussehe«, behauptete er und streckte mir die Hand entgegen. »Soll ich es dir mit einem Tänzchen beweisen? Du musst noch üben, damit du heute Abend niemandem auf die Füße trittst.«

»Vorher muss ich mich umziehen«, sagte ich und deutete auf mein Kleid. »Ich wollte nur schauen, ob …« Mein Blick wanderte durch den Stall zu den leeren Pferdeboxen.

»Ob der Prinz schon angekommen ist?«, hakte er nach. »Das hättest du mitbekommen. Sie werden ihn mit Pauken und Trompeten empfangen.«

»Ich saß die ganze Zeit in der Küche fest und hätte Dravits Ankunft nicht einmal mitbekommen, wenn ihn eine Marschkapelle begleiten hätte.«

»Er ist jedenfalls noch nicht da«, sagte Vater und wurde daraufhin ganz ernst. »Liebes, mach dir nicht zu viele Hoffnungen. Ihr wart noch kleine Pimpfe, als ihr zusammen über den Hof getollt seid. Er ist jetzt ein Mann, der Kronprinz obendrein und bald schon König unseres Landes. Du bist nur die Tochter der Köchin und des Stallmeisters. Er wird sich wahrscheinlich nicht einmal an dich erinnern.«

»Ich bin nur neugierig«, sagte ich. Dabei war das nicht ganz die Wahrheit. Ich war regelrecht versessen darauf, ihn endlich wiederzusehen. Immerhin waren wir damals unzertrennlich gewesen. Ich konnte mir nicht vorstellen, dass er unsere Freundschaft vergessen hatte. Auch wenn es noch so lange zurücklag.

»Neugierig also.« Vater zwinkerte mir zu.

»Ja, so ist es«, beharrte ich und machte auf dem Absatz kehrt. »Und jetzt entschuldige mich. Ich ziehe mich um, damit ich dir bei den Ställen helfen kann.«

***

Was die Trompeten anging, hatte Vater nicht übertrieben. Ich stand wieder auf einem Eimer, diesmal im Aufenthaltsraum der Dienerschaft, und hörte, wie sie auf dem Hof gespielt wurden.

»Das muss er sein!«, sagte ich aufgeregt und wollte vom Eimer springen.

»Keine Bewegung«, warnte Mutter. »Noch eine Naht, dann bin ich fertig.«

Ich wippte unruhig vom Ballen auf die Ferse. »Ich bin immer noch der Meinung, dass du die Küche beaufsichtigen solltest. Was, wenn etwas schiefgeht?«

»Das Essen ist angerichtet und wurde gerade abgeholt, als ich die Küche verlassen habe. Was soll ich beaufsichtigen? Den Abwasch? Wichtiger ist, dass dein Kleid fertig wird. Und das ist es jetzt auch.« Zufrieden mit ihrer Arbeit schaute sie zu mir auf und lächelte. »Wie eine Prinzessin siehst du aus.«

Unwillkürlich legte ich eine Hand auf den schneeweißen Achat, der an einer Kette um meinen Hals hing. Mutter hatte sie an ihrer Hochzeit getragen und mir für den Ball geliehen. Ein Lächeln legte sich auf meine Lippen. »Das Kleid ist wirklich wunderschön und ich werde gut auf die Kette aufpassen.«

»Sie beschützt dich«, versprach Mutter. »Weißer Achat hält das Böse von deinem Herzen fern.«

Sie reichte mir die Hand und half mir vom Eimer. Ich hob den Rock an, drehte mich im Kreis und es fühlte sich ein wenig an wie zu fliegen. Ob ich wohl jemals wieder die Gelegenheit haben würde, dieses Kleid zu tragen? Man erhielt schließlich nicht alle Tage eine Einladung zu einem königlichen Ball.

»Und jetzt raus mit dir«, scheuchte mich Mutter.

Ich nickte und rannte zur Tür. So aufreget war ich lange nicht mehr gewesen. Wie weit lag es zurück, dass Dravit und ich uns gesehen hatten? Es mussten fast zehn Jahre sein, weit mehr als die Hälfte meines bisherigen Lebens. Ob er sich sehr verändert hatte? Ich hielt es kaum aus, das zu erfahren.

Mit pochendem Herzen trat ich auf den Hof. Die ganze Dienerschaft und mindestens die Hälfte aller Bewohner der umliegenden Städte hatten sich dort versammelt. Sie alle wollten einen Blick auf den Prinzen erhaschen, der nach so langer Zeit endlich nach Hause zurückgekehrt war. Sie jubelten, schwangen Fahnen und aus den Fenstern der hohen Türme wurden eimerweise Blütenblätter geworfen, sodass es aussah, als würde es mitten im Sommer schneien.

Ich ging auf die Zehenspitzen, um etwas sehen zu können, doch es gelang mir nicht, über die vielen Köpfe hinwegzuschauen. Alles, was ich erkennen konnte, waren weitere Fahnen, die der ankommende Zug mit sich führte. Ich drängte mich weiter nach vorne, wo mir endlich der Blick auf Dutzende Ritter, Kutschen und Fahnenträger gewährt wurde.

Mein Herz machte einen Satz, als ich endlich Dravit entdeckte. Meine Befürchtung, dass ein anderer aus ihm geworden war, verpuffte augenblicklich. Er sah noch genauso aus wie damals: schmale braune Augen, beinahe rötlich glimmend, als ruhten Funken darin, hellbraunes Haar und eine hochgewachsene Statur. Nur muskulöser als der schlaksige Junge von damals war er geworden. Zudem wirkte er ungewohnt ernst. Aber das wunderte mich nicht. Er hatte es noch nie gemocht, wenn zu viel Aufhebens um seine Person gemacht wurde. So ein königlicher Empfang war ihm wahrscheinlich unangenehm.

»Dravit!«, rief ich und winkte ihm zu.

Meine Stimme ging im Lärm unter, also schob ich mich weiter durch die Menge und folgte seinem Pferd, mit dem er zielsicher auf das Schloss zusteuerte.

»Dravit!«, wiederholte ich. Jedoch war ich nicht die Einzige, die seinen Namen rief.

»Prinz Dravit!«, brüllten sie von allen Seiten.

»Hoch lebe der Prinz, der künftige König Avendars!«

Ich schlüpfte unter ein paar Armen hindurch und schaffte es, bis auf Dravits Höhe zu gelangen. Er hätte nur den Kopf zur Seite drehen müssen, um mich zu sehen. »Dravit!«

Eine Schlosswache verstellte mir den Weg, sodass ich nicht näher an ihn herankam. Es wäre auch zu schön gewesen, ihn schon auf dem Hof begrüßen zu können. Zum Glück blieb mir noch der Ball.

Dravit rechnete bestimmt nicht damit, mich dort zu treffen. Ich konnte es kaum erwarten, sein verblüfftes Gesicht zu sehen, wenn ich plötzlich vor ihm stand.

***

Nachdem sich die Versammlung auf dem Hof allmählich aufgelöste hatte, trafen die ersten Gäste ein. Adlige aus ganz Avendar und angrenzen Ländern fuhren vor und ich schaute dabei zu, wie eine hübsche Dame nach der anderen aus ihrer Kutsche stieg und die Stufen hinauf zum Schlosseingang nahm.

Tami stand neben mir und seufzte schwer. »Diese Kleider, dieser Schmuck. Stell dir vor, du könntest das tagtäglich tragen.«

»Es ist bestimmt unbequem«, mutmaßte ich. »Sag mal, geht es nur mir so oder sind das ziemlich viele junge, hübsche Mädchen?«

»Hast du es noch nicht gehört? Die Königin will, dass ihr Sohn baldmöglichst heiratet, um endlich den Thron besteigen zu können. Dafür braucht er eine Frau an seiner Seite und sie hofft wohl, dass er sie schnellstmöglich findet.«

»Sie hat also alles eingeladen, was heiratswillig und im passenden Alter ist?«, fragte ich ungläubig.

»Nicht nur im passenden Alter«, meinte Tami und deutete mit dem Kinn auf eine Kutsche, aus der gerade eine untersetzte ältere Frau stieg. Sie war gekleidet wie ein junges Ding, in rosa, mit viel Rüsche und langer Schleppe, was aber nicht darüber hinwegtäuschte, dass sie mindestens so alt war wie die Königin – wenn nicht älter.

Tami hob die Schultern. »Vielleicht bevorzugt der Prinz ja reifere Damen, wer weiß.«

»Er war früher jedenfalls sehr von Mutter angetan«, sagte ich. »Hauptsächlich wegen ihrer Quarkbällchen.«

Tami klappte die Kinnlade runter.

»Nein wirklich«, versicherte ich ihr lachend. »Wegen ihrer leckeren Quarkbällchen. Er konnte gar nicht genug davon bekommen. Wir haben uns sogar einmal in die Küche geschlichen, um ihr welche zu stibitzen. Das gab damals richtig viel Ärger.«

Der Gedanke daran ließ mich wieder strahlen. Ich wollte ihn endlich wiedersehen! Wir hatten so viel miteinander erlebt, es gab so viele Erinnerungen, die ich unbedingt auffrischen wollte und so viel zu erzählen. Immerhin hatte er die ganze Welt bereist. Und ich? Ich wusste mittlerweile, wie man Quarkbällchen zubereitete. Das war immerhin auch nicht ganz ohne.

»Dann sieh zu, dass du heute keinen Ärger bekommst«, riet mir Tami.

»Das werde ich«, versicherte ich ihr und machte mich auf den Weg zum Haupteingang. Dort angekommen wandte ich mich ihr noch einmal zu. Neben ihr waren meine Eltern aufgetaucht, die mir nachschauten, als würde ich zu einer großen, gefährlichen Reise aufbrechen. Dabei war es doch nur ein Abend. Sie so zu sehen, machte mich nervös. Ich versuchte das wegzulächeln, winkte ihnen zu und wandte mich dann zu den Stufen um.

Obwohl ich schon seit meiner Geburt an Schloss Avendar lebte, hatte ich es noch nie durch den Haupteingang betreten. Ich war unruhig, zog meine Einladungskarte hervor und fummelte daran herum. Kurz bevor ich an der Reihe war, sie vorzuzeigen, geschah es dann: Ich zerriss die Karte versehentlich. Erschrocken blieb ich stehen und starrte sie an.

De Page am Durchgang räusperte sich.

Zögerlich hielt ich ihm die Karte hin und er hob eine Braue, als er den Riss bemerkte.

»Nervöse Hände«, sagte ich entschuldigend.

Er schmunzelte. »Malin, nicht wahr? Die Tochter der Köchin. Ab rein mit dir, aber zeig unter den Adligen dein bestes Benehmen.«

Ich war erleichtert, dass er mich erkannte hatte. Zumal ich mit der Dienerschaft im Schloss nur selten etwas zu tun hatte.

»Nichts anderes habe ich vor«, versprach ich und lief an ihm vorbei in die Vorhalle. Augenblicklich war ich überwältigt. So riesig hatte ich sie mir nicht vorgestellt. Allein der Kronleuchter an der Decke hätte kaum in den Aufenthaltsraum der Dienerschaft gepasst. Er funkelte im Licht unzähliger Kerzen und brachte die ganze Vorhalle zum Glitzern. Ich starrte wie gebannt zu ihm hoch und wäre dabei beinahe in einen Mann gelaufen.

»Verzeiht«, bat ich und schaute mich weiter um.

Überall standen die Adligen in Gruppen und unterhielten sich. Jemand hielt mir ein Tablett mit Weingläsern hin, aber ich lehnte ab. Ich war zu sehr damit beschäftigt, all die Eindrücke auf mich einwirken zu lassen, um etwas trinken zu können. Von Dravit war bisher noch nichts zu sehen. Ob er einen ähnlich pompösen Auftritt hinlegen würde wie bei seiner Ankunft am Hof? Wenn es nach ihm ginge, wohl eher nicht, aber die Königin liebte das große Spektakel.

»Hast du ihn schon gesehen?«, hörte ich jemanden fragen.

»Nein, der junge Prinz macht sich rar«, antwortete ein anderer Adliger. »Nach der langen Anreise ist es fraglich, ob wir ihn heute überhaupt zu Gesicht bekommen werden.«

Ich seufzte schwer. Aber er lief mir ja nicht davon. Den Abend würde ich auch ohne ihn genießen können und Dravit dann willkommen heißen, wenn er sich in den nächsten Tagen am Pferdstall blicken ließ. Ich durchquerte die große Vorhalle und lief auf die Tür zum Tanzsaal zu. Dort gaben die Adligen ihre Namen und Titel an, die dann laut ausgerufen wurden. Barone, Grafen und Fürsten waren alle vertreten und beinahe jedes Mal wurden auch eine oder gleich mehrere Töchter angekündigt.

»Malin«, sagte ich, als ich an der Reihe war. Der Mann, der die Namen vortrug, schmunzelte. »Soll ich das so der Königin und versammelten Adelsgesellschaft weitergeben?«

Ich schaute mich um. Die meisten Gäste standen an Stehtischen am Rand des Saals, und wer eintrat, lief durch ihre Reihen bis zu einem Podest vor, wo die Königin auf einen imposanten Stuhl thronte. Sie trug ein Kleid aus rotem Samt, die Krone auf ihrem dunklen Haar und funkelnde Juwelen um den Hals. Ihr Gesichtsausdruck war verkniffen, fast so, als hätte sie in eine Zitrone gebissen. Sie musterte jeden ihrer Gäste aufs Genaueste und segnete deren Erscheinen mit einem kaum merklichen Nicken ab. Vor sie zu treten, war das Letzte, was ich wollte. Sie wusste ja nicht einmal, dass ich statt meiner Mutter am Ball teilnahm.

»Kusch dich rein, Mädchen«, forderte mich der Mann wohlwollend auf. »Halt dich einfach im Hintergrund und bleib am Rand des Saals.«

Ich knickste dankend und folgte seiner Anweisung. Auffallen wollte ich in keinem Fall. Es war mir schon unangenehm, dass mir so viele Blicke zugeworfen wurden, kaum, dass ich mich unter die Adeligen gemischt hatte. Wahrscheinlich war mein Kleid, so viel Mühe sich Mutter auch gegeben hatte, nicht edel genug, um als eine von ihnen durchzugehen. Unsicher spielte ich an dem Achatanhänger an meinem Hals.

»Ihr müsst die Baroness von Hameran sein!«, sagte ein Mann, der unerwartet vor mir aufgetaucht war.

»N-nein, verzeiht«, bat ich. »Ihr verwechselt mich.«

Er ergriff ungefragt meine Hand und küsste sie. »Dann verratet mir Euren Namen, Schönheit. Ich muss ihn unbedingt erfahren, sonst bricht es mir das Herz.«

Bei seinen schmalzigen Worten wurde mir etwas flau im Magen. Ich entzog ihm meine Hand. »Malin«, antwortete ich und ließ ihn ohne weitere Worte stehen.

In meinem Rücken hörte ich ihn sprechen. »Sagt das jemandem etwas?«

»Die Prinzessin von Ungen vielleicht«, mutmaßte jemand.

»Die heißt Marin«, meinte ein anderer.

Ich schmunzelte. Also war mein Kleid doch überzeugend und sie schauten mir nur nach, weil sie mich nicht einordnen konnten. Wenn sie wüssten, wer ich wirklich war, würden sie wohl große Augen machen.

KAPITEL 8

Nachdem alle Gäste im Saal versammelt waren, wurde der Abend mit einem Tanz eröffnet. Ein Dutzend Paare hatten sich in zwei Reihen auf der Tanzfläche eingefunden, die Damen auf der einen Seite, die Herren auf der anderen. Ein Orchester spielte und ich beobachtete fasziniert, wie sich die Tänzer aufeinander zubewegten, sich die Hände reichten, im Kreis drehten und die Damen ihre Röcke wirbeln ließen. Jeder wusste genau, wo er hingehörte, jede Bewegung wirkte elegant und perfekt einstudiert. Immer wieder fanden sich neue Tanzpaare zusammen und kein einziges Mal verirrte sich jemand. Mir wäre das mit Sicherheit passiert.

Ich bereute, nicht mehr die Gelegenheit gefunden zu haben, mit Vater zu üben, denn nach dem Eröffnungstanz betraten weitere Gäste die Tanzfläche und schlossen sich den anderen an. Ich wäre zu gerne einer von ihnen gewesen.

»Wenn ich um diesen Tanz bitten darf?«, fragte jemand.

Ich wandte mich ihm zu und blickte direkt auf die Halbglatze eines schlanken Mannes, der sich neben mir erstaunlich tief verbeugte.

»Es tut mir leid, ich kenne diesen Tanz nicht«, entschuldigte ich mich.

Der Mann richtete sich auf. Er war weitaus jünger als sein lichtes Haar es hätte vermuten lassen und sein Lächeln wirkte liebenswert. »Macht Euch keine Sorgen, ich führe Euch.«

Er streckte mir seine Hand entgegen, doch ich zögerte. Er hatte ja keine

Ahnung, wie ungeschickt ich mich anstellen konnte, dabei war es zu verlockend, mich den Tanzenden anzuschließen. Ich hörte Tamis Stimme in meinem Kopf, die mich fragte, wann man denn mal die Gelegenheit hatte, an einem königlichen Ball teilzunehmen und ehe ich mich versah, hatte ich meine Hand auf seine gelegt.

Auf der Tanzfläche angelangt zeigte er mir die Schrittfolge und wir schlossen uns den anderen Tanzpaaren an. Erst versuchte ich meine Schritte noch mitzuzählen, gab das aber bald auf, weil es einfach zu schnell ging. Wir wirbelten im Kreis, tanzten um die anderen Paare herum, tauchten unter ihren Armen durch und ich ließ mich einfach von der Melodie mitreißen. Es machte mir unheimlich viel Spaß und mein Tanzpartner verzieh mir auch, dass ich nicht immer im Takt blieb und ihm auch einmal auf die Füße trat. Er lachte sogar darüber und steckte mich damit an.

Ich hatte das Gefühl, ewig so weitertanzen zu können. Als ich aber im Augenwinkel sah, dass jemanden neben die Königin getreten war und mit ihr redete, stockte ich und wäre beinahe in ein anderes Tanzpaar gestolpert.

»Dravit!«, stieß ich aus und machte damit auch andere auf ihn aufmerksam.

»Oh, der Prinz lässt sich also doch auf seiner eigenen Begrüßungsfeier blicken«, stellte mein Tanzpartner fest und hob dabei missbilligend eine Braue.

Ein paar der Damen kicherten und tuschelten untereinander und die Wenigen, die noch tanzten, mussten unterbrechen, weil die meisten anderen stehengeblieben waren und über das unverhoffte Eintreffen des Prinzen sprachen.

Dravit sagte etwas zu seiner Mutter, über das die Königin nicht glücklich wirkte. Sie schaute ihn nicht einmal an, als sie antwortete, blickte nur stur zum Tanzsaal und hatte die Augenbrauen fest zusammengezogen. Er schüttelte den Kopf, nahm die Stufen hinunter zur Tanzfläche und wurde sogleich von einer Schar Adliger umringt.

»Ihr gehört wohl nicht zu diesen Geiern?«, fragte mich mein Tanzpartner.

»Geier?«

»Ihr stürzt Euch nicht gleich auf den Prinzen, in der Hoffnung, ihn für Euch gewinnen zu können.«

»Oh ... Nein, das hatte ich nicht vor«, sagte ich.

Der junge Mann lächelte zufrieden. »Lasst mich die Gelegenheit nutzen, mich richtig vorzustellen.« Er verbeugte sich so ruckartig vor mir, dass ich ausweichen musste.

In dem Moment gelang es Dravit, sich von der Menschentraube zu lösen. Er drängte sich durch die Menge auf eine Seitentür zu und kam dabei direkt an mir vorbei. Mein Herz machte einen Satz.

»Dravit!«, sprach ich ihn aufgeregt an. Ich ergriff seinen Arm, er blieb stehen und die Adligen um uns herum stöhnten erschrocken auf.

Verwirrt schaute ich mich um. Dass ich es gewagt hatte, den Prinzen festzuhalten, sorgte für Empörung. Dabei hatte ich doch versprochen, mich unauffällig zu verhalten. Schnell zog ich meine Hand wieder weg und schaute verlegen zu Dravit.

Ein Lächeln huschte mir über die Lippen. Von Nahem hatte ich keinen Zweifel mehr: Seine Augen waren noch dieselben. Wie damals schon voller Feuer und Wärme. Doch entgegen meiner Erwartung erhellten sie sich nicht, als er mich anschaute. Er musterte mich nur vorwurfsvoll, fast schon kaltherzig.

Mir versetzte das einen Stich. Ich hatte mich so darauf gefreut, nach all den Jahren meinen besten Freund wiederzusehen und er wusste nichts mit mir anzufangen? Er stand direkt vor mir, schaute mich an, sah mich aber nicht.

»Dravit? Ich ...«

»Man spricht den Prinzen mit Hoheit an«, blaffte ein Wachmann und drängte mich von ihm weg.

Dravit wandte sich wieder der Seitentür zu und ließ mich ohne ein einziges Wort stehen.

»Ich bin es, Malin«, sagte ich noch, doch er hörte mich nicht mehr.

Ich hatte das Gefühl, den Boden unter den Füßen zu verlieren. In all den Jahren war er mir nicht aus dem Kopf gegangen und ich war fest davon überzeugt gewesen, dass es ihm genauso ergangen sein musste. Aber dem war nicht so.

Oder lag es nur an dem Kleid? Ich schaute an mir herunter. So fremd wirkte ich dadurch nun auch wieder nicht und in Dravits Gesichtszügen hatte ja nicht einmal eine Ahnung davon gelegen, dass ihm etwas an mir bekannt vorgekommen war. Es war, als hätte es unsere Freundschaft nie gegeben.

Meine Vorfreude und Ausregung waren wie weggeblasen. Alle Blicke waren auf mich gerichtet und ich fühlte mich fremd und fehl am Platz.

»Ich gehe wohl besser«, sagte ich zu dem Wachmann, der daraufhin auf den Ausgang deutete.

Auf dem Weg nach draußen hielt mich niemand auf. Auch mein Tanzpartner schaute mir nur verwundert nach. Ich durchquerte die Vorhalle, wurde immer schneller und rannte schließlich die Stufen nach unten zum Hof.

Es war mir vorgekommen, als hätte ich im Schloss nicht mehr frei atmen können. Ich nahm den direkten Weg zu den Pferdeställen und warf mich dort angekommen ins Stroh.

Wie naiv ich doch gewesen war! Dabei hatte mich Vater gewarnt. Ich hatte ihm nur nicht glauben wollen. Dravit war doch nicht irgendjemand, er war mein bester Freund. Niemals hätte ich geglaubt, dass er mich vergessen haben könnte. Es tat weh, das nun einsehen zu müssen und es trieb mir die Tränen in die Augen. Ich vergrub mein Gesicht im Stroh und hoffte, diesen Abend genauso vergessen zu können, wie Dravit mich vergessen hatte.

Warmer Atem wurde mir in den Nacken geprustet. Juros hatte den Kopf auf seiner Box gestreckt und knabberte mir am Ärmel. Ich schniefte, setzte mich auf und umarmte seinen Kopf. »Du bleibst immer mein Freund, oder?«, fragte ich mit erstickter Stimme. »Zumindest, wenn ich dir ab und an eine Möhre bringe.«

Juros schnaubte und ich drückte ihm einen Kuss auf die Stirn. »Morgen bekommst du gleich zwei Möhren von mir. Versprochen.«

In dem Moment fiel ein Schatten durch die Stalltür. »Na meine Kleine?« Vater kam ein paar Schritte auf mich zu gelaufen. »Ist der Abend nicht so gelaufen, wie du es dir erhofft hast?«

Ich wischte meine Tränen weg und zwang mich zu einem Lächeln. »Er ist so gelaufen, wie er laufen musste, schätze ich. Wahrscheinlich ist es so das Beste, auch wenn es jetzt noch wehtut.«

»Wunden heilen«, versicherte er mir mit sanfter Stimme. »Bis es soweit ist, darfst du ruhig traurig sein. Auch wütend, wenn dir das hilft. Und jetzt, glaube ich, schuldest du mir noch einen Tanz.«

Er streckte mir die Hand entgegen. Dankbar nahm ich sie an und ließ mir aufhelfen. Ich schlang meine Arme um seinen kuscheligen Bauch, lehnte meinen Kopf an und Vater strich mir liebevoll über das Haar, während wir uns langsam im Kreis drehten. Und alles wurde ein bisschen besser.

***

So ein großes Fest wie das zur Rückkehr des Prinzen zog sich meist über mehrere Tage. Schließlich hatten viele Gäste eine lange Anreise hinter sich und wollten den Heimweg nicht gleich am nächsten Morgen antreten müssen.

Für die Dienerschaft bedeutete das harte Arbeit. Schon früh am Morgen herrschte in der Küche Hochbetrieb. Da ich versprochen hatte zu helfen, war auch ich bei Sonnenaufgang aufgestanden und hatte mich gleich daran gemacht, aus dem Teig vom Vortag Brötchen zu Formen. Finn bemehlte die Bleche, bestückte sie mit den Rohlingen und ritzte sie ein. Tami stand mir gegenüber und rührte den Haferschleim.

»Du hast noch gar nichts erzählt!«, beschwerte sie sich.

»Da gibt es auch nicht viel zu erzählen«, versicherte ich ihr. »Alle haben mich komisch angeschaut, ich habe getanzt, bin meinem Tanzpartner auf die Füße getreten und ...«

Finn unterbrach mich mit einem Lachen. »Und dann hat die Königin befohlen, dir den Kopf abzuhacken.«

»Blödsinn!« Ich lachte, verpasste ihm einen Schubs und er stolperte zur Seite, sodass beinahe das Backblech zu Boden gefallen wäre. Zum Dank warf er mir eine ganze Handvoll Mehl ins Gesicht. Ich hustete.

»Du siehst aus wie ein Geist«, prustete er.

Mutter seufzte. »Wenn die Adligen nachher keine dampfenden Brötchen zum Frühstück vorfinden, könnte das mit dem Kopfabhacken noch passieren.« Sie stellte gleich neben Tami eine Servierplatte mit Quarkbällchen ab und warf einen Blick auf den Haferschleim. »Du musst kräftiger rühren, sonst brennt er an.«

»Du hast Quarkbällchen gemacht?« Der Anblick ließ alte Erinnerungen in mir hochkommen und riss die frische Wunde auf. Mir wurde mit einem Mal ganz anders.

»Wenn sich nichts daran geändert hat, liebt der junge Prinz Quarkbällchen. Ich dachte, es wäre eine schöne Begrüßungsüberraschung für ihn.«

Mein Blick klebte regelrecht an dem gezuckerten Gebäck. Ich konnte fast hören, wie Dravit und ich kicherten, während wir hinter den hohen Schränken versteckt saßen – darauf lauernd, meiner Mutter die Quarkbällchen unter der Nase wegzuschnappen. Es war eines unserer letzten gemeinsamen Abenteuer gewesen. Kurz darauf hatte ihn die Königin fortgeschickt und ich war so stolz auf ihn gewesen, weil er mutig und selbstbewusst gewirkt hatte, während mir beim Abschied die Tränen über die Wangen gelaufen waren. Nun fragte ich mich, ob ich ihn damals schon falsch eingeschätzt hatte. Hatte er nur deswegen nicht geweint, weil es ihm nicht so nah gegangen war wie mir?

»Nimm dir ein paar«, bot mir Mutter an und riss mich damit aus meinen Gedanken. Erschrocken schaute ich zu ihr auf. Ich war so weggetreten gewesen, dass ich alles um mich herum vergessen hatte. Mutter lächelte sanft und legte ihre Hand auf meine. »Du hast gestern nichts mehr gegessen und noch kein Frühstück gehabt. Greif ruhig zu. Um der alten Zeiten willen.«

»Ich hatte auch noch keine Pause«, murrte Katherin.

»Du wirst ja auch entlohnt«, erinnerte Tami sie. »Malin hilft freiwillig.«

Mutter packte ein paar Quarkbällchen in einen Korb und reichte ihn mir. »Schon gut, ich habe ausreichend gebacken.«

»Danke!« Ich nahm den Korb und verließ die Küche. Tatsächlich hatte ich am Abend keinen Appetit mehr gehabt und mittlerweile fühlte sich mein Bauch wie ausgehöhlt an. Ich wusste auch schon, wo ich etwas Ruhe finden würde und nahm den schmalen Pfad zwischen Schloss und Außenmauer.

Mein Weg führte mich an der Schlosskapelle und den Kräuterbeeten vorbei. Die Lavendelbüsche standen gerade in voller Blüte, es duftete herrlich nach Lavendel, Thymian, Rosmarin und Minze.

»Guten Morgen, Malin!«, grüßte mich der Pfarrer und winkte mir zu. Er war dabei, eines der hinteren Beete und jäten. Mein Anblick schien ihn zu belustigen. »Hast du in Mehl gebadet?«

»In der Küche habe ich geholfen«, rief ich ihm zu.

Er lachte und widmete sich wieder seiner Arbeit.

Ich schlenderte betont ziellos durch die Beete und huschte, kaum dass er mich nicht mehr beachtete, in den angrenzen Irrgarten. Dort hatten Bedienstete eigentlich nichts zu suchen, aber ich kannte einen verborgenen Teil des Gartens, in dem ich ungestört sein würde. Den Weg dorthin hätte ich im Schlaf gefunden. Es war in meiner Kindheit das Geheimversteck von Dravit und mir gewesen. Immer wenn er seinem Studierzimmer und dem Ehrgeiz seiner Mutter entkommen wollte, hatten wir uns dort versteckt, Fangen gespielt oder stundenlang geredet. Auch damals, als wir die Quarkbällchen gestohlen hatten, waren wir an diesen Ort geflüchtet. Er lag hinter einem dichten Vorhang aus rotblühender Waldrebe und war wohl von den Gärtnern und der Königin vergessen worden. Denn andernfalls hätten man den Zugang längst freigelegt und die wildwuchernde Wiese dahinter gestutzt.

Ich schlüpfte durch den Vorhang und lief direkt auf den mächtigen Weißregenbaum zu, der den Mittelpunkt des beschaulichen Gartens bildete. Ich liebte diesen Baum, weil er das ganze Jahr über aussah wie von Schnee bedeckt. Er wirkte wie die Verkörperung des Winters in all seiner Pracht. Und ich liebte den Winter. Ich liebte es, wenn es schneite, wenn alles unter einer weißen Decke verborgen lag und die Stille nur von knirschenden Schritten im Schnee durchbrochen wurde. Dieser Baum erinnerte mich daran.

Unter den tiefhängenden Ästen stand eine Bank, auf der Dravit und ich oft gesessen hatten. Ich nahm den Henkel des Korbs in den Mund, stieg auf die Sitzfläche und kletterte den Stamm hinauf.

In einer Kuhle zwischen zwei Ästen fand ich eine gemütliche Stelle. Ich legte mich dort hinein und stellte den Korb auf meinem Bauch ab. Die Sonne brach zwischen den Blättern hindurch und kitzelte mich an der Nase. Mit geschlossenen Augen genoss ich ihre Wärme auf meiner Haut, als ich unerwartet Schritte hörte.

Ich schlug die Augen wieder auf. Normalerweise blieb ich an diesem Ort ungestört. Wer hätte das sein können? Die Schritte hielten direkt unter mir inne, also drehte ich mich zur Seite, um etwas sehen zu können. Tatsächlich hatte sich dort jemand auf die Bank gesetzt. Ich beugte mich vor, vergaß dabei den Korb auf meinen Bauch und griff noch danach, als er auch schon abstürzte und dem Mann auf den Kopf fiel.

»Autsch!«, stieß er aus und sprang auf.

»Oh Gott, das tut mir leid!«, rief ich.

Ich kletterte eilig nach unten, sprang ab und landete direkt vor seinen Füßen. »Dravit?«, fragte ich ungläubig.

Er war es tatsächlich. Mit verkniffenem Gesichtsausdruck stand er vor mir und rieb sich den lädierten Schädel. Ein bisschen niedlich sah er dabei schon aus, aber ich verkniff es mir zu schmunzeln. Es passte einfach nicht zusammen, dass er mich vergessen hatte, nicht aber unseren geheimen Treffpunkt. Hoch und heilig hatte er damals gelobt, dass nur wie beide ihn kannten und ich musste mich fragen, ob das eine Lüge gewesen war. Wahrscheinlich hatte er Dutzende andere hergeführt und mit Fingerschwur versprochen, dass niemand je von dem verborgenen Garten erfuhr und sie immer beste Freunde bleiben würden. Der Gedanke tat weh und machte mich auch wütend. Ich stemmte die Fäuste in die Seiten. »Was machst du hier?«, fragte ich vorwurfvoll.

Dravit wirkte verdutzt. »Kennen wir uns?«

Diesmal stand ich in meinem normalen Kleid vor ihm, zudem mit Mehl im Gesicht und den Haaren. Wie viele Hinweise brauchte er noch, um mich als die Tochter der Köchin zu erkennen? Er hatte mich wohl wirklich aus seinem Gedächtnis gestrichen.

»Offenbar nicht so gut wie ich geglaubt hatte.«

»Üblicherweise spricht man mich mit Hoheit an«, erinnerte er mich. »Und es ist mir auch neu, dass man in Avendar zur Begrüßung mit Körben beworfen wird.«

Es war schwer, den Jungen von damals in ihm zu erkennen. Er wirkte so ernst und kühl. Als würde ihn nichts wirklich berühren. Nur in seinen Augen konnte ich noch etwas von der Wärme von früher schimmern sehen.

»Normalerweise schleicht man sich auch nicht an Mädchen heran«, konterte ich.

»Du musst aber zugeben, dass ich nicht damit rechnen konnte, dass sich ein Mädchen im Baum versteckt.« Er hob meinen Korb auf und sammelte die herausgekullerten Quarkbällchen ein. Dabei hielt er für einen Moment inne, schaute ein Quarkbällchen besonders lange an und wirkte gedankenversunken.

Mein Gemüt erhellte sich augenblicklich und jeder Ärger war verflogen. Er erinnerte sich! Ganz bestimmt würde ihm beim Anblick der Quarkbällchen endlich wieder einfallen, wer ich war. In Erwartung, dass ihm gleich alles wieder einfiel, richtete ich eilig mein Haar, wischte mir etwas Mehl von den Wangen und wartete darauf, dass er sich mir zuwandte und meinen Namen sagte. Stattdessen warf der das Quarkbällchen achtlos zu den anderen und zerschlug meine Hoffnungen damit.

»Das sind meine«, sagte ich und nahm ihm den Korb weg.

»Ich hätte sie dir schon nicht weggegessen. Obwohl ...«

»... es deine Leibspeise ist?«, fiel ich ihm ins Wort.

»Du weißt davon?«, fragte er ungläubig. »Also kennen wir uns tatsächlich. Nenn mir deinen Namen.«

Ich konnte mir ein Schmunzeln nicht verkneifen. »Ich darf dich also nicht bei deinem Namen nennen, *Hoheit,* aber soll dir meinen verraten?«

»Ich bin der Kronprinz und künftiger König Avendars«, erinnerte er mich. »Ich könnte dir befehlen, mir deinen Namen zu nennen.«

»Du könntest aber auch versuchen, dich zu erinnern«, sagte ich und wandte mich zum Gehen.

Dravit hielt am Arm auf. »Du bist das Mädchen von gestern«, stellte er fest.

»Und auch da hast du mich schon nicht erkannt.«

»Das tut mir leid«, entschuldigte er sich.

Es machte wirklich den Anschein, als würde er bedauern, sich nicht an mich erinnern zu können. Aber schlussendlich änderte das doch nichts. Das machte nicht ungeschehen, dass er mich vergessen hatte. Dass er alles vergessen hatte, was mir wichtig gewesen war: unsere Freundschaft, unsere gemeinsame Zeit, seinen Schwur. Ich dachte nicht daran, ihm das alles vorzukauen. Wenn er nicht von selbst darauf kam, dann war es ihm nicht wichtig gewesen und dann wollte ich dieser Zeit auch nicht hinterherlaufen.

»Mir auch«, sagte ich, löste mich aus seinem Griff und lief zum Ausgang.

»Gib mir wenigstens einen Hinweis!«, rief er mir nach.

Im Gehen wandte ich mich zu ihm um. »Das Mehl, die Quarkbällchen, dieser Ort. Das sind doch alles schon Hinweise. Huch!« Ich war über einen Stock gestolpert, ruderte mit den Armen, konnte aber nicht verhindern, der Länge nach auf dem Rücken zu landen. Die Quarkbällchen flogen im hohen Bogen, Zucker rieselte wie Schnee auf mich herab und ich blinzelte gegen die Sonne.

Während ich noch versuchte, meine Orientierung wiederzufinden, beugte sich Dravit schon über mich.

»Jetzt weiß ich es wieder«, sagte er.

»Wirklich?«

»Du bist die Baroness von Hameran. Amalie, nicht wahr?« Er streckte mir die Hand entgegen. »Du hast dich gerne als Dienstmädchen verkleidet, um dich unter dein Volk zu mischen.«

»Irrtum«, sagte ich enttäuscht. Ich raffte mich ohne seine Hilfe auf und sammelte die Quarkbällchen ein.

»Prinzessin Venezia?«, riet er ins Blaue und half mir beim Einsammeln.

»Nein …« Wir griffen zeitgleich nach einem Quarkbällchen, unsere Hände berührten sich und ich zog meine wieder weg. »Das kannst du behalten«, sagte ich. »Es ist ohnehin ganz verdreckt.«

Dravit lächelte kaum merklich. Das hatte er schon früher an sich gehabt – dieses sanfte Lächeln, bei dem mir ganz warm ums Herz wurde. Fast so, als könne man ihm direkt in die Seele blicken. Nur war es nicht mehr so wie früher. Sein Lächeln wirkte kühl, fast schon einstudiert und berührte mich nicht so wie er es damals getan hatte.

»Ein bisschen Dreck hat noch niemanden geschadet, oder?« Er nahm das

Quarkbällchen und verschlang es, ohne abzubeißen. »Gehört sich das für einen Prinzen?«, fragte ich. »Vom Boden zu essen?«

Er hob die Schultern. »Und jetzt nenn mir deinen Namen. Du kannst mich nicht ewig auf die Folter spannen. Bist du die Baroness von Gratea?«

Wie viele Mädchen kannte er eigentlich, an deren Aussehen er sich nur wage erinnern konnte? Er musste auf seinen Reisen viele lockere Bekanntschaften gemacht haben. So viele, dass er mich darüber hinaus vergessen hatte. Aber vielleicht war es auch besser so. Sich mit Prinzessinnen zu umgeben stand einem Prinzen viel besser zu Gesicht, als neben Dienstmädchen zu hocken und Quarkbällchen vom Boden zu essen.

»Gratea ist auch falsch.« Ich stand auf und wandte mich dem Ausgang zu.

»Nur einen Hinweis noch«, bat er und erhob sich.

Ich blieb stehen. Vielleicht brauchte Dravit doch nur einen kleinen Schubs in die richtige Richtung, damit er sich wieder erinnerte? Und vielleicht würde sein Lächeln dann auch wieder so warm und freundlich auf mich wirken, wie es früher der Fall gewesen war. »Wir treffen uns bei Juros«, sagte ich. »Gleich bei Sonnenuntergang.«

»Bei wem?«, fragte er noch, aber ich schob schon den Rankenvorhang beiseite und verschwand im Irrgarten.

KAPITEL 9

Kurz vor Sonnenuntergang hatte ich Juros bereits gestriegelt und gesattelt. Er wieherte aufgeregt und schüttelte seine Silbermähne. Selbst wenn Dravit nicht auftauchen würde, wollte ich ausreiten und den warmen Sommerabend genießen. Mein letzter Ausritt lag schon ewig zurück.

Ich strich Juros über die Flanke. »Du vermisst unsere Ausritte auch, oder? Immer nur vor die Kutsche gespannt zu sein, macht keinen Spaß.« Als hätte er mich verstanden, nickte er ausgiebig. Ich lächelte und kraulte ihn hinterm Ohr.

»Du redest also mit Pferden?« Dravit war in die Stalltür getreten und lehnte sich gegen den Rahmen. Er trug Reiterhosen, lederne Handschuhe und ein schmal geschnittenes Hemd, das mir nur zu deutlich klarmachte, dass ich es nicht mehr mit einem kleinen Jungen zu tun hatte. Er war um einiges muskulöser geworden. Ich presste die Lippen zusammen und bewunderte seine gestählte Brust einen Moment zu lang, um noch sicher sein zu können, dass er meinen Blick nicht bemerkte. »Juros ist nicht irgendein Pferd«, sagte ich eilig, um abzulenken.

»Ich weiß.« Dravit kam näher. »Es ist zehn Jahre her. Ich habe eine Weile gebraucht, um mich an den Namen eines Pferdes aus meiner Kindheit zu erinnern, aber wenigstens weiß ich jetzt, dass wir uns von damals kennen müssen.«

Ich nickte und wartete ab, ob er mich ohne Mehl im Gesicht endlich wiedererkannte. Aber dem war nicht so. Mich neben Juros zu sehen, half seinem Gedächtnis auch nicht auf die Sprünge.

»Wir reiten also aus?«, fragte er.

Herausfordernd schaute ich ihn an. »Wenn du dich traust.«

Dravit ging zu dem edlen Rappen, mit dem er am Vortag in Avendar eingetroffen war. »Warum sollte ich mich nicht trauen?«

Ich verschränkte die Arme vor der Brust und schaute dabei zu, wie er sein Pferd sattelte. Er tat das mit geschickten Handgriffen, als wären ihm die Abläufe in unzähligen Wiederholungen ins Blut übergegangen. Vor zehn Jahren hätte es ihn schon Überwindung gekostet, den Stall zu betreten.

»Du hattest als Kind Angst vor Pferden«, erinnerte ich ihn.

Dravit zog den Sattelgurt fest. Sein Blick driftete in die Ferne. »Das ist wirklich ewig her ...«

»Aber du erinnerst dich?«

»An einiges, aber nicht an ein Mädchen wie dich.« Er wandte sich mir zu, schaute mich lange an und noch immer kam ihm keine Erkenntnis. Noch immer erkannte er mich nicht als diejenige, die ihm das Reiten beigebracht und geholfen hatte, seine Angst vor Pferden zu überwinden.

»Vielleicht hast du es ja verdrängt«, mutmaßte ich. »Welcher Prinz, der etwas auf sich hält, erinnert sich schon gern an ein Mädchen, dass höher klettert als er, besser reitet und weiter spucken kann?«

»Spucken?«, fragte er.

»Ja«, sagte ich mit nicht wenig Stolz. Die vielen Prinzessinnen, mit denen er in den letzten Jahren Bekanntschaft gemacht hatte, waren sich dafür vielleicht zu fein, aber ich schämte mich nicht dafür, ihn im Weitspucken immer geschlagen zu haben. »Wenn du mir nicht glaubst, beweise ich es dir. Lass uns mit dem Reiten anfangen. Wer zuerst an der alten Mühle ist. Erinnerst du dich an den Spuckstein am Fluss?« Ohne seine Antwort abzuwarten, schwang ich mich in den Sattel und trieb Juros aus dem Stall.

»Spuckstein? Aber ...? Warte!«

Ich dachte nicht daran, auf meinen Vorsprung zu verzichten. Vor mir tauchte bereits das Schlosstor auf und ich beschleunigte noch einmal. Ein

Blick zurück verriet mir, dass Dravit ebenfalls aufgesattelt hatte und mir dicht auf den Fersen war. Ich grinste. So leicht würde er mich nicht einholen. Sein edler Rapphengst war vielleicht schneller und wendiger als der alte Juros, doch dafür kannten wir die Gegend besser.

Ich galoppierte durch das Tor und schlug den steilen Pfad ein, der auf direktem Weg ins Tal führte. Nur wer fest im Sattel saß und seinem Pferd blind vertraute, wagte es, statt der befestigten Straße diesen Weg zu nehmen. Unter Juros Hufen rieselten die Steine, ich musste mich zurücklehnen, um nicht abzurutschen und konnte weit über das Tal blicken, das sich im rötlichen Schein der untergehenden Sonne vor uns ausbreitete. Beschauliche Städte und Dörfer lagen dort zwischen Roggenfeldern und sattgrünen Wiesen. Avendar war ein schönes Land: friedlich und farbenfroh, besonders im Sommer.

Flüchtig warf ich einen Blick zurück. Dravit scheute sich nicht, mir nachzusetzen.

»Du musst doch Todesangst haben!«, rief ich ihm zu. Er lenkte sein Pferd geschickt über die Unebenheiten und hielt dabei das Gleichgewicht.

»Ich bin kein kleiner Junge mehr«, erinnerte er mich. »Und Höhenangst hatte ich auch damals keine.«

Das musste ich ihm zugestehen. Während ihm Pferde suspekt gewesen waren, hatte er sich nicht davor gefürchtet, auf den höchsten Zinnen der Schlossmauer zu balancieren. Mutig war er schon immer gewesen.

Im Tal angekommen trieb ich Juros noch einmal an. Die alte Windmühle zeichnete sich bereits vor uns ab. Sie lag gleich hinter einem Feld voll goldener Ähren und ich beugte mich weit vor, als Juros sie wie eine Sturmbö durchpflügte. Die Ähren rauschten, der Wind ließ mein Haar wild flattern und ich hatte mein Ziel fest vor Augen. Ein Lächeln lag auf meinen Lippen. Es fühlte sich fast wie damals an, so ungezwungen über den Acker zu preschen.

Neben mir tauchte Dravit auf. Wenn er sich nach diesem Austritt nicht erinnerte, wusste ich mir auch nicht mehr zu helfen.

»Jetzt zeig mal, wie viel Kraft noch in dem alten Kaltblüter steckt!«, forderte er mich auf und trieb seinen Rappen in einen gestreckten Galopp.

Ich fiel zurück und holte Dravit nicht mehr ein, bevor er bei der Mühle angekommen war. Er lenkte sein Pferd zu mir um und wartete, bis ich ihn erreicht hatte. »Das heißt noch lange nicht, dass du mich im Weitspucken schlägst«, warf ich ihm entgegen.

Nach diesem Wettreiten *musste* ihm alles wieder einfallen! Schließlich hatten wir an der Mühle viel Zeit miteinander verbracht. Ich wollte gerade absteigen, als Juros unruhig wurde. Auch Dravits Rapphengst begann zu tänzeln. Er versuchte, das Pferd zu beruhigen, doch es gelang ihm nicht und dann wurde mir auch klar, wieso.

»Schlange!«, warnte ich und sprang aus dem Sattel.

Dravit nahm die Zügel an, sein Hengst ging rückwärts und bäumte sich auf, als die Schlange mit einer schnellen Bewegung auf ihn zuschoss.

Ich riss die Arme hoch. »Hooow!«, rief ich, aber das Pferd war zu aufgebracht. Es bockte mehrmals, warf Dravit aus dem Sattel und stürmte davon. Ich schaute ihm nach, wie es über das Feld das Weite suchte. So edel es auch war, mit einer einfachen Kornnatter kam es offensichtlich nicht zurecht.

»Verdammt!«, fluchte Dravit. Er wollte aufstehen, doch sein Knöchel gab nach und er sackte wieder auf die Knie. Direkt vor ihm zischte die Schlange bedrohlich.

»Nur eine Kornnatter«, versicherte ich, packte die Schlange am Schwanz und schleuderte sie zurück ins Feld. »Die sind nicht giftig. Hast du dich verletzt?«

Ich wollte ihm aufhelfen, aber er lehnte ab. »Schon gut«, sagte er. »Nur der Stolz ist etwas angeknackst.« Er humpelte zur halbhohen Mauer an der alten Mühle und lehnte sich dagegen.

»Lass mich mal sehen«, bat ich.

»Es geht schon«, behauptete er und sog dennoch vor Schmerz die Luft ein, als ich seinen Fuß anhob und vorsichtig versuchte, ihm den Schuh auszuziehen. Sein Knöchel war bereits blau angelaufen und geschwollen.

»Das Pferd kommt zurück«, versicherte ich.

Ein wenig hatte ich schon ein schlechtes Gewissen. Früher war er es gewesen, der mich zu den dümmsten Einfällen überredet hatte. Diesmal war es auf meinen Mist gewachsen. Ich kannte mich gut genug mit Pferden aus, um zu wissen, dass sein Hengst zu jung und unerfahren war.

Nun trug ich die Schuld am verstauchten Knöchel des Kronprinzen. Wäre er ungeschickt auf dem Kopf aufgeschlagen, hätte die Königin wahrscheinlich dafür gesorgt, dass mir meiner abgeschlagen wurde.

»Juros hätte mich sicher nicht abgeworfen«, meinte Dravit.

»Nein, er kennt die Gegend. Dein Junghengst ist noch fremd hier. Wer weiß, ob er je zuvor einer Schlange begegnet ist.«

»Er war ein Geschenk der Prinzessin von Sambata. Ich glaube, in ihrem Königreich gibt es gar keine Schlangen. Ich kann mich aber auch irren.«

»Noch eine Prinzessin ... «, murmelte ich. Kein Wunder, dass ich ihm entfallen war, bei all den vielen Bekanntschaften, die er in den letzten Jahren geschlossen hatte.

»Was sagst du?«, fragte er.

»Wir sollten den Knöchel kühlen«, riet ich. »Am besten im Fluss.«

Neben der Mühle plätscherte ein kleines Gewässer. Das kalte Wasser würde Dravit bestimmt guttun. Wir brauchten dann nur noch einen Verband, also packte ich meinen Ärmel und zerrte daran. Aber der Stoff gab trotz meiner Bemühungen nicht nach.

»Was machst du da?«, fragte Dravit.

»Das sieht man doch!«, knurrte ich verbissen. »Ich will dir einen Verband anlegen. Aber dieser verflixte ... Harrr!« Ich gab auf.

»Du willst dein Kleid zerreißen? So schlimm ist es wirklich nicht.« Er hielt mir seine Hand hin und half mir auf die Füße.

»Aber es ist meine Schuld«, sagte ich. »Also muss ich auch mein Kleid opfern. Ich kann den Prinzen ja schlecht bitten, sein feines Hemd herzugeben.« Mein Blick wanderte bei den Worten unwillkürlich zu seinem Oberkörper und der Gedanke daran zu sehen, wie muskulös er tatsächlich geworden war, ließ meine Wangen rot anlaufen.

Tatsächlich begann Dravit, sein Hemd Stück für Stück aufzuknöpfen. »Es ist mein Knöchel und es war auch mein Pferd. Du musst dein Kleid nicht zerreißen.«

Zu sehen, wie er sich direkt vor meinen Augen auszog, ließ mich panisch werden. Ich handelte, ohne nachzudenken, packte sein Hemd mit beiden Händen und hielt es zu.

»Das reicht!«, stieß ich aus. Mein Atem ging ungewohnt schnell. »Du … du erkältest dich sonst noch.«

»Erkälten?« Er wirkte irritiert. »Im Sommer?«

Meine Finger hatten sich fest um den Stoff seines Hemdes geschlossen und ruhten auf seiner Brust. Die Hitze seiner Haut ging auf mich über, doch im Gegensatz zu meinem Herzen, das wild zu rebellieren begonnen hatte, schlug seines so ruhig, dass ich es nicht einmal spüren konnte.

Schnell löste ich meine Hände von ihm, trat einen Schritt zurück und fuhr mir nervös durchs Haar. So eine Wirkung hatte er früher nicht auf mich gehabt. Aber da waren wir auch noch kleine Kinder gewesen und er ein schlaksiger Junge mit Flausen im Kopf. Von einem Kind hatte er an die zehn Jahre später rein gar nichts mehr. »Ich meine ja nur … Es kann schnell kalt werden.«

Dravit schaute zu Juros, der völlig entspannt auf dem Feld stand und am Korn knabberte. »Auf ihm habe ich damals reiten gelernt«, meinte er gedankenverloren.

Ich schaute von Dravit zu Juros und wieder zurück. Man konnte regelrecht sehen, wie ihm die Erinnerungen an damals durch den Kopf gingen. Und ich war ein Teil davon. Er musste mich einfach erkennen! Unsere Blicke trafen sich und ich hielt die Luft an.

»Aber wer du bist, weiß ich immer noch nicht«, gestand er ein.

Ungläubig riss ich die Augen auf. »Wie kann das sein? Wie kannst du dich daran erinnern, wie du Reiten gelernt hast, aber nicht an mich?«

»Hast du dich damals vielleicht versteckt, genau wie heute Morgen im Baum?«, mutmaßte er.

»Du hast dir das Reiten also selbst beigebracht?«

»Nein, ich …«, begann er.

»Du hast mir anvertraut, dass du Angst vor Pferden hast«, fiel ich ihm ins Wort. »Niemand sonst wusste davon, aber du weißt nicht mehr, wer ich bin?

Ich war es doch, die dir Juros vorgestellt hat. An ihn erinnerst du dich, aber nicht an mich. Nicht einmal daran, dass ich dir das Reiten beigebracht habe!«

Dravit verengte den Blick. »Das ist nicht wahr«, behauptete er.

Mein Inneres verkrampfte sich. »Natürlich ist es die Wahrheit!«, beharrte ich.

Dravit wirkte verärgert. »Ich weiß sehr genau, von wem ich gelernt habe zu Reiten und du warst es nicht. Was soll das hier werden? Steckt meine Mutter dahinter?«

»Die Königin?«, fragte ich verwirrt. »Was hat sie damit zu tun?«

Er seufzte enttäuscht. »Ich kenne ihre Intrigen zu gut. Es passt zu einer kaltherzigen Frau wie ihr, meine Kindheitserinnerungen gegen mich zu verwenden. Wer bist du wirklich? Eine Prinzessin aus einem Nachbarland, die sich in ihre Pläne hat einspannen lassen? So tief kann doch niemand sinken.«

»Sehe ich denn aus wie eine Prinzessin?«, fragte ich.

»Du benimmst dich nicht wie eine, aber genau das hat dir Mutter auch geraten, nicht wahr? Sei's drum. Ich verschwinde von hier.« Er schob mich grob beiseite und humpelte in Richtung Schloss.

»Du kannst doch nicht zu Fuß zurücklaufen!«, rief ich ihm nach.

»Und wie ich das kann«, knurrte er, ohne sich mir zuzuwenden oder auch nur stehenzubleiben. »Alle Achtung, dass du in den Baum geklettert bist, den steilen Hang runterreiten konntest und vom Weitspucken sprichst. Richte ihr aus, dass ich trotz deiner Bemühungen nicht darauf reingefallen bin. Sie muss sich weiter nach einer Braut für mich umschauen.«

Dachte er ernsthaft, dass ich mit der Königin gemeinsame Sache machte? Meine Hoffnung, er würde mich erkennen, wenn ihm wieder einfiel, wer Juros war, hatte sich jedenfalls zerschlagen. Und es gefiel mir gar nicht, dass er mir unterstellte, ihn hinters Licht führen zu wollen. Ich hatte diese Spielchen satt.

»Malin ist der Name, der dir nicht mehr eingefallen ist«, rief ich ihm nach.

»Du kannst nicht Malin sein!«, behauptete er in abfälligem Tonfall und humpelte weiter.

»Ach ja?« Ich folgte ihm. »Warum nicht? Warum hast du mich aus deinem

Gedächtnis gestrichen? Du warst mein bester Freund, verdammt! Ich habe dich vermisst und ich dachte, dass es dir genauso gehen würde. Aber ein Prinz kann sich zu einer Freundschaft mit einer wie mir wohl nicht herablassen. Da fällt es dir leichter, so zu tun, als hätte es mich nie gegeben.«

Dravit blieb stehen, nachdem ich ihn eingeholt hatte. Sein Blick war stur auf den Boden gerichtet und seine Hände zu Fäusten geballt. »Die Königin hat gut nachgeforscht, aber nicht gut genug«, sagte er verbissen. Er wandte sich mir zu und seine Augen funkelten so bedrohlich, dass ich beinahe vor ihm zurückgewichen wäre. »Du kannst nicht Malin sein, weil er ein Junge war.«

»Aber, ich ...« Es verschlug mir die Sprache. Wie kam er denn auf so eine absurde Idee? »Ich bin kein Junge ... D-du kannst jeden fragen!«

»Ob du ein Mädchen bist?« Er schnaubte herablassend. »Das erkenne ich auch selbst.«

»Du kannst jeden fragen, wer ich bin. Ich bin Malin!«

Dravit schüttelte den Kopf. »Ich werde mich doch wohl an meinen besten Freund erinnern. Er war ein Junge. Seine Haare waren kurz, er trug Hosen und eine Baskenmütze.«

»Genau! Das war ich. Die Mütze habe ich sogar noch, wenn du sie sehen willst.«

»Aber du ...« Er deutete an mir herunter. »Du bist ein ...«

»Ein Mädchen?«

»Eine Frau«, korrigierte er mich. »Und Malin war ... er war flach.«

Ich blinzelte. »Ich war ein Kind, natürlich war ich flach.«

»Malin ist doch kein Mädchenname.«

»Doch.«

»Nein.«

Ich verschränkte die Arme vor der Brust. »Ich werde das ja wohl besser wissen.«

Dravit schaute mich lange an. Er musterte jedes Detail an mir und allmählich fiel seine Wut von ihm ab. »Ich glaube es nicht ...«, murmelte er nach einer Weile und konnte den Blick noch immer nicht vor mir lassen. Allmählich wurde es mir unangenehm. Als er dann aber regelrecht zu strahlen begann, entschädigte mich das. Endlich sah ich genau das, was ich mir bei unserer ersten Begegnung gehofft hatte. Die Wiedersehensfreude, nach all den vielen Jahren. Ohne ein weiteres Wort zu verlieren zog er mich an sich heran und drückte mich so fest, dass mir die Luft wegblieb.

»Warum hast du nicht gleich etwas gesagt?«, fragte er leise. »Wenn du wüsstest, wie sehr ich dich vermisst habe.«

»Ich ersticke«, keuchte ich. Tränen der Freunde hatten sich in meinen Augenwinkeln gesammelt. Dravit schob mich von sich, nahm mein Gesicht in beide Hände und wischte sie mit den Daumen weg. »Jetzt verstehe ich auch, warum du so eine Heulsuse warst.«

»Wie bitte?« Ich stieß ihn von mir. »Du warst doch das Weichei von uns beiden!«

Er grinste. »Und wer hat jedes Mal geschluchzt, wenn wir Ärger bekommen haben?«

»Weil du mich immer zu dem größten Mist überredest hast. Nur deinetwegen haben wir ständig riesigen Ärger bekommen!«

»Die Sache mit den Quarkbällchen damals war aber deine Idee«, erinnerte er mich.

Dravit stand ziemlich schief vor mir. Sein Knöchel musste sehr wehtun, wenn er ihn so stark entlastete.

»Du solltest dich hinsetzen«, riet ich ihm und schlüpfte unter seinen Arm, um ihn zu stützen.

»Mutter schickt mich noch mal zehn Jahre weg, wenn sie von der Sache heute erfährt«, meinte er.

»War das der Grund?«, fragte ich. »Hat sie dich fortgeschickt, weil wir so viele Flausen im Kopf hatten?«

»Unter anderem«, bestätigte er. »Aber jetzt bin ich zurück und so schnell wird sie mich nicht wieder los.«

Wir hatten die Mühle noch nicht erreicht, aber ich schnaufte bereits. »Du hast ganz schön zugenommen«, murrte ich.

»Ich bin ja auch mindestens doppelt so groß wie damals. Du hast aber auch ein bisschen zugelegt.« Sein Blick wanderte zu meiner Oberweite.

»Hey!« Ich stieß ihn von mir und kreuzte die Arme vor der Brust. »Gehört sich das für einen Prinzen?«

»Ich kann einfach nicht glauben, dass *das* aus dir geworden ist.« Er deutete an mir herunter. »Du warst damals flach wie ein Brett, mit strubbeligen kurzen Haaren, die zu allen Seiten wegstanden.«

Ich fuhr mir mit den Fingern durch meine lange Mähne. »Da lässt man sich die Haare wachsen und schon erkennt einen der beste Freund nicht wieder.«

»Wenn es nur die Haare wären ...«, meinte er und wieder klebte sein Blick regelrecht an mir.

»Dein Fuß!«, stieß ich aus und unterbrach damit den merkwürdig stillen Moment zwischen uns. Ich schlüpfte wieder unter seinen Arm und half ihm bis zum Flussufer, wo wir es uns auf ein paar Felsen gemütlich machten.

Dravit tauchte seinen Knöchel in das kalte Wasser und sein Blick driftete zum Sonnenuntergang.

»Es hat sich viel verändert, oder?«, fragte ich wehmütig. Unsere Kindheit war so unbefangen gewesen. Jeden Tag hatten wir uns neue Streiche einfallen lassen und selten über die Folgen nachgedacht. Es hatte keine Rolle gespielt, dass er der Prinz war und ich nur ein Kind aus dem einfachen Volk. Wenn ich daran dachte, wie alle Blicke auf mich gerichtet waren, als ich ihn im Tanzsaal festgehalten hatte, und wie ernst er mittlerweile wirkte – nicht mehr so fröhlich und aufgeweckt wie früher – wünschte ich mir diese alten Tage zurück.

Dravit nickte. »Es waren immerhin zehn Jahre, wir waren Kinder. Ich werde bald heiraten müssen, die Regentschaft über das Land übernehmen. Bei den ganzen Pflichten, die auf mich zukommen, wird für die alte Mühle und den verborgenen Garten kaum noch Zeit bleiben.«

Ich schaute ebenfalls dabei zu, wie die Sonne hinter den Bergen verschwand. »Wenigstens erinnerst du dich jetzt wieder an mich. Das kann uns niemand nehmen, nicht wahr? Die Erinnerungen.«

»Vergessen habe ich dich nie«, versprach er. »Die Jahre damals waren die schönsten meiner Kindheit. Danach ging es nur noch um Ausbildung und

Studium. Fechten, Reiten, Heraldik. Alles, was ein zukünftiger König beherrschen muss.«

Er wandte sich mir zu. »Hättest du mir deinen Namen gleich genannt, wäre uns einiges erspart geblieben.«

»Du bist es doch, der mich für einen Jungen gehalten hat. Konnte ich das ahnen?« Ich gab ihm einen leichten Stoß gegen die Schulter.

»Das kann mir jetzt nicht mehr passieren.« Ein kühles Lächeln lag auf seinen Lippen, sein Blick ruhte auf meinen Augen und mir war, als würde ich in seinen versinken. Ganz tief in seinem Inneren loderte noch dieser Funke von damals – die Wärme, die mein Herz berührte. Ich hätte mir nur gewünscht, nicht so tief danach graben zu müssen.

»Von dem Jungen von früher hast du wirklich nicht mehr viel an dir«, sagte er leise. Eine Weile schauten wir uns schweigend an, dann wandte er sich wieder nach vorne. »Obwohl dein Benehmen noch etwas rüpelhaft ist.«

»Und du bist noch genauso gemein wie damals«, sagte ich und lehnte meinen Kopf gegen seine Schulter. »Wir bleiben Freunde, oder? Auch wenn du heiratest und kaum noch Zeit haben wirst.«

»Immer«, versprach er.

***

Eine ganze Weile saßen wir einfach nur da. Ich hatte unzählige Fragen, denn schließlich musste er in den letzten zehn Jahren viel erlebt haben und ich wollte alles darüber erfahren. Für den Moment tat es aber einfach nur gut, ihn wiederzuhaben.

Nur noch ein paar letzte Sonnenstahlen kämpften gegen ihr unvermeidbares Erlöschen an, als sich Dravit ein Stück weit aufrichtete. »Na schau mal einer an, wer da reumütig zurückgeschlichen kommt.«

Auf der anderen Seite des Flusses war sein Hengst aufgetaucht. Den Schrecken mit der Schlange hatte er wohl überwunden, denn er trottete gemächlich über die Wiese und knabberte hier und dort an einem Grasbüschel.

Ich sprang auf, als er sich für einen Ginsterbusch interessierte. »Hey, das ist giftig!«, rief ich dem Pferd zu und schaute dann zu Dravit. »Geht es deinem Fuß besser?«

»Gut genug, um diesen dummen Gaul einzufangen«, sagte er und stand auf.

Ich hob meinen Rock an und wir wateten durch den Fluss. Kaum, dass wir auf der anderen Seite angekommen waren, wurde der Hengst wieder unruhig.

»Ich versuche es von links, nähere du dich ihm von rechts«, schlug ich vor. In vorsichtigen Schritten umkreisten wir das Pferd.

»Hey, mein Guter«, sagte Dravit. Der Tonfall seiner Stimme war so sanft und besonnen, dass sie nicht nur den Hengst beruhigte, sondern auch mein Herz langsamer schlagen ließ. »Das mit dem dummen Gaul war nicht so gemeint.«

Ich breitete sachte die Arme aus und setzte einen Fuß vor den anderen. Der Hengst riss jedoch den Kopf hoch und legte die Ohren an. »Diese Prinzessin, von der du das Pferd hast«, begann ich möglichst ruhig zu fragen. »Konnte sie dich nicht leiden?«

Dravit lachte, woraufhin sein Pferd wieherte, sich aufbäumte und davonzustürmen drohte. Ich warf mich voran – auch Dravit machte einen Satz auf den Hengst zu – mit einer Hand bekam ich die Zügel zu greifen, wurde von dem aufgebrachten Pferd mitgerissen und stieß mit Dravit zusammen.

Beide landeten wir im Gras.

Stöhnend stemmte ich meinen Oberkörper hoch, blinzelte und blickte direkt in Dravits Gesicht. Nur eine Handbreit war er von mir entfernt. So nah, dass ich seine Wimpern hätte zählen können. Erst dadurch fiel mir auf, wie dicht und lang sie waren. Mir war nicht klar gewesen, dass auch Männer so dichte Wimpern haben konnten.

Dravits Lippen kräuselten sich. »Ich hoffe, meine Rippen haben deinen Sturz gut abgefangen.«

Erschrocken schaute ich an uns hinunter und stellte fest, dass sein halb aufgeknöpftes Hemd verrutscht war und ich mich mit einer Hand auf seiner nackten Brust abstützte.

Mein Herz machte einen Satz und meine Ohren fühlten sich plötzlich an, als würden sie in Flammen stehen. Ich wollte sofort hochschnellen, aber die Zügel des Hengstes lagen um meine zweite Hand und verhinderten, dass ich mich aufrichten konnte. Der Hengst zerrte an mir und ich landete der Länge nach auf Dravit. Mit dem Gesicht voran auf seinem Schlüsselbein.

Dravit keuchte. Er packte mich an der Hüfte und drehte sich zur Seite, sodass nun ich es war, die auf dem Rücken und unter ihm lag. Ich pustete in Richtung meiner Stirn, um mir das Haar aus dem Gesicht zu blasen, was mir jedoch nicht wirklich gelang.

»Alles gut bei dir?«, fragte er, nachdem er sich aufgesetzt hatte. Er strich mir das Haar aus dem Gesicht.

»Ja, alles gut«, antwortete ich.

Dravit nahm mir die Zügel aus der Hand. »Dann lass uns den Sturkopf mal nach Hause bringen, bevor er wieder ausbüxt.«

KAPITEL 10

In den folgenden Tagen schwebte ich wie auf Wolken. Ich half im Stall, war zur Stelle, wenn Mutter mich in der Küche brauchte und übernahm das Fegen der Stufen zum Schloss. Mit dem Besen in der Hand summte ich leise, drehte meinen Rock, wie ich es auf dem Ball getan hatte, und stellte mir vor, Dravit hätte mich bereits an diesem Abend erkannt. In meiner Vorstellung hätten wir getanzt und wären über das Parkett geflogen, als hätte es nur ihn und mich und dieses Lied gegeben, das mir auf den Lippen lag.

Ich wusste, dass es nicht mehr so werden würde wie damals, als wir noch Kinder gewesen waren und kein Rang und Name zwischen uns gestanden hatte. Aber damit kam ich zurecht. Zumindest wollte ich es versuchen.

Er war nun mal der einzige Sohn unseres verstorbenen Königs und musste dessen Nachfolge antreten. Er würde eine hochrangige Adlige heiraten – eine Prinzessin wahrscheinlich, ständig auf Reisen sein und sein Leben dem Wohl Avendars widmen. Aber unsere Freundschaft würde fortbestehen. Uns blieb der verborgene Garten, wo wir uns wie früher treffen konnten, immer dann, wenn uns alles über den Kopf wuchs.

Ich hob den Besen an und sprach mit verstellter Stimme für ihn: »Du siehst heute besonders hübsch aus, Malin.« Überzogen knickste ich, als hätte ich es mit einem Edelmann zutun. »Habt Dank mein Prinz! Ihr seid aber auch bezaubernd. Nur ein bisschen dünn und borstig wirkt Ihr heute.«

Ich legte meine Arme um den Besen und drehte mich mit ihm im Kreis.

»Es ist beschlossene Sache!«, hörte ich eine gedämpfte Stimme zornig sagen. Die große Flügeltür zum Schloss ging auf. Ich erschrak, verfehlte im Drehen die Stufe und landete auf dem Hintern.

Die Königin trat ins Freie. Ihr ausuferndes Brokatkleid in Gold gehalten, mit rosafarbenen Mustern, wirkte viel zu warm und füllig für einen so heißen Sommertag. Vielleicht sah sie deswegen oft so verbissen und mürrisch aus. »Den Sommer sollte man verbieten«, zischte sie. Der Schweiß stand ihr auf der Stirn und sie fächerte sich Luft zu, während sie die Stufen zum Hof nahm.

Dravit folgte ihr. »Der letzte Ball liegt erst ein paar Tage zurück«, erinnerte er sie.

»Und wenn schon«, blaffte die Königin. »Hast du getanzt? Hast du auch nur einen vollständigen Satz mit einem unserer Gäste gewechselt? Ich kann dir sagen, dass das Gerede groß war und bis heute anhält. Da schickt man seinen Sohn unter besten Voraussetzungen auf Studienreise, um einen Vorzeigeprinzen aus ihm zu machen, und er kehrt als derselbe Nichtsnutz zurück.«

Die Königin schritt an mir vorbei und ich zog schnell den Besen weg, der mir bei meinem Sturz aus der Hand geflogen war.

»Es tut mir ja leid, dass ich nicht deinen Vorstellungen entspreche, Mutter, aber ich werde kein anderer, auch wenn du mich weitere zehn Jahre fortschickst.«

»Sag das nicht zu laut. Der Gedanke kam mir bereits.«

»Das würde mir jedenfalls eine übereilte Hochzeit ersparen«, murrte Dravit.

»Oh du wirst heiraten! Und du wirst diese Krone tragen.« Der Blick der Königin fiel auf mich, wie ich am Boden saß und versuchte unsichtbar zu sein. Sie verzog kurz das Gesicht, dann ließ sie mich links liegen. »Ich bin es leid, für das ganze Land und jedes Wehwehchen der einfachen Leute verantwortlich zu sein. Das war es nicht, was man mir versprochen hat, als dein Vater um meine Hand anhielt. Alleingelassen hat er mich, mit den ganzen Pflichten und einem verzogenen Taugenichts als Sohn.«

»So früh zu sterben hat er sich sicher nicht ausgesucht«, sagte Dravit. Er sah mich, lächelte und reichte mir die Hand, um mir aufzuhelfen.

Die Königin bekam davon nichts mit. Sie lief geradewegs auf die Kutsche zu, die auf dem Hof für sie bereitstand.

Dravit zog mich mit einem solchen Ruck auf die Füße, dass ich in seine Arme stolperte. »Ein einfacher Knicks genügt«, flüsterte er mir zu. »Du musst dich nicht gleich vor mir auf den Boden werfen.«

»Ich habe mir meinen Ruhestand wahrlich verdient«, rief die Königin und wandte sich ihrem Sohn zu. Sofort trat ich einen Schritt vor ihm zurück und senkte den Blick.

»Das hast du, Mutter«, antwortete er.

Zögerlich schaute ich auf, sah, dass mich die Königin kritisch musterte und schaute gleich wieder zu Boden.

»Heute Abend im Garten?«, fragte Dravit.

Ich nickte kaum merklich und schaute erst auf, nachdem er bei seiner Mutter angekommen war.

»Was hast du mit dieser Magd zu schaffen?«, fragte sie.

»Das Mädchen ist gestürzt.«

Sie verzog ihr Gesicht und reichte ihm die Hand, damit er ihr in die Kutsche half. »Das mit den Wehwehchen der einfachen Leute musst du nicht wortwörtlich nehmen.«

»Das ist mir schon klar, Mutter«, sagte er und zwinkerte mir zu, kaum, dass sie in der Kutsche saß.

Ich schmunzelte und widmete mich wieder dem Kehren. Es gefiel mir, dass unsere Freundschaft ein wohlgehütetes Geheimnis war. Dadurch wurde sie zu etwas, das nur uns beiden gehörte, aber auch zu einer Art Abenteuer, wie wir sie früher so oft gemeinsam erlebt hatten.

***

Ich wusste nicht genau wieso, aber ich legte am Abend Mutters Achat-Kette an. Vielleicht wollte ich ein wenig mehr wie ein Mädchen aussehen, nun da

Dravit wusste, dass ich eines war. Vielleicht erinnerte sie mich aber auch an den Ball und meinen Wunschtraum, dort mit ihm getanzt zu haben. Ich stand vor dem Spiegel im Gemach meiner Eltern und mir und betrachtete den kleinen weißmilchigen Stein, wie er an meinem Hals schimmerte.

In dem Moment liefen Katherin und Tami an der offenen Tür vorbei. Tami bemerkte mich. »Malin, du bist schon hier?«

»Hüten sich die Schweine heute von selbst?«, höhnte Katherin.

Sich über Katherin zu ärgern brachte nichts. Ganz im Gegenteil genoss sie das nur. Also tat ich so, als hätte sie eine normale Frage gestellt. »Ich habe die Stufen zum Schloss gekehrt. Um die Schweine kümmert sich Timo.«

»Trägst du die Kette deiner Mutter?«, fragte Tami.

Unwillkürlich legte ich die Hand darauf. »Ich wollte sie nur mal anprobieren.«

Tami wirkte nicht sehr überzeugt und auch Katherin ahnte, dass mehr dahintersteckte. Allerdings gingen ihre Vermutungen in eine falsche Richtung »Steckt da eine kleine Diebin in der so unschuldig aussehenden Jungfer?«

Tami verdrehte die Augen. Sie ergriff mich am Arm und zog mich in Richtung Aufenthaltsraum. »Ist es ein Junge?«, fragte sie mit gesenkter Stimme. »Triffst du dich mit ihm?«

»Pssst!«, zischte ich. Wir waren nicht allein. Im Aufenthaltsraum hatten sich bereits einige Bedienstete zum Abendessen eingefunden. Ich wollte nicht, dass jeder hörte, was ihre Vermutung war. »Es ist nur ein alter Freund, den ich kürzlich wiedergetroffen habe.«

»Und für ihn machst du dich schick? Dann solltest du das da hierlassen.« Sie zog mir etwas Stroh aus dem Haar.

»Ich mache mich nicht für ihn schick. Denke ich jedenfalls.« Tamis Worte ließen mich zweifeln. Wollte ich Dravit beeindrucken? Mit einer einfachen Achatkette gelang mir das wohl kaum. »Er ist außerdem so gut wie verlobt«, ergänzte ich.

»Ich muss ihn kennenlernen!«, verlangte Tami.

»Das geht nicht. Wirklich nicht. Versprich mir nur, dass du niemandem etwas erzählst.«

»Aber klar doch, Fingerschwur.« Sie verschränkte ihren kleinen Finger in meinen. »Für Katherin kann ich aber nicht sprechen, sie wird deiner Mutter brühwarm auftischen, dass du ihre Kette trägst.«

»Ich habe Mutter vorhin schon danach gefragt, aber verrat Katherin das nicht. Sie soll ruhig zu ihr gehen und petzen.«

Tami kicherte. »Damit wird sie dann schön auf die Nase fallen. In dir steckt ein kleiner Teufel, weißt du das? Du siehst so lieb und unschuldig aus, aber du hast es faustdick hinter den Ohren.«

So wie früher, dachte ich. Es lag an Dravits Gegenwart. Ich wusste nicht, wie er das anstellte, aber durch ihn wurde ich ein wenig mutiger. Ich fühlte mich jedenfalls selbstsicherer und irgendwie vollständig.

»Ich muss jetzt los«, sagte ich.

»Du erzählst mir dann alles, wenn du zurück bist, oder?«

Ich nickte und verließ den Aufenthaltsraum.

***

Auf dem Weg zum verborgenen Garten war ich so aufgeregt wie schon lange nicht mehr. An der alten Mühle war uns nicht die Zeit geblieben, um zu reden. Schließlich hatten wir zurück am Schloss sein müssen, bevor die Königin auf die Idee gekommen war, einen Suchtrupp nach ihrem Sohn auszusenden. Dadurch hatte ich ihn nicht nach seinen Erlebnissen in den letzten Jahren fragen können. Und er hatte bestimmt viel erlebt und von der Welt gesehen.

Als ich durch den Rankenvorhang in den Garten trat, war es trotz der späten Stunde noch taghell. Es war einer dieser Sommerabende, an denen sich Mond und Sonne den Himmel teilten. Wie eine runde Silberscheibe stand der Mond direkt über mir, während sich im Licht der tiefstehenden Sonne lange Schatten über die wildblühende Wiese streckten.

Von Dravit fehlte noch jede Spur.

Er hatte ja bereits gesagt, dass wir nicht mehr so viel Zeit wie früher miteinander verbringen konnten und ich war davon ausgegangen, dass sich unsere Freundschaft künftig auf ein Nicken im Vorbeigehen und ein paar gewechselte Worte beschränken müsste. Schließlich lebten wir in verschiedenen Welten und das bedeutete wohl, dass wir wie Sonne und Mond waren. Manchmal ganz nah beieinander und doch immer voneinander getrennt. Umso überraschter war ich gewesen, dass er dieses Treffen mit mir vereinbart hatte. Es hätte mich aber auch nicht gewundert, wenn ihm etwas dazwischengekommen wäre und so schien es wohl auch zu sein.

Etwas Zeit wollte ich ihm aber noch lassen. Ich lief ein Stück weit in den Garten, ließ meine Fingerkuppen über die Kelche der hochstehenden Blumen wandern, die sich wie kleine Farbtupfer hier und dort aus der Wiese reckten, und summte dabei leise ein Lied. Einen Kinderreim, der mir spontan in den Sinn gekommen war: »Im Sommer, die Blumen in Avendar, so bunt, so schön und so rein ...«

Die Melodie erinnerte mich ein wenig an den Tanz, den ich auf dem königlichen Ball gelernt hatte. Ich hob die Arme, als stünde ich nicht allein auf der Wiese, schloss die Augen und versuchte, mich an die Schrittfolge zu erinnern. Schwungvoll drehte ich mich im Kreis und stolperte dabei über meine eigenen Füße, direkt auf die Bank unter dem Weißregenbaum zu. Lachend fing ich mich an ihr ab und setzte mich.

Es wäre mir zu peinlich, würde Dravit auftauchen, während ich ungeschickt über die Wiese hopste. Ich schaute gespannt zum Rankenvorhang und wartete auf ihn. Viel Geduld brachte ich allerdings nicht auf. Ich änderte immer wieder meine Sitzposition, richtete meinen Rock, zwirbelte mir eine Strähne zurecht und bemerkte, dass mir Schlaf in den Augenwinkeln klebte, den ich eilig wegwischte.

Etwas traf mich am Kopf, ich dachte an einen Ast, und wollte ihn aus meinen Haaren friemeln, griff aber in etwas Feuchtes. Erschrocken schrie ich auf, sprang hoch und warf das klebrige Etwas von mir.

Es waren Nudeln.

Verdutzt starrte ich sie an, bis es mir allmählich dämmerte. Ich legte den Kopf in den Nacken und sah Dravit im Baum sitzen. Er schmunzelte hämisch und sah dem Jungen von damals dadurch unheimlich ähnlich.

»Was sollte das denn bitte?«, fragte ich und stemmte die Arme in die Seiten.

»Das war meine Rache für die Quarkbällchen.« Er kletterte vom Baum, sprang das letzte Stück ab und knickte dabei mit seinem verletzten Knöchel weg.

»Das hast du verdient«, sagte ich und bereute es gleich darauf, als ich sah, wie er vor Schmerz das Gesicht verzog. Er fing sich an der Bank ab und entlastete seinen Fuß. »Alles gut?«, fragte ich besorgt.

»Geht schon«, versicherte er.

»Na, dann kann ich ja …!« Ich klaubte die Nudeln vom Boden auf und klatschte sie ihm mitten ins Gesicht. Nun war ich diejenige, die schmunzelte.

Eine der Nudeln klebte Dravit über der gerümpften Nase und er fischte sie sich aus dem Gesicht. Dann sank er seufzend auf die Bank. »Ich weiß, wir sind keine kleinen Kinder mehr, aber ganz ehrlich? Es fühlt sich gut an, einfach mal so zu tun als ob.«

»Das stimmt«, pflichtete ich ihm bei und setzte mich neben ihn. Eine Weile sagte keiner von uns etwas, dann wurde mir klar, dass er die ganze Zeit schon im Garten gewesen war und die Hitze schoss mir in die Wangen. »Hast du mich beobachtet?«

»Wie du getanzt hast?«, fragte er. »Oder wie du auf der Bank hin und her gerutscht bist, als würdest du auf einem Armeisenhaufen sitzen?«

»Das ist nicht in Ordnung«, belehrte ich ihn. »Du hast es selbst gesagt: Wir sind keine Kinder mehr.«

Er schaute nachdenklich zu Boden. »Das stimmt. Aber ich fühle mich wieder wie früher, wenn wir zusammen sind. Auch schon, bevor du mir offenbart hast, wer du bist.« Als er zu mir aufschaute, lächelte er sanft und nicht mehr ganz so unterkühlt wie zuvor. »Du hast da …«, sagte er, hob die Hand, hielt aber inne und schaute mich nur schweigend an.

»Was ist?«, fragte ich.

Sein Lächeln wurde breiter und noch ein wenig wärmer. »Eine Nudel«, erklärte er und zog sie aus meinem Haar. Dabei streiften seine Finger meine Wange und mein Herz machte einen Satz.

»Ich weiß immer noch nicht, was genau damals passiert ist«, sagte ich. »Du warst so plötzlich weg und es hieß immer nur, der Prinz sei auf einer

Studienreise. Am Anfang dachte ich, dass du in ein paar Wochen zurück sein würdest, aber die Zeit verging und du kamst nicht wieder.«

Dravit schaute wieder zum Garten. Er stützte sich auf seinen Knien ab und sein Blick glitt in die Ferne. »Nachdem Vater gestorben war, fiel die Krone an Mutter. Das weißt du ja. Ihr wurde klar, dass ich viel früher König werden würde, als es alle angenommen hatten und sie straffte meinen Lehrplan. Aber du weißt wie wir damals waren. Wir wollten unseren Spaß haben und Abenteuer erleben. Bei jeder sich bietenden Gelegenheit schlich ich mich davon, bis es ihr einfach zu viel wurde. Das war der Tag, an dem sie entschied, mich fortzuschicken. Unsere Familie besitzt ein Anwesen, weit abgelegen von Städten und Dörfern. Dort gab es nur mich, eine Hand voll Bediensteter und meine Lehrmeister, die mir alles eingetrichtert haben, was ich wissen muss, um König zu werden.«

»Und das war deine Kindheit?«, fragte ich ungläubig. »Du warst ganz allein? Ohne Freunde in deinem Alter?« Mir schraubte dieser Gedanke die Kehle zu. Zeitweise war ich sogar eifersüchtig auf ihn gewesen, weil ich geglaubt hatte, er würde die Welt bereisen und die tollsten Dinge sehen.

»Wie gesagt, ich hatte ein paar Bedienstete, die mir jeden Wunsch von den Lippen abgelesen haben. Egal was ich wollte, ich habe es bekommen. Nur nach Hause durfte ich nicht. Nicht einmal das Anwesen verlassen. Es war wirklich abgelegen und die Umgebung für ein Kind nicht gerade ungefährlich. Das habe ich dann auch am eigenen Leib erfahren, als ich mich einmal verlaufen habe. Ich dachte wirklich, dass ich denn Heimweg zu Fuß bewältigen könnte.«

»Also ungefähr so wie an der Mühle, als du mit verstauchtem Knöchel heimlaufen wolltest?«

Er lachte trocken. »Ich bin über die Jahre wohl nicht weiser geworden.«

»In meiner Vorstellung hast du die Welt bereist«, erzählte ich. »Ich habe geglaubt, dass du viele wundervolle Orte gesehen haben musst und dass du … naja, glücklich warst.«

»Oh, ich habe viel gesehen«, versicherte er mir. Es klang fast so, als wollte er sich selbst davon überzeugen, dass nicht alles so traurig und einsam gewesen war, wie es in meinen Ohren klang. »Nach ein paar Jahren Studium hielt es

Mutter für angebracht, den künftigen König nicht länger vor der Welt versteckt zu halten. Im letzten Jahr habe ich viele Verwandte besucht, bin in benachbarte Länder gereist und habe so viele Bankette und Bälle über mich ergehen lassen, dass mir auch nur beim Gedanken ans Tanzen schwindelig wird. Wenn ein Orchester spielt, würde ich am liebsten den Raum verlassen. Ich ertrage Musik einfach nicht mehr.«

»Dann muss der Ball zu deiner Begrüßung ja fürchterlich für dich gewesen sein.« Das erklärte dann auch, warum er sich an diesem Abend mit seiner Mutter gestritten hatte und so abweisend gewesen war.

»Zugegeben, ich hätte mir meine Ankunft anders gewünscht. Ich würde gerne das Land sehen und das Volk kennenlernen, über das ich bald regieren soll, statt mich nur mit dem Adel zu umgeben. Das Ergebnis, als ich Mutter diese Bitte unterbreitet habe, war unser Ausflug von heute Mittag. Wir haben nicht einmal die Kutsche verlassen. Sie fährt wohl nur ab und an durch ein paar Städte, winkt und wirft Münzen auf die Straße. Da habe ich bei unserem Ritt zur alten Mühle mehr von Avendar gesehen.«

»Du hast doch von dieser Prinzessin erzählt, die sich verkleidet unter ihr Volk mischt. Das solltest du auch mal versuchen«, schlug ich vor.

»Die Idee ist gar nicht so schlecht«, meinte er.

»Morgen findet in Embird ein Wochenmarkt statt. Ich habe den Auftrag, dort ein paar Dinge zu besorgen. Du solltest mitkommen. So viel wie dort immer los ist, fällst du gar nicht auf. Allerdings müssen wir dann gleich bei Sonnenaufgang aufbrechen.«

»Ich überlege es mir«, sagte er. »So ein Markt ist aber nicht wie ein Ball, oder?«

»Nein, wie kommst du darauf?«, fragte ich lachend. Er hatte wohl wirkliche keine Ahnung von einfachen Leben. »Es gibt Verkaufsstände mit Waren aus der Gegend. Vielleicht wird es auch einen Spielmann geben, aber mehr auch nicht. Du magst Musik wirklich nicht, oder?«

»Ich ertrage sie nicht«, sagte er, als würde er von einer Frucht reden, die Übelkeit bei ihm auslöste. Ich konnte mir gar nicht vorstellen, wie es war, Musik nicht zu mögen.

»Dann hätte ich vorhin wohl besser nicht singen sollen.«

»Ach, du hast eben versucht zu singen?« Er deutete dabei auf die Wiese, über die ich gewirbelt war.

Ich riss empört den Mund auf. »Ich kann gut singen.«

»Sagte die Krähe«, höhnte er.

»Als ob du es besser könntest!« Ich verschränkte die Arme vor der Brust.

Dravit schaute mich lange an. Ein sanftes Lächeln lag auf seinen Lippen. Es hatte etwas Trauriges an sich, das schnell auf mich übergriff. Er musste sehr einsam gewesen sein und ich wusste nicht, ob sich je etwas daran ändern würde. Könige waren einsam. Insbesondere dann, wenn sie nicht aus Liebe heiraten durften. Vielleicht erklärte das auch, warum ihn seit seiner Rückkehr diese unterkühlte Aura umgab.

Er wandte sich wieder dem Garten zu und begann leise zu singen:

Im Sommer, die Blumen in Avendar,
so bunt, so schön und so rein.
Ich pflücke sie dir,
komm' tanze mit mir.
O wärst du doch nur mein.

Ich starrte Dravit fassungslos an. Er hatte eine unglaublich schöne Singstimme. Und das, obwohl es nicht geklungen hatte, als würde er wirklich fühlen, was er sang. Gedankenversunken starrte er zu Boden, wirkte ganz abwesend und rieb sich die Brust, als würde sein Herz wehtun.

»Du ...« stammelte ich. »Du solltest Sänger werden! Vergiss das mit dem Thron und der Hochzeit. Zieh' als Barde um die Welt. Du könntest auf dem Markt in Embird auftreten!«

Er richtete sich auf. »Mal abgesehen davon, dass ich Pflichten habe und meine Mutter nicht im Stich lassen werde, sagte ich bereits, dass ich Musik nicht mag.«

Da war sie wieder, diese kühle Aura, die ihn umgab. Alle Wärme verschwand aus seinen Augen und seine Mimik wirkte wie zu Stein erstarrt.

»Ich glaube, du hast nur vergessen, dass du sie magst. Niemand, der so singt, kann Musik nicht mögen.«

»Ist das so?«

Ich wollte mich nicht davon abschrecken lassen, dass er sich verändert hatte. Schließlich hatte ich den Jungen von damals bereits tief in ihm gesehen. Ich musste vielleicht graben, aber ich wollte unbedingt, dass er zum Vorschein kam. Ich ergriff seine Hände. »Worum wetten wir, dass du nur vergessen hast, wie schön singen und tanzen sein kann?«

»Was hast du vor?«, fragte er argwöhnisch. Nur widerwillig ließ er sich von mir auf die Füße ziehen. Ich legte eine Hand auf seine Schulter, hob die zweite an und stellte mich gerade hin. Dravit schüttelte den Kopf. »Oh nein, das werden wir nicht tun.«

Er wollte sich von mir lösen, aber ich hielt ihn fest. »Schließ die Augen«, forderte ich ihn auf.

Dravit mied meinen Blick, wirkte alles andere als glücklich und ich hatte kurz Zweifel, ob ich das Richtige tat. Schließlich seufzte er aber und schloss die Augen. »Weil du es bist«, sagte er mürrisch. Er legte seine Hand in meine und atmete ruhig ein und aus.

»Und jetzt hör auf die Melodie«, forderte ich ihn auf.

»Welche Melodie?« Er legte die Stirn in Falten, ohne die Augen zu öffnen. Wieder fiel mir auf, wie lang und voll seine Wimpern waren. Ich schaute ihn einen Moment zu lange an und hätte dabei beinahe vergessen zu antworten.

»Na, die in deinem Kopf«, erklärte ich. »Da ist immer eine Melodie. Du hast verlernt, sie zu hören. Aber sie ist ganz bestimmt da. Ich weiß es genau.«

Zweifelnd schüttelte er den Kopf, hielt die Augen aber weiter geschlossen. Eine ganze Weile standen wir nur so da und lauschten dem Zirpen der Grillen. Ich legte meine Stirn an seine Brust und sein süßlicher Duft umfing mich. Wie gut er doch roch. Ich hätte ewig nur so dastehen und ihn nah bei mir spüren können.

Als er den ersten Schritt tat, bekam ich es kaum mit, weil es sich nicht anfühlte, als würden wir uns gegen die Welt bewegen, die sich um uns herum weiterdrehte; wir bewegten uns mit ihr. Im Fluss der Zeit, im Rauschen des

Windes, im Spiel von Licht und Schatten. Wir drehten uns zu einer Melodie, die Dravit ganz tief aus seinem Inneren zum Vorschein gebracht hatte. Eine Melodie, die mein Herz zum Flattern brachte und Gefühle in mir weckte, die ich kaum zu beschreiben wusste. Wie Quarkbällchen und Sonnenschein, Singen und Ankommen, all das zugleich und noch so viel mehr.

Ich ließ mich von ihm führen und wünschte mir, der Moment hätte ewig andauern können. Dabei wusste ich, dass die Zeit voranschritt, auch wenn es sich nicht so anfühlte. Sie schmolz dahin wie eine zarte Schneeflocke auf erhitzter Haut und nach nur wenigen Drehungen, die mir das Gefühl gaben, Dravits Lied hören, ja sogar fühlen zu können, hielt er plötzlich inne.

Er griff sich an die Brust, vergrub seine Finger tief im Stoff seines Hemdes und sein Atem stockte. »Tut mir leid«, sagte er.

»W-was tut dir leid?«

Er schaute mich an, als würde eine andere vor ihm stehen. Als hätte ihm unser Tanz etwas über mich verraten, das ihm bisher nicht klar gewesen war. Ich wusste nicht, worum es sich dabei handelte. Alles was ich sah war, dass der Dravit, den ich kannte, wieder in der Kälte verschwand, wie ihn wie eisige Fängen umklammerte. Kurz war er zum Greifen nah gewesen, doch gleich darauf wirkte er ferner denn je.

»Ich muss gehen«, entschied er in abweisendem Tonfall und schob mich von sich.

»Ist es wegen dem Tanzen?«, fragte ich, während er schon dabei war den Garten zu verlassen. »Hätte ich dich nicht dazu überreden sollen?«, rief ich ihm nach.

»Nein, alles gut«, wehrte er ab, ohne sich mir noch einmal zuzuwenden.

»Was ist mit morgen?«, fragte ich, doch er hörte mich nicht mehr.

Ich blieb allein und verwirrt im verborgenen Garten zurück. Was ihn so plötzlich überkommen hatte, verstand ich nicht. Vielleicht hatte es gar nichts mit mir zu tun. Vielleicht war ihm nur etwas Wichtiges eingefallen. Etwas aus seiner Vergangenheit, über das er nicht reden wollte. Oder nicht reden konnte? Nur in einem war ich mir ganz sicher: Es gab den Dravit von früher noch, den fröhlichen Jungen von damals. Er schloss ihn tief in sich ein. Hinter dieser Mauer aus Kälte. Und je länger er das tat, desto schwächer würde er werden. Bis es nichts mehr geben würde, was in berühren konnte – nichts mehr, was ihn zum Lachen brachte. Doch wenn nicht einmal Musik ihn noch erreichte, was vermochte es dann?

KAPITEL 11

Bei Sonnenaufgang stand ich bereits am Pferdestall und half Vater, Juros und die braune Stute Amba vor die Kutsche zu spannen.

»Auf der Ladefläche steht ein Korb mit Proviant.« Er nickte in Richtung Kutsche, während er dabei war, Ambas Nackenriemen zu richten. Die Stute schnaubte gelassen. »Mutter hat dir Marmeladenbrote geschmiert.«

»Sag ihr Danke von mir«, bat ich.

Er wandte sich mir zu und lächelte verstohlen. »Von mir ist der Honigmet, aber kein Wort zu deiner Mutter.«

Ich schmunzelte, ging auf die Zehenspitzen und drückte ihm zum Abschied einen Kuss auf die Wange. »Versprochen!«

Vater schob mich sanft von sich. »Du trägst noch immer die Kette deiner Mutter«, stellte er fest.

»Irgendwie kann ich mich nicht mehr von ihr trennen.« Ich legte meine Hand auf den Achatstein.

»Solange du sie nicht verlierst.«

»Ich hüte sie wie meinen Augapfel«, versprach ich und lief zum Kutschbock.

Ich war noch müde, aber so früh am Morgen schon zum Wochenmarkt aufzubrechen ersparte es mir, Tami vom vergangenen Abend zu erzählen. Sie würde mich mit Fragen durchlöchern, kaum dass sich die Gelegenheit bot und ich hätte nicht gewusst, wie ich meine Erlebnisse beschreiben sollte. Ich wusste ja nicht einmal, ob mein heimliches Treffen mit Dravit gut verlaufen war oder böse geendet hatte.

Mein Blick glitt zum Schloss. Noch fehlte jede Spur von ihm und ich rechnete auch nicht mehr damit, dass er auftauchte. Schließlich hatten wir keine feste Verabredung und so schnell, wie er verschwunden war, auch keine die Gelegenheit mehr gehabt, noch einmal über die Fahrt zum Wochenmarkt zu sprechen.

Ich stieg auf den Kutschbock und nahm die Zügel in die Hand.

»Die Liste liegt ebenfalls im Korb«, erklärte Vater. »Sieh zu, dass du alles bekommst. Die Königin mag es gar nicht, wenn ihre Wünsche nicht erfüllt werden. Und mach dich vor Einbruch der Dunkelheit auf den Rückweg. Du weißt, dass die abgelegenen Straßen nicht sicher sind.«

»Ich fahre nicht zum ersten Mal zum Markt«, erinnerte ich ihn und schaute noch einmal zum Schloss.

»Das ist mir schon klar, aber du wirkst etwas zerstreut.«

Die Tür war aufgegangen und ich wartete gespannt, ob es nicht doch Dravit sein könnte, der das Schloss verließ. Enttäuscht musste ich feststellen, dass es sich nur um die Wachablösung handelte.

»Ist das so?«, murmelte ich gedankenversunken.

»Vielleicht sollte dich doch Timo begleiten«, schlug Vater vor.

»Das braucht er nicht«, versicherte ich. »Ihr habt alle genug zu tun, ich kann die Einkäufe auch allein erledigen.«

»Und es ist wirklich alles in Ordnung mit dir? Du weißt, dass du immer mit mir reden kannst.«

»Aber sicher, alles gut«, schwor ich.

»Da dann, hab' einen schönen Tag und pass auf dich auf! Meide den Wald!«

Ich nickte und trieb die Pferde an. Normalerweise freute ich mich immer auf den Wochenmarkt. Es war eine der seltenen Gelegenheiten, das Schloss zu verlassen und ein paar andere Gesichter zu sehen. An diesem Tag hielt sich meine Freude aber in Grenzen.

Ich passierte das Tor, schlug die breite Straße ein, die sich sanft abfallend den Berg hinunter schlängelte, und ließ meinen Blick über das Tal wandern.

Kurz vor der Ernte, wenn die Ären auf den Feldern der Bauern hochstanden, wirkte Avendar wie in Gold gegossen. Egal wie oft sich mir dieser Anblick bot, ich konnte mich nicht daran satt sehen.

Als ich wieder zur Straße schaute, bemerkte ich eine Gestalt im Schatten eines großen Baumes. Ein waldgrüner Lodenumhang mit hochgezogener Kapuze verhinderte, dass ich erkannte, mit wem ich es zu tun hatte. Ich behielt den Fremden im Auge, rechnete aber nicht mit Ärger. Zwar kam es durchaus vor, dass Kutschen von Wegelagerern überfallen wurden, aber so nah am Schloss hielt ich das für ausgeschlossen.

Der Fremde trat vor, nachdem ich auf seiner Höhe angelangt war, und zog sich die Kapuze vom Kopf. »Ist auf dem Kutschbock noch Platz für einen Mitfahrer?«, fragte Dravit und schaute zu mir auf.

Mein Herz machte einen Satz. Ich wäre ihm am liebsten vor Freude um den Hals gefallen – immerhin hatte ich befürchtet, ihn mit unserem Tanz vergrault zu haben –, stattdessen musterte ich ihn nur kritisch. »Mein Vater hat mir verboten, Fremde mitzunehmen.«

Dravit schaute sich um, als müsse er sichergehen, nicht belauscht zu werden. Anschließend beugte er sich zu mir vor. »Dann ist ja gut, dass ich kein Fremder bin«, sagte er und zwinkerte mir zu.

Ich beugte mich ebenfalls vor. »Und wie lautet die Parole?«, fragte ich mit gesenkter Stimme.

»Quarkbällchen?«, riet er.

»Hm. Das lasse ich durchgehen.« Ich rückte zur Seite, damit er aufsteigen konnte, er setzte sich neben mich und ich trieb die Pferde an. »Du warst gestern so schnell verschwunden, dass ich nicht mehr mit dir gerechnet habe.«

»Es tut mir leid, dass ich dich habe stehen lassen.«

»Schon gut.« Ich warf ihm einen flüchtigen Blick zu. Selbst in einfacher Kleidung, auf dem Bock einer in die Jahre gekommenen Kutsche, wirkte er noch königlich. Seine gerade Haltung, der Stolz in seinen Augen, die Selbstsicherheit, die er ausstrahlte. Verschloss er den Jungen von früher vielleicht deswegen so tief in sich, damit er der König werden konnte, zu dem seine Mutter ihn machen wollte?

Ich schüttelte diese Gedanken ab und richtete meinen Blick wieder nach vorne. Es dauerte nicht lange, bis wir das Tal erreicht hatten. Ich lenkte die Kutsche auf den Pfad über die Felder und wir fuhren eine ganze Weile schweigend durch die Landschaft.

»Wir müssen ein paar Sachen besorgen«, sagte ich, um die Stille zu durchbrechen. Ich räusperte mich, weil meine Stimme etwas beschlagen klang. »Vater hat mir eine Liste mitgegeben: Stoffe, jede Menge Kerzen und Rosengirlanden. Ich vermute, es wird wieder einen Ball geben?«

»Ja, leider ...« Dravit seufzte. »Mutter lässt sich von dieser Idee nicht abbringen.«

»Wenn sie so weitermacht, gibt es bald in ganz Avendar keine Rosen mehr. Du solltest dich möglichst schnell für eine Braut entscheiden.« Ich schmunzelte, schaute zu Dravit und es wirkte, als würde er sich zwingen müssen, mit einem Lächeln zu antworten. Diese Sache mit der Hochzeit ging ihm wohl wirklich an die Nieren.

***

Aus ganz Avendar reisten die Händler zum Wochenmarkt an und boten ihre Ware feil. Die Straßen waren so überfüllt, dass wir mit der breiten Kutsche nur langsam vorankamen. Es dauerte eine Weile, bis ich einen freien Platz gefunden hatte, um sie sicher abzustellen. Ich ließ die Bremse einrasten und sprang vom Bock.

»Kommst du?«, forderte ich Dravit auf.

Er hatte sich seine Kapuze weit ins Gesicht gezogen, stieg ebenfalls ab und schaute sich interessiert um. »Wir sollten uns Tarnnamen ausdenken«, schlug er vor.

Ich überlegte, während wir uns durch die Menge schlängelten. »Gut, dann nenn du mich Marie und ich nenne dich Humpelchen.«

»Das ist kein echter Name«, beschwerte er sich.

»Aber er passt zu dir.«

»Meinem Knöchel geht es wieder gut.«

Jemand drängte sich zwischen uns und drückte Dravit eine Schale gegen die Brust. »Feigen!«, brüllte die Frau in einem Ton, dass es fast wie eine Beleidung klang. »Getrocknete Feigen aus fernen Landen. So köstlich, dass man nichts anderes mehr essen möchte!«

»Nein, danke«, lehnte Dravit ab und schloss zu mir auf. »Sind die Menschen hier immer so aufdringlich?«

Ich schaute zu der Frau, die ihr Glück bei dem nächsten Reisenden versuchte. »Hier will nun mal jeder seine Waren an den Mann zu bringen. Oh schau, dort hinten gibt es Fisch!«

»Fisch?«

Ich ergriff seine Hand und zog ihn mit mir. Zugegebenermaßen roch es am Fischstand nicht gerade einladend. In großen Körben befanden sich Heringe, dicke Lachse, Muscheln und Krabben. Angelockt hatte mich jedoch der Stand mit dem Stockfrisch und den panierten Sardinen. Sie lagen auf frischen Kräutern in Schalen und sahen einfach nur köstlich aus. Mir lief das Wasser im Mund zusammen und ich nahm mir eine Sardine, um sie im Ganzen zu verschlingen.

»Hmmm«, stöhnte ich genüsslich. »Ich liebe das einfach!«

Dravit wirkte wenig begeistert. »Kann man die wirklich so essen? Mit Kopf und allem?«

»Klar, probier' mal!« Ich hielt ihm eine Sardine hin, doch er hob abwehrend die Hände.

»So früh am Morgen bekomme ich das nicht runter.«

»Ist sich der Herr Prinz etwa zu fein, um das Essen des einfachen Volkes zu kosten?«, höhnte ich.

Dravit hob mahnend die Brauen, dabei hatte mir bestimmt niemand zugehört. Dazu war es viel zu laut und zu voll. Ich wedelte mit der Sardine vor seinem Gesicht.

»Später vielleicht«, lehnte er ab.

Resigniert hob ich die Schultern und wandte mich dem Verkäufer zu. »Was muss ich zahlen?«, fragte ich laut, um den Lärm und uns herum zu übertönen.

»Die eine Sardine geht aufs Haus, junges Fräulein.«

»Oh, danke sehr!« Ich kramte die Liste hervor und gab ihm die Bestellung der Schlossküche weiter. Der Mann notierte sich alles.

»Die Leute hier sind sehr großzügig«, stellte Dravit fest.

»Die meisten Menschen in Avendar sind freundlich und hilfsbereit. Wie könnte man das nicht sein, wenn man in so einem schönen Land lebt?«

»Was ist dort hinten los?«, fragte er und deutete auf eine Menschenansammlung.

»Wahrscheinlich ein Straßenmusikant«, mutmaßte ich. »Um den machen wir besser einen Bogen. Du magst ja keine Musik.«

Dravit lächelte kaum merklich und bot mir seinen Arm an. »Ich beginne sie allmählich wieder zu schätzen.«

Ich war froh, das zu hören. Nach unserem Tanz hatte ich mit dem Gegenteil gerechnet. Ich erwiderte sein Lächeln und legte meine Hand um seinen Arm. Es fühlte sich gut an, ihm so nah zu sein.

Wir gingen auf die Menschenmenge zu. Schon von Weitem war zu hören, dass dort niemand Musik spielte. Die Zuschauer lachten, jemand erzählte etwas mit verstellter Stimme und machte dabei lustige Geräusche. Als wir näherkamen, konnte ich einen großen Aufsteller mit Sichtfenster erkennen. Darin bewegten sich zwei Handpuppen.

»Ein Puppenspiel!«, stellte ich fest.

Als Kind hatte ich Puppenspiele geliebt und meine Neugier war schnell geweckt. Die Landschaft auf dem Aufsteller erkannte ich schnell als Avendar. Sogar das Schloss war im Hintergrund zu erkennen. Die Handpuppen sahen verdächtig nach Dravit und der Königin aus. Ich wurde skeptisch.

»So ein schöner Tag!«, sagte der Puppenspieler in der Stimme der Königin.

Die Dravit-Puppe schaute sich hektisch um. »Sollten wir nicht besser umkehren?«

»Aber die Sonne scheint, mein Sohn!«

»Hier ist überall so viel ... draußen.« Die Dravit-Puppe bibberte und die Zuschauer lachten. In dem Moment tauchte vor den beiden eine weitere Puppe auf. Ein kleines Mädchen mit blonden Zöpfen, rosa Schürze und einem Weidekorb voller Blumen in der Hand.

»Hallooo!«, rief das Mädchen.

Die Dravit-Puppe fuchtelte panisch mit den Armen und rannte schreiend davon, nur um kurz darauf im Fenster des Schlossturms aufzutauchen und ängstlich zu zittern.

Wieder lachten die Zuschauer. Die Puppe der Königin schaute vom Mädchen zum Schloss und wieder zurück. »Willst du meinen Sohn heiraten?«, fragte sie.

Erneut war das Gelächter groß und ich zog Dravit von der Aufführung weg. »Tut mir leid, dass du das sehen musstest.«

»Ist es das, was das Volk von mir denkt?«, fragte er.

»Es ist nur ein Puppenspiel«, wiegelte ich ab. »Das hat nichts zu bedeuten.«

Er sah das wohl anders. »Sie halten mich für einen Feigling.«

»Zehn Jahre ist eine lange Zeit, um nichts von sich sehen zu lassen. Die Leute machen sich ihre Gedanken und Gerüchte entstehen. Eines davon ist, dass sich der Prinz nicht vor die Tür traut. Aber das ist nur dummes Gerede und jetzt, wo du wieder zurück bist, vergeht das schnell. Schau mal, dort vorne gibt es Holzschnitzereien!« Ich lief zu dem Stand und hoffte, ihn damit auf andere Gedanken bringen zu können.

Die Arbeiten, die dort auf Tischen ausgestellt wurden, waren wirklich schön anzusehen. Es gab kleine Tierfiguren, Schüsseln und Vasen, aber Dravit blieb ausgerechnet an ein paar Marionetten hängen. Eine davon nahm er in die Hand. »Wie soll ich König über ein Volk werden, das so von mir denkt?«, fragte er.

»Sie müssen dich nur kennenlernen.« Ich überlegte. »Was ist mit dem Ball? Du könntest Leute aus dem einfachen Volk einladen, so wie die Königin meine Mutter eingeladen hat. Dann können sie dich kennenlernen und allen erzählen, wie du wirklich bist.«

»Mutter würde mich hassen«, sagte er. »Du weißt nicht, wie jähzornig sie sein kann. Aber die Idee gefällt mir und was soll sie schon tun, wenn die Einladungen erst einmal ausgesprochen sind?«

»Wir treffen heute noch viele Leute, die du einladen könntest. Die Frauen, die die Girlanden knüpfen, zum Beispiel. Den Schneider und seine Familie, den Jäger, von dem wir die Hirschbraten kaufen werden oder den Fischhändler von vorhin. Wir haben eine lange Liste abzuarbeiten.«

»Dann machen wir das so«, stimmte er zu. »Aber du stellst mich ihnen nicht als Humpelchen vor.«

»Du bist wirklich ein Spielverderber«, beschwerte ich mich und schaute mir wieder die Waren an. Mein Blick blieb an einem handgroßen Holzkasten hängen. Über einen Hohlraum in der Mitte spannten sich gut ein Dutzend Metallzinken.

»Was ist das hier?«, fragte ich den Händler.

»Oh das ist etwas ganz besonders!« Er reichte mir den Kasten. »Es ist ein Instrument, das Reisende aus einem fernen Land mitgebracht haben. Egal wer es spielt, es klingt immer traumhaft schön. Beinahe, als wäre es magisch. Probiert es ruhig aus.«

Ich schaute ihn fragend an und er deutete auf die Zinken. »Schlagt sie einfach an.«

Zögerlich kam ich seiner Aufforderung nach und tatsächlich erklang ein wunderschöner, warmer Ton. Zart und melodisch.

»Das nennt sich Kalimba«, erklärte Dravit.

Verwundert schaute ich ihn an. »Du kennst das Instrument?«

»Gib mal her«, bat er.

Ich reichte die Kalimba an ihn weiter. Er nahm sie in beide Hände und zupfte mit den Daumen an den Zinken. Die Musik, die dabei erklang, raubte mir fast den Atem. Sie war himmlisch schön, jeder Ton klang, als wäre er von Magie beseelt und alles um uns herum schien in Ehrfurcht zu verstummen.

Dravit spielte, als wäre es der einzige Sinn seines Lebens. Er versank regelrecht in der Musik, blickte gebannt auf die Kalimba, schlug geübt die Zinken an und schloss nach einer Weile die Augen. Blind spielte er weiter.

Es war nicht mehr wie am Abend zuvor, als er das Kinderlied nur gesungen hatte, ohne es tatsächlich zu fühlen. Diesmal berührte ihn die Musik wirklich. Er ging völlig darin auf, bis er unerwartet zusammenzuckte, einen schiefen Ton anschlug und das Instrument fallen ließ. Sein Atem stockte und er griff sich an die Brust. Ich bekam es mit der Angst zu tun.

»Pass doch auf!«, raunzte der Händler, schnappte sich die Kalimba in einer harschen Bewegung und prüfte, ob sie etwas abbekommen hatte.

»Geht es dir gut?«, fragte ich und legte meine Hand an Dravits Arm. Er war kreidebleich geworden. Irgendetwas stimmte nicht mit ihm! Vom Tag seiner Ankunft in Avendar an war etwas nicht in Ordnung. Aber was war es bloß? War er krank?

»Entschuldige mich«, bat er, befreite sich von meiner Hand und ließ mich stehen. Genau wie er es nach unserem Tanz getan hatte.

Er drängte sich durch die Menschenmenge und ich war so vor den Kopf gestoßen, dass ich ihm im ersten Moment nur verdutzt nachschaute. Bevor ich ihn endgültig aus den Augen verlor, riss ich mich zusammen und setzte ihm nach. Noch einmal wollte ich ihn nicht einfach gehen lassen, ohne in Erfahrung zu bringen, was mit ihm nicht stimmte. Dazu machte ich mir zu große Sorgen.

Ich schlängelte mich ebenfalls durch die Menge, ging mehrmals auf die Zehenspitzen, um nach Dravit Ausschau zu halten und glaubte schon, dass er mich abgehängt hatte, als ich ihn in einer Seitengasse am Rand des Marktplatzes stehen sah. Er lehnte dort an der Wand und rieb sich mit der flachen Hand über die Brust.

Ich schloss zu ihm auf. »Was ist mit dir?«, fragte ich. »Bist du krank?«

»Nein, es …« Er biss die Zähne zusammen. »Tut mir leid, dass ich dich stehengelassen habe. Ich weiß nicht, was mit mir ist. Es war plötzlich alles so laut. Anders kann ich es nicht beschreiben.«

»Im Garten hast du dir auch schon so an die Brust gefasst. Vielleicht bist du wirklich krank. Eine verschleppte Lungenentzündung vielleicht. Ein Arzt sollte sich das anschauen.« Ich legte meine Hand auf seine und spürte darunter das Pochen seines Herzens. Kräftig und stetig. Nicht so, wie ich mir den Herzschlag eines kranken Menschen vorgestellt hätte. Auch seine Blässe war bereits verschwunden.

»Mir geht es gut«, versicherte er mir und ergriff meine Hand. Ich schaute zu ihm auf, unsere Blicke trafen sich und es war, als würde nichts mehr zwischen uns stehen. Ich musste nicht lange suchen, um tief in ihm den Dravit zu finden, den ich kannte. Die Wärme war in seine Augen zurückgekehrt und ließ mein Herz höherschlagen.

»Ganz sicher?«, fragte ich.

Er nickte. »Laut dem Hofarzt bin ich bei bester Gesundheit.«

Seine Finger schlossen sich um meine und ein sanftes Lächeln legte sich ihm auf die Lippen. Ich hätte ihm in dem Moment am liebsten alles geglaubt. Selbst wenn er mir geschworen hätte, dass sich Sonne und Mond heimlich hinter den Wolken trafen und es sich bei Regen in Wahrheit um Freudentränen handelte.

»Nimm die«, sagte ich und löste die Kette um meinen Hals. Ich wickelte sie um sein Handgelenk, schloss das Häkchen und stand eine gefühlte Ewigkeit mit Blick auf Dravits Hand in meiner da. Ich wollte ihn gar nicht mehr loslassen. »Es heißt, dass weißer Achat das Herz vor dem Bösen schützt«, erklärte ich.

Dravit schmunzelte. »Du glaubst also, dass ich vor einem bösen Einfluss beschützt werden muss?«

»Ich habe nicht viel von der Welt gesehen, aber ich kenne die Geschichten. Ich weiß, dass Magie allgegenwärtig ist. Es gibt dort draußen gute und böse Mächte und vielleicht bist du mit etwas in Berührung gekommen, dass kein Arzt in Avendar verstehen oder heilen kann. Vielleicht nutzt der Achat nichts, aber er schadet auch nicht, oder?«

»Ich werde ihn in Ehren halten«, versprach er.

Widerwillig ließ ich seine Hand los und nickte zufrieden.

Dravit lächelte noch immer und schaute mich dabei an, als würde ich ihm etwas Fesselndes erzählen. Ich wusste nicht, was in so an mir faszinierte und spürte, wie mir die Hitze in die Wangen stieg.

»W-wo hast du so spielen gelernt?«, fragte ich, um irgendetwas zu sagen.

»Das gehörte zu meinen Studien«, erklärte er und zog sich den Ärmel über die Kette.

Ich legte die Stirn in Falten. »Könige müssen Kalimba spielen können?«

Dravit lachte auf ehrliche und offene Weise. Seit seiner Rückkehr nach Avendar hatte ich ihn nicht so lachen hören. Wenn etwas Böses von ihm Besitz ergriffen hatte, war es mittlerweile verschwunden.

»Das nicht gerade«, sagte er. »Ich habe lediglich Klavier- und Gesangsunterricht erhalten. Die Kalimba kenne ich von meinen Reisen. Ich besitze sogar selbst eine.«

»Ein Geschenk einer Prinzessin?«, fragte ich.

»Und wenn es so wäre?«

Ich hob die Schultern. »Es wundert mich nur, dass du so viele Bekanntschaften gemacht hast und trotzdem noch nach einer Braut suchst.«

»Vielleicht warte ich auf die Richtige«, meinte er und musterte mich noch einmal so eindringlich und erforschend.

Mein Herz schlug schneller. Es war fast, als wolle Dravit versuchen, in mein Inneres zu blicken, meine Gedanken und Gefühle zu lesen und sich dadurch Fragen zu beantworten, die er nicht auszusprechen wagte. Fragen, von denen ich Angst hatte, sie mir selbst zu stellen.

»Honigmet«, stolperte es aus mir heraus.

Verwirrt legte Dravit die Stirn in Falten.

»Mutter hat mir Proviant mitgegeben«, erklärte ich. »Brote und Honigmet. Wenn du Hunger hast, können wir etwas Essen, bevor wir mit den Einkäufen weitermachen.« Ich deutete auf den Marktplatz.

»Ich habe gut gegessen«, versicherte er. »Hast du denn Hunger?«

Ich legte mir die Hand auf den Bauch. Er grummelte schon eine ganze Weile und vielleicht war es wirklich nicht die beste Idee gewesen, Fisch auf leeren Magen zu essen. »Ein bisschen vielleicht«, gestand ich ein.

»Gegen etwas Honigmet habe ich nichts einzuwenden.«

***

Wir saßen hinten auf der Ladefläche der Kutsche, ließen unsere Beine über dem Boden baumeln und aßen Brote mit Brombeermarmelade. Den Honigmet teilten wir uns aus einem Becher. Ich erzählte Dravit, wie abenteuerlich es war, Brombeeren in den dornigen Hecken zu sammeln, die an einem Steilhang nicht weit vom Schloss entfernt wuchsen. Im Gegenzug erzählte er mir die Geschichte, wie er als Kind einer Wildschweinrotte begegnet war.

»Ich bin noch nie im Leben so schnell gerannt.« Sein Blick glitt über Fassaden der beschaulichen Stadthäuser. »Meine Flucht endete dann in einer Grube voller Brennnesseln. Selbst die Wildschweine hatten keine Lust, mir dorthin zu folgen. Meine ganze Haut juckte von Kopf bis Fuß. Ich habe mich im Schlamm gewälzt, um den Juckreiz etwas abzumildern und muss ausgesehen haben wie ein Sumpfmonster, als mich meine Diener am nächsten Morgen zitternd vor Kälte fanden. Noch Tage danach kribbelten meine Finger.«

»Schlimm genug, dass du weglaufen musstest«, meinte ich mit vollem Mund.

»Du weißt, dass ich meine Studien schon immer verabscheut habe, aber seitdem habe ich nicht mehr versucht, vor meinen Hauslehrern zu fliehen.« Er biss von seinem Brot ab.

»Mit Brenneseln ist nicht zu spaßen und mit Wildschweinen erst recht nicht.«

»Ganz zu schweigen von den Hauslehrern«, ergänzte er.

»Habe ich dir mal erzählt, wie ich beim Pilzesammeln einem Wildschwein begegnet bin?«

»Nein, noch nicht.« Er leerte den Met in einem Zug.

Ich nahm ihm den Becher ab und sprang auf. »Nachschub?«, fragte ich.

Dravit nickte und ich lief zum Korb, um den Becher zu füllen. »Der Eber war riesig«, erzählte ich und breitete die Arme aus. »Ungefähr so groß oder noch größer. Und er schnaubte und knurrte wie eine wilde Bestie. Ich war zwölf, glaube ich. Ich weiß es nicht mehr genau.«

»Du musst große Angst gehabt haben«, mutmaßte Dravit.

»Angst?« Ich lachte. »Ich habe mich breitbeinig aufgestellt, ungefähr so.« Ich ging in die Knie und stampfe mit den Füßen. »Dann habe ich die Arme ausgestreckt und grimmig geguckt, damit der Eber ja nicht auf die Idee kommt, sich mit mir anzulegen. Und dann rannte ich schreiend auf ihn zu.« Ich spielte die Geschehnisse nach, indem ich auf Dravit zustürmte. Dabei brüllte ich laut und erschrak versehentlich die Pferde. Die Kutsche ruckte, ich verlor das Gleichgewicht, konnte mich wegen dem Becher und der Flasche in meinen Händen aber nirgends festhalten.

Dravit war sofort zur Stelle, sprang auf und fing meinen Sturz ab. Wie ein Tropfen Wasser hing ich in seinen Armen und wir lachten.

»Der Eber muss Panik bekommen haben«, höhnte Dravit.

Ich schaute zu ihm auf, das Schmunzeln auf seinen Lippen verschwand und es kam mir vor, als würde alles um uns herum verstummen.

Nur langsam richtete ich mich auf. Seine Arme waren noch immer eng um meinen Körper geschlungen und ich war ihm so nah, dass ich seinen Atem auf meiner Haut spüren konnte. Ich räusperte mich, weil es sich anfühlte, als wäre mir der Honigmet auf die Stimme geschlagen.

Dravit strich mir eine Strähne aus dem Gesicht. »Du bist verrückt, hat dir das mal jemand gesagt?«

»Ständig«, antwortete ich leise, kaum hörbar.

Ein warmes Lächeln legte sich auf seine Lippen und spiegelte sich im Glanz seiner Augen wider. Es fühlte sich so richtig an, von ihm gehalten zu werden und zeitgleich wusste ich, dass nicht sein durfte, was sich seit dem Tag an der Mühle allmählich zwischen uns anbahnte.

Ihm ging es wohl ähnlich, denn plötzlich wich er meinen Blick aus, trat einen Schritt zurück und rieb sich den Hinterkopf. Ich verhielt mich ähnlich, räusperte mich unsicher und mir fiel auf, dass ich den Met verschüttet hatte.

»Oh, das war es dann wohl mit unserer Pause«, meinte ich.

»Wir haben ja auch noch viel zu tun«, erinnerte er mich. »Hast du die Liste noch?«

Ich kramte sie aus meiner Rocktasche hervor. »Hier ist sie. Wir sollten mit den Stoffen anfangen.«

»Gut«, sagte er gefasst. »Legen wir los.«

KAPITEL 12

Gegen Abend machten wir uns auf den Rückweg. Ich war so erschöpft wie schon lange nicht mehr. Die Kutsche polterte über einen holprigen Pfad, der uns durch ein kleines Wäldchen führte und mir fielen immer wieder die Augen zu.

Dravit hatte bei unseren Einkäufen einige Bewohner Embirds kennengelernt und niemand war auf die Idee gekommen, es mit dem Prinzen zu tun zu haben. Er war freundlich und charmant gewesen, hatte dadurch einige Frauenherzen verzückt und bei den Männern Eindruck geschunden. Wenn in ein paar Tagen die Einladungen zum königlichen Ball überbracht werden würden, gäbe es sicher große Augen. Ich konnte es kaum erwarten zu sehen, wie die einfachen Leute den Tanzsaal betraten und feststellten, dass sie den Prinzen und zukünftigen König ihrer Heimat bereits kannten.

Ich gähnte ausgiebig, was leider nicht dabei half, meinen trüben Geist wachzuhalten.

»Bist du auch so müde?«, fragte ich.

»Nicht halb so müde wie du. Wenn du den Mund beim Gähnen noch ein kleines bisschen weiter aufreißt, fliegt dir eine Fledermaus hinein.« Dravit nahm mir die Zügel ab, was wahrscheinlich das Beste war, denn mir wären sie nur beim Einnicken aus der Hand geglitten.

»Lass mich nur nicht von der Kutsche fallen«, murmelte ich schlaftrunken.

»Keine Sorge«, sagte er leise, legte seinen Umhang über meine Schultern und zog mich an sich heran. »Ich lasse dich nicht fallen.«

So wegetreten, wie ich bereits war, dachte ich nicht weiter über seine Worte nach. Ich kuschelte mich an ihn und lauschte dem steten Pochen seines Herzens. »Wenn du nicht der Prinz wärst …«, flüsterte ich.

»Ich weiß«, antwortete er.

In dem Moment umfing mich endgültig der Schlaf und ich wachte erst wieder auf, als Juros aufgebracht wieherte. Die Kutsche hatte angehalten.

»Alles ist gut«, versicherte mir Dravit.

Der angespannte Tonfall seiner Stimme ließ mich das Gegenteil befürchten. Ich blinzelte, sah mehrere Männer bei den Pferden stehen und riss erschrocken die Augen auf.

Die Fremden wirkten heruntergekommen und waren schmutzig, mit verlotterter Kleidung, löchrigen Umhängen und verfilztem Haar. Aber vor allem ihre Schwerter ließen keine Zweifel an dem, was gerade geschah: Wir wurden überfallen. Sofort saß ich aufrecht.

»Dein Begleiter hat recht«, sagte einer der Männer. Er hielt Juros am Zügel fest und strich ihm über die Nüstern. Juros gefiel das gar nicht. Er hatte die Ohren angelegt und scharrte unruhig mit dem Huf. Der Mann grinste überheblich. »Alles ist gut«, wiederholte er Dravits Worte und warf uns einen boshaften Blick zu. »Solange hier niemand auf dumme Gedanken kommt.«

Seine Begleiter lachten hämisch.

»Wir haben nichts von Wert bei uns«, sagte Dravit.

Ich hatte keine Ahnung, wie er so ruhig bleiben konnte. Diese Männer wirkten nicht, als würden sie mit sich reden lassen. Trotzdem hörte ich mich selber reden: »Das sind Waren für die Königin. Nur ein paar Stoffballen und Kerzen. Nichts Teures. Ihr werdet doch nicht eure Königin bestehlen wollen!?«

»Das ist nicht hilfreich«, sagte Dravit gefasst.

Mir war es wie eine gute Idee vorgekommen. Wenn ich aber in die breit grinsenden Gesichter der Männer blickte, wusste ich, was er meinte: Sie hatten keinen Funken Anstand und erst recht keine Ehrfurcht vor ihrer Königin.

»Aber wir stehlen doch nicht«, sagte der Mann, der Juros festhielt. Es handelte sich bei ihm wohl um den Anführer der Bande. Er kam zu mir geschlendert, musterte mich und seine Mundwinkel kräuselten sich dabei. »Wir nehmen uns nur einen gerechten Anteil«, behauptete er. »Schließlich bewachen wir diesen Wald. Dafür wird uns die Königin doch entlohnen wollen, nicht wahr?«

Er streckte seine Hand nach mir aus. Eine verdreckte haarige Hand, mit schwarzen Fingernägeln und krustigen Schwielen war das. Mir stieg die Galle hoch und mein Atem stockte. Ich wollte nicht von ihm berührt werden, wusste aber, dass ich es mir gefallen lassen musste, wenn ich diesen Überfall unbeschadet überstehen wollte.

Angeekelt drehte ich den Kopf zur Seite und wartete darauf, seine rauen Finger an meiner Wange zu spüren, doch noch bevor das geschah, griff Dravit ein. Er packte den Mann am Handgelenk.

»Fass sie nicht an«, zischte er. Der Mann versuchte, sich loszureißen, musste dabei aber feststellen, dass Dravit stärker war, als er es angenommen hatte. Er kam erst los, als Dravit ihn von sich stieß. »Nehmt euch euren Anteil und verschwindet.«

Der Mann rieb sich sein Handgelenk und schaute Dravit hasserfüllt an. Es wäre wohl besser gewesen, ihn nicht wütend zu machen, aber ich war froh, dass mich Dravit vor ihm beschützt hatte.

»Packt sie!«, schrie der Mann und schon stürzten sich zwei Männer auf Dravit und ein weiterer zerrte mich von der Kutsche.

»Loslassen!«, schrie ich und trat um mich. Der Angreifer umklammerte meinen Oberkörper und ich versuchte verzweifelt, mich zu befreien.

Auf der anderen Seite der Kutsche hielten die Männer Dravit an den Armen fest. Es gelang ihm, einen von ihnen mit einem Ruck zu sich zu ziehen und ihm das Knie in die Magengegend zu rammen, doch ein anderer war sofort zur Stelle, packte Dravit von hinten und hielt ihm einen Dolch an die Kehle.

»Dravit!«, schrie ich und kämpfte erneut gegen den Mann an, der mich fest umklammert hielt.

Ihr Anführer näherte sich mir, stockte aber, nachdem ich Dravits Namen gerufen hatte. Ich bereute es sofort.

»Nichts von Wert also?«, fragte er und schaute zu Dravit.

Der Mann, der ihm den Dolch an die Kehle hielt, drückte fester zu. »Halt still«, zischte er. Dravit verzog vor Schmerz das Gesicht.

Ich wehrte mich noch immer vergebens. Wenn diese Männer keine Ehrfurcht vor ihrer Königin hatten, wie würden sie dann mit dem Prinzen umgehen? Der Gedanke ließ mich panisch werden und trieb mir die Tränen in die Augen.

Der Anführer wandte sich mir wieder zu, grinste schief und packte mit einer schnellen Bewegung meinen Unterkiefer. Dann zwang er mich, ihn direkt anzuschauen. Mir würde übel von seinem Gestank. Er roch nach Tabak, Schweiß und schalem Bier.

»Das ist nicht wirklich Prinz Dravit, oder?«, fragte er.

»Nein«, stieß ich aus.

Er warf seinen Männern einen flüchtigen Blick zu, ohne dabei von mir abzulassen. »Wie viel bringt so ein Prinz heutzutage ein?«

»Bestimmt einen Beutel Gold«, meinte der, dem Dravit das Knie in den Magen gerammt hatte.

Ich hatte den Mann aus den Augen verloren, weil er in sich zusammengesackt und hinter der Kutsche verschwunden war. Nachdem er seinem Anführer geantwortet hatte, stand er wieder auf. Er gab dem Mann mit dem Dolch das Signal, die Waffe zu senken und rammte Dravit darauf seine Faust in die Rippen.

Dravit keuchte, krümmte sich und der Mann packte ihn am Schopf, um ihn hochzuziehen und genauer zu betrachten. »Sieht dem Prinzen schon ähnlich, ist aber nicht gekleidet wie einer. Ist er das wirklich?«

»Das wird sich zeigen«, sagte der Anführer und ließ mich los. »Bringt ihn her. Ich will ihn mir genauer anschauen.«

Sie schleppten Dravit um die Kutsche herum. Er konnte kaum aufrecht stehen und sackte vor dem Anführt auf die Knie. Die Männer hielten es nicht mehr für nötig, ihn festzuhalten. Sie ließen ihn los und er kippte beinahe vornüber, presste sich die Hand auf die Rippen und atmete schwer.

Der Anführer trat einen Schritt zurück, zückte sein Schwert und legte es unter Dravits Kinn, um es anzuhaben und sich sein Gesicht genauer anzuschauen.

»Es gibt zwei Möglichkeiten«, sagte er. »Entweder, du bist Prinz Dravit, dann kommst du mit ein paar Prellungen und gebrochenen Rippen davon. Vorausgesetzt natürlich, dass die Frau Königin bereitwillig für das Wohlergehen ihres kleinen Muttersöhnchens zahlt. Oder du bist es nicht. Dann habe ich keine Verwendung für dich. Du solltest dir also gut überlegen, was du als Nächstes sagst.«

Wieder lachten die Männer hämisch. Ich schaute panisch zu Dravit, der allerdings ganz und gar nicht ängstlich wirkte. Dabei hätte er doch um sein Leben fürchten müssen. Genau wie ich große Angst um ihn hatte.

Er bemerkte, dass ich ihn anschaute, zwinkerte mir zu und noch bevor ich mir einem Reim daraus machen konnte, warf er sich auf den Rücken und trat unter das Handgelenk des Anführers, dessen Schwert daraufhin in hohem Bogen über Dravit hinweg flog. Er fing es noch in der Luft, rollte sich zur Seite ab und sprang auf.

Nicht nur für mich war das so schnell gegangen, dass ich kaum folgen konnte, auch die Männer wirkten überrumpelt. Sie wichen erst zurück, dann zogen sie ihre eigenen Schwerter. Nur der Mann mit dem Dolch traute sich nicht näher an ihn heran.

»Nicht so eilig«, drohte der Anführer und wollte nach mir greifen. Erst dadurch fiel mir auf, dass sich der Griff um meine Brust gelockert hatte und ich ließ mich kurzerhand auf die Knie fallen. Dadurch verfehlte mich der Anführer und packte stattdessen den Banditen hinter mir.

Dravit kreuzte die Klingen mit gleich zwei Angreifern, entwaffnete einen von ihnen und packte dann meine Hand. Er zog mich an sich heran, ich stolperte in seine Arme und mein Herz machte einen Satz. Dravit lächelte. »Ich sagte doch, dass alles gut ist.« Noch bevor ich etwas sagen konnte, drängte er mich in seinen Rücken. »Bleib hinter mir.« Er richtete das Schwert auf den Anführer der Bande. »Verschwindet von hier!«

Der Mann stieß den Kerl von sich, den er im Versuch mich zu greifen gepackt hatte. »Es steht immer noch fünf gegen eins!«

»Fünf gegen zwei«, sagte Dravit. »Unterschätzt das Mädchen nicht. Sie ist überraschend schlagfertig.«

Der Mann schaute sich unter seinen verunsicherten Begleitern um und strafte die Haltung. »Du hast meine Frage noch nicht beantwortet, Junge. Bist du Prinz Dravit?«

Dravit ließ sein Schwert in einer gekonnten Bewegung kreisen. Mir wäre es dabei mit Sicherheit aus der Hand geflogen, aber für ihn schien es die leichteste Übung zu sein. Selbst jemand wie ich, die ich keine Ahnung vom Schwertkampf hatte, hegte keinen Zweifel, dass er damit umzugehen wusste.

»Ihr werdet euch wünschen, ich wäre es nicht«, sagte er.

Der Anführer wirkte wenig beeindruckt. Er hob das Schwert auf, das zu Boden gegangen war und begann einen Bogen um Dravit zu laufen.

Dravit gab darauf acht, dass ich stets hinter ihm blieb. Erst als der Anführer laut brüllend auf ihn zustürmte, konzentrierte er sich nur noch auf den Kampf. Es klirrte laut, als die Klingen aufeinandertrafen. Ich wich zur Kutsche zurück, sah, dass einer der Männer versuchte, sich mir von hinten zu nähern und packte kurzerhand einen Stoffballen von der Ladefläche, um ihn dem Mann mit aller Kraft ins Gesicht zu schlagen. Er rechnete nicht damit, taumelte und stürzte zu Boden. Mein Atem ging stoßartig, ich zitterte, aber ich war auch stolz, mich erfolgreich zur Wehr gesetzt zu haben.

Dravit tauchte geschickt unter der Klinge des Anführers weg. Er ließ ihn an sich vorbeistolpern, sprang auf und trat ihm in die Kniekehle, sodass er zu Boden sackte. Mit einem schmalen Grinsen auf den Lippen umrundete Dravit ihn und ließ dabei erneut sein Schwert kreisen. Der Kampf schien ihm zu gefallen. Von Angst war in seinem Gesicht noch immer keine Spur zu lesen.

Wütend knurrte der Anführer, riss sein Schwert hoch und wurde beinahe im selben Moment von Dravit entwaffnet. Zum zweiten Mal flog sein Schwert in hohem Bogen und bohrte sich diesmal neben der Kutsche in die Erde.

Dravit richtete seine Klinge auf ihn. »Ich wiederhole mich nur ungern.«

Der Mann schnaubte verächtlich, sah seine Niederlage aber ein. »Wir verschwinden«, befahl er seinen Männern.

Die Banditen atmeten erleichtert auf. Sie hatten es sonst wohl nur mit wehrlosen Bauern und einfachen Leuten zu tun. Eilig sammelten sie ihre Schwerter ein und suchten das Weite. Der Anführer deutete eine Verbeugung vor Dravit an. »Eure Hoheit«, verabschiedete er sich und folgte seiner Bande.

Ich schaute ihnen nach, bis nichts mehr von ihnen zu sehen und zu hören war. Erst dann fiel die Anspannung von mir ab und ich schaute zu Dravit.

Er hatte den Mund fest zusammengepresst, rieb sich die Rippen und ließ seine Schultern kreisen. Wirklich mitgenommen wirkte er nicht. Höchstens etwas angeschlagen. »Geht es dir gut?«, fragte er.

Ich schaute zu meinen Händen. Sie zitterten noch immer wie Espenlaub. Es war die Aufregung, die mir noch tief in den Knochen saß. Aber auch die Angst, die ich um Dravit gehabt hatte. Die Drohung des Mannes, ihm etwas anzutun, hallte noch immer nach.

Dravit warf das Schwert von sich, kam zu mir gelaufen und zog mich an sich heran. »Du warst nie in Gefahr«, versicherte er mir eindringlich. »Keine Sekunde lang, verstanden? Wenn du bei mir bist, wird dir niemand etwas antun. Das verspreche ich. Ich passe auf dich auf.«

»Mir geht es gut«, schwor ich.

»Sicher?« Er schob mich von sich und nahm mein Gesicht in beide Hände. Seine warmen, beinahe rötlich glimmenden Augen ruhten auf mir, mit den Daumen strich er sanft über meine Wangen und trockneten meine Tränen.

»Ganz sicher«, sagte ich. Wie hätte ich auch Angst haben können, wenn er bei mir war? »Aber was ist mit dir? Tut es sehr weh?«

Er schüttelte den Kopf. »Es zwickt nur ein bisschen. Tut mir leid, wenn es auf dich anders gewirkt hat. Ich musste diesen Männern das Gefühl geben, die Oberhand zu haben.«

»Sie waren zu fünft, mit Schwertern. Ich verstehe nicht, wie du so ruhig bleiben konntest.« Mir hatte das Herz bis zum Hals geschlagen und ich zitterte noch immer. Dravit wirkte völlig gelassen.

»Ich hätte ruhig bleiben *müssen* …«, sagte er und schaute den Männern nach. »Aber als dieser Widerling versucht hat, dich anzufassen, ist es mit mir durchgegangen.«

»Wenn ich deinen Namen nicht genannt hätte …«

Er zog mich wieder an sich heran. »Gib dir nicht die Schuld. Es ist ja alles gut gegangen.«

Ich legte meine Stirn an seine Brust, umschlang ihn mit den Armen und hätte mir gewünscht, dass er mich nie wieder loslassen würde. Meine Angst um ihn war so groß gewesen, dass ich nicht anders konnte, als mir all die schlimmen Dinge auszumalen, die hätten passieren können.

Dravit kam mir noch näher. Sein Atem legte sich warm an mein Ohr. »Außerdem war das nicht meine erste Entführung«, sagte er. Ich konnte das Schmunzeln auf seinen Lippen beinahe hören und schob ihn erschrocken von mir.

»Was?«, fragte ich entgeistert.

Er zuckte die Schultern. »Ich bin ein gefragter Mann.«

»Du wurdest schon mal entführt?«

»Dreimal. Oder waren es viermal?« Er schlenderte zur Kutsche. »Ich mache mir dann immer eine Kerbe in mein Schwert. Meinst du, ich sollte eine weitere dazu machen? Ich meine, das war ja nicht wirklich eine Entführung.«

Ich folgte ihm. »Du veräppelst mich jetzt, oder?«

Sein Schmunzeln wurde zu einem breiten Grinsen. »Erwischt. Ich mache mir natürlich keine Kerben in mein Schwert.« Er zwinkerte mir zu, schwang sich auf den Kutschbock und reichte mir die Hand.

Ich starrte ihn verdutzt an. Also war er nicht schon einmal entführt worden? Oder doch? Er ließ sich die Wahrheit nicht anmerken. Ich wollte seine Hand annehmen, zögerte aber. »Warte!«, sagte ich und rannte wieder hinter die Kutsche, um den Stoffballen aufzuladen, mit dem ich den Banditen geschlagen hatte. Es hätte gerade noch gefehlt, mir Ärger wegen des fehlenden Stoffes einzuhandeln. Ich stopfte ihn zwischen die anderen, sprang auf die Ladefläche und stieg mit rudernden Armen über die Waren hinweg bis nach vorne zu Dravit. Er wartete, bis ich mich neben ihn hatte plumpsen lassen und lächelte mich dann an.

»Können wir?«, fragte er.

Ich nickte und konnte den Blick nicht von ihm lassen. Wie selbstverständlich legte er wieder seinen Umhang über meine Schultern, nahm die Zügel und trieb die Pferde an.

Ich schaute zu ihm auf. Zumindest für jemanden, der ihn nicht gut kannte, musste er wohl gelassen wirken. Mich täuschte er nicht. Nicht mehr, nachdem diese abweisende Kälte völlig aus seinem Blick verschwunden war. Ich sah ihm an, dass ihn etwas beschäftigte. Vielleicht war er tatsächlich schon einmal entführt worden und musste nach diesem Überfall daran zurückdenken. Vielleicht schmerzten seine Rippen aber auch mehr, als er es zugegeben hatte. Was es auch war, er wirkte niedergeschlagen.

Ich lehnte mich an seine Seite. »Versprichst du mir, dass es keine Kerben mehr geben wird?«, fragte ich.

»Hm?«

»Kerben muss man nur machen, wenn man niemanden hat, mit dem man reden kann. Wenn man sich selbst erinnern muss, weil es sonst niemand für einen macht. Kerben sind für einsame Menschen. Aber du bist jetzt nicht mehr allein.«

Dravit ließ noch einmal die Zügel schnalzen.

»Keine Kerben mehr«, versprach er. »Nie wieder.«

KAPITEL 13

Noch bevor das Schloss in Sichtweite gekommen war, hatte sich Dravit von mir verabschiedet. Als wäre nie etwas passiert, war er von der Kutsche gesprungen und hatte mir eine gute Nacht gewünscht. Während ich durch das Haupttor fuhr und mir von Vater eine Standpauke anhören musste, warum ich erst nach Einbruch der Dunkelheit zurückgekehrt war und zudem Mutters Kette verloren hatte, schlich er sich zu einem Hintereingang. Er hatte die Wachen bestochen, ihn dort einzulassen. Es war also fast wie früher, als wir noch Kinder gewesen waren und uns heimlich fortgeschlichen hatten. Bis auf die Gefühle, die Dravit bei mir auslöste und die alles anders machten.

Ich lag an diesem Abend lange wach und wälzte mich in meinem Bett hin und her. Wie hätte ich auch schlafen können? Dravit ging mir nicht mehr aus dem Kopf. Die Art, wie er mich anschaute und wie er dabei sanft lächelte. Sein Duft, seine Berührungen. Ich konnte nur noch an ihn denken und wollte das alles nicht. Ich wollte unsere Freundschaft nicht verlieren, für etwas, das nie sein durfte und doch wünschte ich mir nichts sehnlicher.

»Malin!«, flüsterte jemand.

Im Dunkeln konnte ich kaum etwas sehen. Ich schaute mich um und entdeckte eine Bewegung an der Tür. Tami hatte den Kopf in den Raum gesteckt und winkte mich zu sich. Ich wandte mich dem Vorhang zu, hinter dem das Bett meiner Eltern stand. Vater schnarchte laut und Mutter zirpte beim Atem wie ein Vögelchen. Offenbar schliefen die beiden tief und fest. Ich schlüpfte aus dem Bett und huschte auf Zehenspitzen zu Tami.

»Wieso bist du noch wach?«, fragte ich mit gesenkter Stimme.

Wir verließen das Zimmer und ich schloss so leise wie möglich die Tür.

»Wie soll ich denn schlafen? Seit gestern warte ich schon darauf, dass du mir etwas erzählst. Du weißt genau, dass das Leben am Schloss totlangweilig ist, wenn es keine Gerüchte gibt, über die man reden kann.«

»Genau deswegen sollte ich dir besser nichts sagen.«

»Ich verrate doch niemandem etwas«, schwor sie. »Ich will nur wissen, mit wem du dich getroffen hast und mit wem du gestern den ganzen Tag unterwegs warst. Und streite es ja nicht ab! Navena, die Tochter vom Pferdewirt aus Embird, hat dich in der Stadt Arm in Arm mit einem Mann gesehen.«

Mir wurde heiß und kalt zugleich. Soweit hatte ich nicht gedacht. Dravit und ich waren den ganzen Tag zusammen gewesen, dutzende Stadtbewohner hatten uns gesehen und spätestens, wenn sie zum Ball ans Schloss kämen, würden sie anfangen zu reden. Warum war mir dieser Gedanke nicht schon früher gekommen? Dravit und ich waren nun mal keine kleinen Kinder mehr, die beim Stibitzen von Gebäck erwischt wurden. Wir waren erwachsen genug, um zu wissen, dass es unweigerlich Gerede geben musste, wenn wir uns unbeaufsichtigt trafen.

Ich ergriff Tamis Hand und zog sie durch den Gang in den Aufenthaltsraum. An einem der Tische saßen trotz der späten Stunde noch ein paar Männer und spielten Karten, also liefen wir auf den Hof. In einer ruhigen Ecke angekommen, wo uns niemand sehen oder hören konnte, wandte ich mich Tami zu.

»Es ist Dravit«, gestand ich ihr.

Tami starrte mich mit geweiteten Augen an. »Du und …?«

Ich schüttelte den Kopf. »Da ist nichts«, schwor ich. »Wir sind Freunde. Wie früher.«

»Aber das kauft euch doch niemand ab«, meinte sie und drängte mich noch weiter in die Ecke. Sie schaute sich um, dann fuhr sie fort. »Ich meine, er ist der Prinz! Der verdammte Kronprinz Avendars.«

»Denkst du, das weiß ich nicht?« Ein Kloß hatte sich in meinem Hals gebildet. »Er war damals mein bester Freund, Tami. Und er ist es heute noch. Ich will … ich kann ihn nicht verlieren. Aber was ich fühle, wenn wir zusammen sind …«

»Du magst ihn also doch?«, hakt sie nach. »Du magst ihn mehr, als man seinen besten Freund mögen sollte? Mehr als eine Magd einen Prinzen mögen darf.«

Ich nickte, weil ich zu mehr nicht fähig war.

»Und er? Mag er dich auch?«

»Spielt das eine Rolle?«, fragte ich mit angeschlagener Stimme. Es machte keinen Unterschied, was wir füreinander empfanden. Wir hätten nie zusammen sein können. Dieser Gedanke schnürte mir die Kehle zu.

Tami zog mich an sich heran und drückte mich fest. »Ach Malin, da bist du wirklich in eine richtig üble Zwickmühle geraten.« Sie löste sich von mir. »Was hat er sich dabei überhaupt gedacht?«

»Was meinst du?«, fragte ich.

»Na, wieso trifft er sich heimlich mit dir? Ich meine, ihr seid keine Kinder mehr. Ihm hätte klar sein müssen, dass das nur Ärger bedeutet. Er ist der Prinz, er kann sich so was wie Freundschaften gar nicht leisten.«

»Jeder sollte Freunde haben«, widersprach ich. »Auch ein Prinz. König zu sein wird schon einsam genug werden. Schau dir doch nur die Königin an, wie unterkühlt und unnahbar sie ist. Das wünscht man doch niemandem.«

»Ach Papperlapapp! Adlige haben keine Freunde, sie haben Untergebene und Reichtum, bis zum Abwinken. Wie kann man da einsam sein?«

»Du weißt ja nicht, was er in den letzten Jahren durchgemacht hat.«

»Hat er dich so um den Finger gewickelt?«, fragte sie und verdrehte die Augen. »Ach, der arme Prinz, der alles bekommt, was er sich wünscht. Wie bemitleidenswert. Du schläfst auf einer strohgefüllten Matratze, neben dem Bett deiner Eltern, und er auf seidenen Laken. Du isst den Abfall von dem, was er jeden Tag im Übermaß aufgetischt bekommt und wenn er schnipst, fallen ihm alle in Ehrerbietung vor die Füße. Man kann nicht einsam sein, wenn man alles bekommt, was man will.«

»Du bist gemein.«

»Ich mache mir nur Sorgen um dich. Wenn Gerüchte aufkommen, wird es dich treffen, nicht ihn. Ihm sollte das klar sein und wenn du ihm wirklich etwas bedeutest, würde er sich von dir fernhalten.«

»Und wenn ich das nicht will?«

»Dann solltest du an deine Eltern denken und welche Folgen es für sie haben wird, wenn Gerüchte über ihre Tochter aufkommen. Was denkst du, wird die Königin machen, wenn sie erfährt, dass sich ihr Sohn mit einer Magd rumtreibt, statt nach einer Braut Ausschau zu halten? Du hast es doch selbst gesagt, sie ist eine kaltherzige Frau. Ihr ist kein Preis zu hoch. Sie wird dich loswerden wollen und mindestens dich, wenn nicht auch deine Eltern, vom Hof jagen. Das wirst du doch nicht wollen, oder?«

Mein Inneres verkrampfte sich und ich suchte verzweifelt nach einer Antwort, die mich nicht selbstsüchtig klingen ließ. Ich wollte Dravit nicht verlieren, aber ich konnte auch nicht den Ruf und die sichere Arbeit meiner Eltern aufs Spiel setzen.

»Dravit würde nicht zulassen …«, begann ich.

»Noch ist er kein König«, fiel mir Tami ins Wort. »Was seine Mutter entscheidet, ist Gesetz und an die Gesetze der Königin muss er sich genauso halten wie alle anderen auch. Es ist das Beste, wenn du dich nicht mehr mit ihm triffst. Die Gefühle, die du jetzt hast, vergehen dann bestimmt bald wieder. Ich meine, du warst ja noch nie wirklich verliebt, oder? Wahrscheinlich schwärmst du nur ein bisschen für ihn. Das ist schnell vergessen.«

Nur eine Schwärmerei? Wenn es das war, was ich für Dravit empfand, wie fühlte sich dann Liebe an? Ich konnte mir nicht vorstellen, dass Tami recht hatte. Ich schwärmte nicht einfach nur für ihn. Es war viel mehr als das.

»Wenn wir zusammen sind, ist alles wie Musik«, sagte ich versunken in meinen Gedanken. Unwillkürlich legte sich ein Lächeln auf meine Lippen. »Es ist, als würde die Welt singen und ich will zu ihrem Lied tanzen und mich im Kreis drehen. Es fühlte sich alles so leicht an, wenn er bei mir ist. Mein Herz flattert und lässt mich schweben. Und dann schaut er mich an und er wirkt ein wenig traurig und verloren, aber sobald sich unsere Blicke treffen, vergeht das. Es ist, als würde er etwas in mir sehen, das ihn stärker macht und ich finde meine Stärke in ihm. Ich halte ihn fest und er mich und wir fallen nicht länger. Wir fliegen. Ich will nicht aufhören zu fliegen, Tami.«

»Einer von euch beiden muss aber loslassen«, beharrte sie. »Besser du machst das jetzt, als zu warten, bis der Absturz richtig böse wird. Es geht nicht anders und das weißt du auch.«

Mein Blick verlor sich im Dunkel der vorangeschrittenen Nacht. Mein Inneres war wie leergefegt. Als hätte die Stille, die um uns herrschte, alles verschlungen, an das ich mich zu klammern versuchte. Dass ich ausgesprochen hatte, was ich für Dravit empfand, machte es nur noch schwerer, Tamis Worten Glauben zu schenken. Allein der Gedanke, ihn und alles, was zwischen uns war, aufzugeben, brach mir das Herz. Es tat unsäglich weh und es fühlte sich an, als würde mich jemand Fremdes steuern, als ich den Mund öffnete.

»Ja, ich weiß«, hörte ich mich selber sagen.

***

Das Gefühl fremdgesteuert zu sein blieb auch die folgenden Tage an mir haften. Ich erledigte meine Pflichten, aß und schlief, aber innerlich fühlte ich mich leer. Dabei würde der tatsächliche Schmerz erst kommen, wenn ich Dravit sagen musste, dass wir uns nicht mehr treffen konnten. Eine andere Möglichkeit, meine Eltern zu schützen, fiel mir nicht ein. Wir mussten beenden, was nie hätte beginnen dürfen und ich hatte Angst vor unserem nächsten Wiedersehen, das auch ein Abschied sein würde. Noch hatte ich Dravit allerdings nicht zu Gesicht bekommen. Die Vorbereitungen für den Ball schienen ihn genauso einzuspannen wie alle anderen am Schloss.

Überall sprach man bereits darüber, dass auf Geheiß des Prinzen Leute aus dem einfachen Volk eingeladen worden waren. Es würde ein Abend werden, wie es ihn so auf Schloss Avendar noch nie geben hatte und ich ahnte bereits, dass die Königin alles andere als begeistert darüber war. Vielleicht hielt sie Dravit deswegen von seinem Volk fern und verhinderte dadurch auch, dass er mich treffen konnte.

»Wenn du die Kartoffel noch langsamer schälst, vergammelt sie dir in der Hand«, warf mir Katherin vor.

Mein Blick wanderte zu den Kartoffeln auf meinen Schoss. Ich saß auf einem Hocker in der Küche und war so in Gedanken versunken gewesen, dass ich das Messer schon eine Weile an eine halb geschälte Kartoffel hielt, ohne meine Arbeit fortzusetzen.

»Lass sie in Ruhe«, raunzte Tami. »Kümmere dich um deinen eigenen Kram.«

Mutter ging vor mir in die Hocke. Sie fing meinen Blick auf und lächelte mich aufmunternd an. »Es bricht mir das Herz, dich so zu sehen«, sagte sie. »Willst du mir nicht erzählen, was dich so beschäftigt? Es ist doch nicht wegen der Kette, oder?«

Ich schüttelte den Kopf.

»Wenn dir jemand wehgetan hat ... Auf dem Wochenmarkt vielleicht?«, mutmaßte sie. »Du bist seit diesem Tag wie ausgewechselt.«

»Mir hat niemand wehgetan ...«

Sie überlegte. »Dein Vater war zu streng, nicht wahr? Er hätte nicht so mit dir schimpfen dürfen. Heute Abend bekommt er was von mir zu hören.«

»Mutter es ...«

»Nein, nein!«, fiel sie mir ins Wort und stand auf. »Du bist ein empfindsames Mädchen – fast schon eine junge Frau. Das muss er endlich verstehen. Er kann mit dir nicht länger umgehen wie mit den Burschen im Stall. Schon immer war er viel zu grob mit dir, hat dich behandelt wie einen Jungen, dir Hosen gekauft und diese hässliche Baskenmütze, die du früher immer getragen hast. Es wird Zeit, dass er dich als Frau sieht und auch so behandelt.«

Ich wusste nicht wieso, aber ihre Worte machten mich wütend. »Wie ein zartes Pflänzchen meinst du? Das bin ich aber nicht.« Meine Finger schlossen sich fester um die Kartoffel in meiner Hand. »Ich bin nicht so zerbrechlich, wie du immer tust und ich habe keine Hosen getragen, weil mich Vater wie einen Jungen behandelt hat. Ich habe sie getragen, weil man damit besser reiten und springen und rennen kann. Ich kann für mich selbst denken und handeln und ich brauche auch keine hübschen Ballkleider, um mir einen

Mann zu angeln. Wenn ich mich verliebe, dann in jemanden, der mich so nimmt, wie ich bin. Auch ohne hübsches Kleid und auch wenn ich weder singen noch tanzen kann und es trotzdem tue.«

Ich schaute unweigerlich zu Tami. Sie wusste, dass ich von Dravit und meinen Gefühlen für ihn gesprochen hatte. In seiner Gegenwart war ich immer ich selbst gewesen. Ich hatte mich ihm gegenüber nie verstellt und er sah etwas in mir, das andere nicht sahen. Er hielt mich nicht für schwach, nur weil ich manchmal etwas zurückhaltend war und er hielt mich auch nicht für garstig, nur weil ich auch ganz anders sein konnte.

»Jetzt tickt sie völlig aus«, sagte Katherin und bekam dafür Tamis Ellbogen in die Seite gerammt.

Die Küchenjungen versuchten so zu tun, als würde sie nichts mitbekommen. Es war ihnen sichtlich unangenehm, Gespräche über Ballkleider, Liebe und dergleichen mitanhören zu müssen.

»Aber natürlich sollte dich ein Mann so lieben wie du bist«, versicherte mir Mutter. »Es hat dir noch niemand etwas anderes erzählt, oder?«

»Nein, ich …«

In dem Moment ging die Tür zum Schloss auf und ein Page betrat die Küche.

»Das Essen ist längst noch nicht fertig«, sagte Mutter.

Der Mann ignorierte sie. Er kam direkt auf mich zu und mein Blick fiel auf die Karte in seiner Hand. Sofort stand ich auf den Füßen, die Kartoffeln rollten von meinem Schoss über den Boden und ich wischte mir eilig die Hände an meiner Schürze ab. Vor mir angekommen verbeugte sich der Mann und reichte mir die Karte. »Mit besten Grüßen von seiner Hoheit Prinz Dravit.«

Ich schaute unsicher zu Tami und dann zu Mutter. Während Tami schwer seufzte, strahlte Mutter bis über beide Ohren. Auffordernd deutete sie mit dem Kinn auf die Einladungskarte und ich befürchtete, dass der Mann solange gebückt vor mir stehen bleiben würde, bis ich sie annahm, also griff ich zu. Er richtete sich auf.

»Ich empfehle mich«, sagte er steif, straffte seine Haltung und verließ die Küche wieder.

Ich starrte die Karte an. Eigentlich sollte es mich nicht wundern, dass er auch mich einlud. Schließlich waren solche Karten bereits an Dutzende Bewohner Embirds und der Umgebung gegangen. Dennoch stand ich unter Schock. Ich hatte geglaubt, dass wir uns wiedersehen würden, bevor er mich zum Ball einladen konnte. Dann hätte ich ihm gesagt, dass ich besser nicht daran teilnehmen sollte.

»Das war der Grund, nicht wahr?«, fragte Mutter.

»Der Grund?«

»Weswegen du so bedrückt warst. Du dachtest, dass du keine Einladung bekommst.«

Mutter lag zwar ganz weit daneben, aber ich nickte dennoch. Ich konnte ihr ja schlecht erklären, was mich in Wirklichkeit beschäftigte.

»Und du gehst dort hin?«, fragte Tami.

»Aber natürlich tut sie das«, antwortete Mutter an meiner Stelle. »Es wäre eine Beleidigung für den Prinzen, seiner Einladung nicht nachzukommen.«

Ich hatte so sehr darauf gehofft, ihn noch vor dem Ball wiederzusehen, aber das musste ich mir wohl aus dem Kopf schlagen. Es sei denn ...

»E-entschuldigt mich«, bat ich, legte das Messer beiseite und ging geradewegs auf die Tür zum Schlossinneren zu.

»Was hast du vor?«, rief mir Mutter nach.

Tami folgte mir. »Ich rede mit ihr«, versprach sie und hielt mich auf, kaum dass ich durch die Tür getreten war. In ihrem Rücken fiel sie zu und ließ den Küchenlärm verstummen.

»Wir dürfen nicht ohne Erlaubnis ins Schloss«, erinnerte sie mich.

»Aber was soll ich denn tun? Ich muss mit ihm reden. Wenn die Leute aus der Stadt mich und Dravit auf dem Ball zusammensehen, passiert genau das, wovor du mich gewarnt hast.«

»Dann gehst du halt nicht hin«, riet sie mir.

»Mutter würde mich vierteilen.«

»Trotzdem kannst du nicht einfach ins Schloss stürmen. Was, wenn dich jemand sieht?«

»Ich bin eine Magd. Niemand wird auf mich achten.«

»Dein Wort in Gottes Ohr«, murrte Tami. »Ich komme aber mit und passe auf dich auf.«

Ich schüttelte den Kopf. »Du musst Mutter hinhalten.«

Tami grummelte.

»Bitte!«

»Also gut«, räumte sie widerwillig ein. »Weil du es bist. Aber beeil dich!«

»Versprochen!« Ich wirbelte auf dem Absatz herum und rannte den langen Gang entlang. Und obwohl ich wusste, dass ich nur deswegen nach Dravit suchen wollte, um ihm zu sagen, dass wir uns nicht wiedersehen durften, brachte der Gedanke, ihm bald gegenüberzustehen, mein Herz dazu, höher zu schlagen.

***

Auf dem Weg in die oberen Stockwerke bewaffnete ich mich mit einem Staubwedel und ließ die Räume und Flure der Dienerschaft hinter mir. Ich wusste, dass Dravits Gemächer im Ostflügel lagen, sodass ich durch endloslange Korridore musste. Ich schlüpfte durch goldbeschlagene Flügeltüren und kam an unzähligen Räumen vorbei. Ich war neugierig und hätte am liebsten einen Blick in das eine oder andere Zimmer gewagt oder zumindest die Kunstwerke an den Wänden bewundert. Für eine Magd gehörte sich das allerdings nicht, also riss ich mich zusammen.

Im Ostflügel angelangt sah ich zwei Dienstmädchen, wie sie eines der Zimmer verließen. Sie kicherten leise und liefen an mir vorbei. Ich wandte mich von ihnen ab und tat so, als würde ich eine Statue entstauben. Zu spät fiel mir auf, dass es sich dabei um einen nackten Mann handelte. Mir stieg die Hitze ins Gesicht, während ihm mein Staubwedel über die Hintern fuhr.

»Hast du sein Lächeln gesehen?«, flüsterte eines der Mädchen. »Dass sich mal ein Adliger für uns einsetzt …«

»Er wird von Tag zu Tag freundlicher«, meinte das andere Dienstmädchen. »Bei seiner Ankunft war er noch so kalt und abweisend wie die Königin und jetzt nimmt er uns sogar vor ihr in Schutz. Er wird ein guter König werden.«

Die beiden verschwanden um die Ecke und kaum, dass sie außer Sicht waren, lief ich zu der Tür, aus der ich sie hatte kommen sehen. Wenn mich nicht alles täuschte, musste es sich dabei um Dravits Gemächer handeln. Ich schlüpfte ins Innere und fand mich in einem prachtvollen Raum wieder. Fast schon war es ein Saal, mit einem halben Dutzend deckenhoher Fenster, schweren Samtvorhängen und ornamentverzierten Wänden. Es gab einen Kamin, der so riesig war, dass ich darin hätte verschwinden können, eine Sitzecke und prallgefüllte Bücherregale. Drei Türen führten in weitere Räume und aus einer davon drangen Stimmen zu mir vor.

»Ich will nur das Beste für dich«, sagte die Königin in scharfem Tonfall.

»Ach ja? Wie damals, als du mich fortgeschickt hast?«, erwiderte Dravit vorwurfsvoll.

Mein Herz schlug schneller und ich tat beschäftigt, indem ich eines der Regale abstaubte – gerade noch rechtzeitig, denn in dem Moment betrat Dravit auch schon den Raum. Seine Mutter folgte ihm.

»Als ob du nicht davon profitiert hättest!«, warf sie ihm nach.

»Profitiert? Ich habe …« Er brach ab und atmete tief durch. »Sei's drum. Ich habe meine Gäste eingeladen, du die deinen. Aber du kannst mich nicht dazu zwingen, Zeit mit ihnen zu verbringen. Nicht über diesen verfluchten Ball hinaus.«

Die Königin seufzte. »Herr Gott, Dravit, es ist deine Pflicht als künftiger König! Wie willst du denn jemals eine Braut finden, wenn du kein Wort mit den in Frage kommenden Kandidatinnen wechselst? Nicht einmal tanzen willst du.«

»Ich …« Er verstummte, als er mich bemerkte.

Auch die Königin sah erst in dem Moment, dass sie nicht unter sich waren. »Habe ich die Mädchen nicht gerade fortgeschickt?«, knurrte sie. »Was machst du noch hier, Kind?«

»Verzeiht.« Ich knickste tief.

Dravit stellte sich zwischen mich und seine Mutter. »Lass deine Wut nicht schon wieder am Personal aus. Ich tanze ja, wenn es unbedingt sein muss. Ein Tanz, aber mit einer Dame meiner Wahl. Stellt dich das zufrieden?«

»Bei Weitem nicht«, entgegnete sie. »Zehn Tänze, und zwar mit Damen, die ich auswähle.«

»Fünf Tänze und ich wähle meine Tanzpartner.«

»Sechs. Ich bestimme drei davon und du wirst dich um die Gäste bemühen. Auch vor und nach dem besagten Abend.«

»Einverstanden«, murrte er.

»Warum nicht gleich so?« Die Königin straffte ihre Haltung und schwebte elegant aus dem Raum.

Erst nachdem die Tür hinter ihr zugefallen war, wandte sich mir Dravit zu. »Was zur Hölle suchst du hier?«

»Es geht um die Einladung«, sagte ich und zog sie aus meiner Rocktasche.

Er schmunzelte. »Du legst dich mit der Königin an, nur um mir dafür zu danken?«

»Nein, ich ...«

»Warte«, bat er und lief zu einem der Regale.

Ich schaute unsicher zur Tür. Wahrscheinlich würde die Königin nicht so bald zurückkehren und wir blieben ungestört. Dennoch fühlte ich mich unwohl.

Dravit zog einen Samtbeutel zwischen den Büchern hervor und öffnete ihn an der Kordel. »Ich habe dir doch erzählt, dass ich eine Kalimba besitze.«

Er zeigte sie mir und ich bewunderte das Kästchen aus dunklem, glattpoliertem Holz. Es sah viel edler aus als das auf dem Markt. Ich griff danach und dachte, dass Dravit es loslassen würde, damit ich es mir genauer anschauen konnte. Stattdessen glitten seine Hände über meine, sodass wir die Kalimba gemeinsam hielten.

»Seit unserem Tanz geht mir dieses Lied nicht mehr aus dem Kopf.« Er legte die Daumen an die Metallzinken und ich bemerkte den Achatanhänger, der noch immer an seinem Handgelenk baumelte.

»Aber ich warne dich, ich bin nicht sehr gut im Komponieren.« Er schlug die Zinken an und mir war, als würde ich wieder auf der Wiese im verborgenen Garten stehen, in seinen Armen liegen und mich zu eben der Melodie bewegen, die er spielte. Sie fuhr mir durch die Finger bis tief in mein Inneres und es fühlte sich an wie Sonnenschein, der meine Seele berührte.

»Ich hätte nicht gedacht, dass ich je wieder spielen würde«, meinte er, nachdem der letzte Ton verklungen war und noch immer in mir nachhallte. »Ich weiß nicht, wann ich aufgehört habe, Musik zu lieben. Ich dachte, es wäre wegen der vielen Bälle gewesen, aber eigentlich fing es schon früher an. Dabei waren mir die Stunden am Klavier immer die liebsten gewesen. Irgendwann schlug das ins Gegenteil um.«

Ich schaute zu ihm auf und da war sie wieder, diese Traurigkeit in seinem Blick, die ich nur kurz erhaschen konnte, bevor sie hinter seinem sanften Lächeln verschwand.

»Ich … ich kann nicht zu dem Ball gehen«, sagte ich mit ungewohnt rauer Stimme. Ich zog meine Hände unter seinen hervor. Ein Kloß hatte sich in meinem Hals gebildet und ich schluckte schwer.

Dravit legte die Stirn in Falten. »Wieso das?«

»Es ist wegen den Stadtbewohnern.« Ich deutete auf die Tür, als würde dort draußen im Korridor ganz Embird versammelt stehen und nur darauf warten, uns beide zusammen zu erwischen. »Ich habe einfach nicht so weit gedacht. Sie haben uns in Embird gesehen und wenn sie erfahren, wer du bist, wird es Gerede geben.«

»Und weiter?« Er legte die Kalimba beiseite.

»Was ist, wenn es der Königin nicht gefällt, dass du dich mit einer wie mir triffst? Wenn sie mich vom Hof jagt und meine Eltern gleich mit?«

»Das würde sie nicht wagen«, sagte er mit fester Überzeugung. »Wie kommst du denn auf solche Gedanken? Sie kann zwar vieles bestimmen, aber meine Freunde suche ich mir noch immer selbst aus.«

»Aber wir sind nicht nur Freunde«, sagte ich und bereute es sofort. Ich hatte Angst davor, dass er nicht genauso empfand wie ich. Ebenso große Angst wie ich davor hatte, dass er meine Gefühle teilte.

»Ist das so?«, fragte er.

Ich öffnete mehrmals den Mund. »Ich …«

Dravit schaute mich eindringlich an und kam mir dabei näher – so nah, dass ich die Hitze seiner Haut spüren konnte. Zärtlich strich er mir eine Strähne hinters Ohr und ein wohliger Schauer fuhr mir durch den Körper, als seine Finger dabei meine Wange berührten. Mein Herz überschlug sich beinahe und ich hielt den Atem an.

»Wenn du bei mir bist, rückt alles in die Ferne, was früher war«, sagte er. »Dann gibt es nur uns beide und den Moment. Alles wirkt so leicht, alles scheint machbar zu sein. Du machst mich stark, Malin.«

»Dazu brauchst du mich nicht«, sagte ich leise und wich seinem Blick aus.

»Oh doch, dazu habe ich dich immer gebraucht. Schon als wir Kinder waren. Und wenn du jetzt sagst, dass wir keine Freunde mehr sind, dann sind wir doch mehr geworden, oder? Denn alles andere würde ich nicht ertragen.«

Meine Angst schlug in Panik um.

»Du wirst heiraten«, sagte ich und wich zurück. Es tat weh, ihn daran erinnern zu müssen.

»Denkst du, ich weiß das nicht?« Er kam näher und versuchte, meine Wange zu berühren.

Ich schob ihn von mir. Seine Nähe raubte mir den Verstand. Nicht einmal ruhig atmen konnte ich, wenn er mir so nah war. Dabei war ich doch gekommen, um ihm zu sagen, dass wir uns nicht mehr sehen konnten. Stattdessen wäre ich am liebsten nie wieder gegangen.

»Ich darf nicht zu dem Ball gehen«, beharrte ich. Anschauen konnte ich ihn dabei nicht. Ich wusste, dass ein Blick von ihm genügen würde, um mich alles vergessen zu lassen. Allein schon, dass meine Hände auf seiner Brust ruhten, während ich ihn auf Abstand hielt, sorgte für ein haltloses Chaos sich überschlagener Gefühle in meiner Brust.

Es kostete mich alle Kraft, die Worte auszusprechen, die mir Tami eingebläut hatte. »Das Beste wird sein, wenn wir uns nicht mehr sehen.«

»Das meinst du nicht wirklich so.«

»Doch!«, schrie ich beinahe und schaute zu ihm auf. »Du bist … und ich. Wir können nicht!« Tränen nahmen mir die Sicht. Wie hätte ich ihm erklären können, warum das zwischen uns nicht sein durfte, wenn ich es doch selbst nicht wahrhaben wollte? Wie, nachdem er mir gestanden hatte, dass er genauso empfand wie ich? Ich drehte mich von ihm weg und wollte einfach nur davonrennen, doch Dravit ergriff meinen Arm, zog mich zu sich und ließ seine Hand in mein Haar gleiten.

Ich war wehrlos, als er sich zu mir beugte und seine Lippen meine berührten. All meine Ängste waren mit einem Mal verschwunden. Ich schloss die Augen, öffnete den Mund und ließ mich einfach nur treiben. Und es war beinahe, als würde ich das Lied hören können, das nur uns beiden gehörte. Es hallte in meinem Herzen wider und ließ es höherschlagen.

»Wir finden einen Weg, den wir zusammen gehen können«, versprach er. »Nichts und niemand ist stark genug, um dich mir wegzunehmen. Das verspreche ich dir.«

KAPITEL 14

Dravit und ich trafen uns von da an jeden Abend im verborgenen Garten. Tami war deswegen unheimlich wütend, aber damit musste ich wohl leben, denn ohne Dravit konnte ich nicht mehr sein. Ich war mir sicher, dass Tami das irgendwann verstehen und sich wieder beruhigen würde. Bis dahin musste ich ohne meine beste Freundin zurechtkommen. Auch wenn ich sie wirklich gebraucht hätte. Schließlich waren meine Ängste längst noch nicht verschwunden und es gab niemandem, mit dem ich darüber reden konnte.

Wenn alle schliefen, schlich ich mich aus dem Zimmer und durch das Labyrinth zum verborgenen Garten. Oft wartete er bereits auf mich. Er spielte mir sein Lied auf der Kalimba vor, ich tanzte dazu oder wir lagen nebeneinander im hohen Gras und betrachteten die Sterne. Manchmal schwiegen wir stundenlang, an anderen Abenden redeten wir über allmögliches und nichts. Immer, wenn wir zusammen waren, fühlte sich alles so leicht und richtig an. Als gäbe es keine andere Wirklichkeit als die, in der wir zusammengehörten.

Als wir eines Abends wieder nebeneinander im Gras lagen, summte er leise, während mein Kopf auf seiner Brust ruhte.

»Hat das Lied eigentlich auch einen Text?«, fragte ich.

»Schon … aber es ist zu früh, ihn dir zu verraten.«

Ich richtete mich weit genug auf, um ihn anschauen zu können. »Du hast doch nur Angst, dass ich darüber lache.«

»Ein bisschen vielleicht«, räumte er ein.

»Bist du eigentlich kitzelig?«, fragte ich.

Er verengte den Blick. »Warum willst du das wissen?«

Ich schmunzelte. »Vielleicht zwinge ich dich ja, mir den Text zu verraten, indem ich dich so lange kitzle, bis du nicht anders kannst.« Ich strich mit dem Finger über seinen Hals, bis zu seiner Brust und unter sein Hemd.

»Zu dumm, dass ich nicht kitzelig bin«, sagte er. »Im Gegensatz zu dir.« Er packte mich an den Hüften, warf mich auf den Rücken und kitzelte mich am ganzen Körper. Ich schrie und lachte zugleich, krümmte mich und versuchte, seine Hände festzuhalten, bis er schließlich meine Handgelenke ergriff und auf den Boden drückte. So über mich gebeugt hielt er inne, während ich schwer atmete und zu ihm aufschaute.

»Du kannst mich nicht gleichzeitig festhalten und kitzeln«, sagte ich.

»Ich kann es versuchen.« Er kam mir näher und küsste mich auf den Hals. »Kitzelt das?«, fragte er.

»Kein bisschen.«

Er rückte weiter nach unten und küsste mein Schlüsselbein. »Und das?«

Ich hielt die Luft an. Wärme durchströmte meinen Körper und ich schloss die Augen, um jede seiner Berührungen genießen zu können.

»Und das?«, flüsterte er ganz nah an meinem Ohr und berührte es mit den Lippen. Ich atmete tief durch und schloss die Augen.

Dravit küsste meine Stirn, meine Wange und schließlich den Mund. Ich öffnete ihn leicht und Dravits Kuss wurde stürmischer. Als er sich wieder von mir löste, hätte ich ihn am liebsten an mich herangezogen. Ich wollte ihn nah bei mir spüren und alles vergessen, was zwischen uns stand – alles, was sich außerhalb des Labyrinths und der wenigen Stunden befand, die nur uns beiden gehörten.

Ich schlug die Augen auf und versank in Dravits Blick, im Schwung seiner Lippen und in seinem süßherben Duft, der mich einnehmend, beinahe fesselnd umhüllte.

Dravit fuhr mir mit den Fingern durchs Haar und strich mir über die Wange. Dann begann er zu singen. Ganz leise und doch drang seine Stimme tief in mein Inneres vor: »Ein Lächeln so sanft, das Haar Ebenholz, der Glanz deiner Augen den Sternen so nah.« Er küsste mich auf mein Auge. Dann fuhr er fort. »Am Abend der Wind, trägt dein Lied mit sich mit. Du singst von den Sommern am Schloss Avendar.«

»Es ... es ist wunderschön.«

»Genau wie du.« Er kam mir wieder näher.

»Halt mal!« Ich drückte ihn von mir weg. »Das Lied handelt von mir? Von dem Abend, als ich den Kinderreim gesungen habe?«

Er lachte. »Aber natürlich handelt es von dir. Was dachtest du denn?«

Ich hievte Dravit von mir, woraufhin er neben mir in die Wiese rollte und ich mich aufrichten konnte. »Ich habe schrecklich gesungen!«

»Das hast du«, stimmte er zu und zog mich an sich heran. »Aber ich singe lieber von deinen schönen Augen als von schiefen Tönen.«

»Geht es noch weiter?«, fragte ich.

»Lass mich überlegen ...« Er verengte den Blick. »Ein Zahn oben schief, die Nase leicht krumm?«

Ich verpasste ihm einen Schlag auf die Brust. »Das ist gemein!«

»Du wolltest doch, dass ich die ungeschönte Wahrheit singe. Aber, weißt du was? Ich liebe deinen schiefen Zahn und den kleinen Schwung in der Krümmung deines Nasenrückens. Und jedes einzelne Muttermal. Die drei auf deiner Wange, das auf deinem Hals und alle weiteren, die ich noch entdecken darf.«

Ich beugte mich über ihn, sodass uns mein Haar wie ein Vorhang vom Rest der Welt abschirmte.

»Und ich liebe deine Stimme«, sagte ich. »Egal ob du singst, lachst oder etwas ganz Banales sagst. Ich will, dass sie das Erste ist, was ich am Morgen höre und das Letzte, wenn ich am Abend einschlafe.«

»Es ist also egal, was ich sage?«, fragte er.

Ich nickte und ein Schmunzeln legte sich auf seine Lippen.

»Fischgrätensuppe?«, fragte er hämisch.

»Von mir aus.«

»Besenstil?«

Ich lachte.

»Hochzeit.«

Mir gefror das Lachen auf den Lippen und ich warf mich seufzend neben ihn in die Wiese. »Das vielleicht nicht gerade ...«

Dravit wandte sich mir zu. »Es ist mein Ernst«, sagte er. »In drei Tagen findet der Ball statt und Mutter ist erpicht darauf, dass ich mich an diesem Tag für eine Braut entscheide.«

»Ich weiß«, sagte ich trübsinnig.

»Weißt du auch, dass ich mich für dich entscheiden will?«

Mein Herz machte einen Satz und ich saß sofort wieder aufrecht. »Das ... das kannst du nicht! Du musst eine Adlige heiraten, um König werden zu können. So ist es Tradition und Gesetz. Die Königin würde nicht zulassen ...«

»Was soll sie denn dagegen tun, wenn ich vor der versammelten Adelsgesellschaft meine Verlobung mit dir verkünde? Dann muss sie es hinnehmen, wie es ist oder uns mit Schimpf und Schande aus dem Schloss jagen. Beides ist mir recht.«

Er ergriff meine Hände. Wir saßen uns gegenüber im Gras, über uns der wolkenlose Sternenhimmel und um uns herum bloß das Zirpen der Grillen. Mein Herz schlug mir bis zum Halse, es gelang mir nicht, auch nur einen klaren Gedanken zu fassen und alles, worauf ich mich konzentrieren konnte, war Dravits eindringlicher Blick. Warm und beruhigend ruhten seine Augen auf mir. »Ich will dich nicht hier fragen«, sagte er. »Nicht versteckt, nachts in diesem Garten. So sehr ich ihn und unsere heimlichen Treffen auch liebe. Du hast mehr verdient als das. Also antworte mir noch nicht. Überleg es dir gut. Wir kennen uns zwar schon ein Leben lang, haben aber erst wenige Wochen zusammen verbracht. Ich verstehe es daher, wenn du noch nicht soweit bist und ich werde dir auch keine Vorwürfe machen, wenn du die Wut der Königin nicht auf dich ziehen willst.«

»Das ist es nicht ...«, sagte ich mit erstickter Stimme.

Ich konnte mir einfach nicht vorstellen, dass eine so jähzornige und kaltherzige Frau wie die Königin die Verlobung ihres Sohnes mit einer Magd stillschweigend hinnahm. Dafür nahmen Traditionen und die Trennung von

Adel und Volk einen viel zu hohen Stellenwert in ihrem Leben ein. Uns davonzujagen, wäre in ihren Augen wahrscheinlich noch gnädig.

Ich wusste nicht, ob ich das meinen Eltern antun konnte – ob ich es ganz Avendar antun konnte. Ich würde dem Land seinen künftigen König rauben. Einen guten König, wie es ihn lange nicht mehr gegeben hatte. Wie hätte ich das tun können? Alles in mir schrie danach, Dravit mein Herz, meine Seele und meine Hand zu versprechen. Ich wollte den Rest meines Lebens an seiner Seite verbringen. Egal ob als Königin Avendars oder als die verarmte Frau eines umherziehenden Spielmanns. Aber es ging nicht nur um mich. Meine Antwort würde über das Schicksal des ganzen Landes entscheiden und es schnitt mir die Luft zum Atmen ab, wenn ich auch nur daran dachte.

Dravit beugte sich zu mir vor und küsste mich auf die Stirn. »Versprich mir nur einen Tanz«, bat er. »Und wenn es an dem Abend unser letzter sein wird.«

»Einen Tanz«, flüsterte ich und nickte kaum merklich.

***

Später an diesem Abend war diesmal ich es, die Tami aus ihrem Bett holte. Sie war noch immer nicht gut auf mich zu sprechen und ziemlich mürrisch. Dennoch folgte sie mir zu den Pferdestellen. Dort angekommen verlangte Juros nach meiner Zuwendung. Ich kraulte ihn hinter den Ohren, während Tami die Arme vor der Brust verschränkte.

»Also, was ist los?«, fragte sie. »Willst du mir gestehen, dass du dich immer noch heimlich mit dem Prinzen triffst? Das weiß ich nämlich schon längst und ich bin nicht die Einzige, die mitbekommen hat, dass du dich gerne mal wegschleichst und dir die Nächte um die Ohren schlägst. Deine dunklen Augenringe sind ja kaum zu übersehen.«

Ich wusste nicht, wo ich anfangen sollte. Ein Kloß steckte mir im Hals und in meinem Kopf herrschte noch immer Chaos.

»Dravit hat gefragt, ob ich ihn heiraten will«, brach es schließlich aus mir heraus.

Tamis Augen weiteten sich. »W-was? Aber …«

»Ich brauche jetzt eine Freundin und keine Vorwürfe«, erklärte ich. »Ich weiß nicht, mit wem ich sonst darüber reden soll. Du bist immer noch wütend, das ist mir klar, aber ...«

Sie legte ihre Hand an meinen Arm. »Vergessen wir das einfach. Er hat also wirklich um deine Hand angehalten?«

»Noch nicht.«

»Wie jetzt? Will er dich heiraten oder will er es nicht?«

»Er will mich auf dem Ball fragen.«

»Und was ist mit der Königin?«

»Ich weiß es nicht. Sie wird nicht gerade glücklich darüber sein.« Ich schlang mir die Arme um den Körper. Auch wenn es nicht wirklich kalt war, hatte mich ein eisiger Schauer ergriffen.

»Hmpf. Glücklich? Diese Frau?«, höhnte Tami. »Die Frau, von der man sich erzählt, sie wäre eine böse Hexe, die den König verzaubert hat, um Königin zu werden? Ach was, die freut sich bestimmt über eine Magd als Schwiegertochter.«

»Ich weiß nicht, was ich tun soll«, gestand ich ein. »Ich liebe ihn! Aber ich kann dem Land doch nicht seinen König wegnehmen.«

»Ich wünschte, ich hätte so viel Vertrauen in den Prinzen wie du«, sagte Tami. »Dann würde ich dir raten, deinem Herzen zu folgen und nichts auf das zu geben, was andere sagen oder denken. Aber er ist und bleibt ein Adliger. Du glaubst, dass du ihn liebst und vielleicht glaubt er ja tatsächlich, dass er ähnlich für dich empfindet. Nur kann sich das schnell ändern, wenn die nächste, hübsche Prinzessin um die Ecke kommt. Dann sind seine Versprechungen von heute schnell vergessen.«

»So einer ist er nicht«, sagte ich.

»Dann tu, was dein Herz dir sagt«, riet sie mir und presste die Lippen zu einem schmalen Lächeln zusammen, das schnell breiter wurde. »Malin, Königin von Avendar. Das hört sich doch gut an!«

Ich grinste. »Ziemlich ungewohnt.«

»Darf ich dann auch mal zu einem Ball?«

»Ich werde dir zu Ehren einen geben!«

»Und dann tanzen und lachen wir den ganzen Abend.« Sie hob ihren Rock, drehte sich im Kreis und trat das Stroh von sich, dass es hochflog und auf uns herabrieselte wie Blumen. Ich ergriff Tamis Hände und wir wirbelten gemeinsam durch den Strohregen, bis uns schwindelig wurde und wir uns lachend rücklings fallen ließen.

»Ich freue mich für dich«, sagte Tami und hielt meine Hand ganz fest.

Ich atmete tief durch. Ganz und gar waren meine Zweifel noch nicht zerstreut. Aber Tami hatte recht, ich durfte mich nicht von meinen Ängsten leiten lassen. Ich musste meinem Herzen folgen und das wollte nichts weiter, als Dravit zu gehören.

KAPITEL 15

Ich wurde das Lächeln nicht mehr los. Es lag mir auch noch am nächsten Morgen auf den Lippen, als ich die Stufen zum Schloss fegte. Mein Herz fühlte sich so leicht an, jeder meiner Schritte federte, als könnte ich schweben und ich hätte am liebsten getanzt und laut gesungen. Stattdessen summte ich nur leise Dravits Lied, ging beschwingt meiner Arbeit nach und versuchte, meine Ungeduld darauf, ihn am Abend wiederzusehen, irgendwie im Zaum zu halten.

Als eine Kutsche vorfuhr, schielte ich neugierig zum Hof. Ein Page öffnete die Tür und reichte einer jungen Adligen die Hand. Ihr blassrosa Kleid floss wie ein Schwall Blütenblätter über die Trittstufen der Kutsche. Ihre Haut erinnerte an Porzellan, ihre großen, wasserklaren Rehaugen leuchteten geradezu und ihr Haar sah aus wie aus Gold gesponnen. Sie war unheimlich schön und zog mich mit ihrer Anmut in den Bann.

Gegen so etwas sollte ich also bestehen? Mir wurde ganz anders, wenn ich daran dachte, dass solche Schönheiten den Tanzsaal füllen würden. Und ich unscheinbare Magd zwischen ihnen. Wie würden die Gäste reagieren, wenn sich Dravit für mich entschied?

»Kusch dich«, hörte ich die Königin zischen.

Ich war so in Gedanken und vom Anblick dieser unsagbar hübschen Prinzessin gefesselt gewesen, dass ich mitten auf den Stufen innegehalten und das Herannahen der Königin gar nicht bemerkt hatte. Eilig senkte ich den Blick und lief rückwärts aus dem Weg.

»Majestät«, murmelte ich leise.

Die Königin beachtete mich nicht. Sie schwebte in ihrem eleganten Gang auf die Prinzessin zu, die daraufhin so vornehm knickste, dass sie damit alle Blicke auf sich zog.

»Es ist mir eine Ehre«, sagte sie mit glockenklarer Stimme.

»Steh auf, mein Kind«, bat die Königin.

Die Prinzessin erhob sich, hielt ihren Blick aber ehrerbietend gesenkt.

»In Euch schlummert wahrlich eine Königin. Wollen wir hoffen, dass sich Prinz Dravit dessen bewusst ist.«

»Ihr seid zu gütig«, sagte die Prinzessin.

»Nun denn, folgt mir.« Die Königin wandte sich wieder dem Schloss zu, beide stolzierten sie an mir vorbei und verschwanden im Schloss. Ich widmete mich wieder dem Besen.

»Das muss Prinzessin Iolith sein«, sagte ein Dienstmädchen. Sie stand mit einem Korb Wäsche nicht weit von mir und unterhielt sich mit anderen Schlossangestellten. »Es heißt, sie und Prinz Dravit kennen sich von Kindertagen. Da muss es doch funken, oder?«

Der Page, der die Kutsche geöffnet hatte, nickte zustimmend. »So schön, wie sie ist, würde sich jeder ledige Mann darum reißen, sie zu heiraten. Ich sage dir, das ist unsere künftige Königin.«

Dravit kannte sie aus seiner Kindheit? Ich schaute wieder zum Schloss. Wie konnte das sein, wo er mir doch erzählt hatte, dass er nur von Dienstpersonal umgeben gewesen war? Bei uns am Schloss hatte ich sie jedenfalls noch nie gesehen, also musste er sie später kennengelernt haben. Vielleicht irrte sich das Dienstmädchen aber auch. Ich nahm mir vor, Dravit am Abend nach ihr zu fragen.

***

Den Rest des Morgens verbrachte ich damit, in der Küche auszuhelfen, danach schickte mich Mutter in den Kräutergarten Estragon und Zwiebeln ernten. Offenbar war die Leibspeise von Prinzessin Iolith Estragonsuppe und

Mutter war schon am Verzweifeln, weil sie keinerlei Erfahrungen mit diesem Gericht hatte.

Mit einem Korb und einer kleinen Sichel ausgerüstet machte ich mich auf dem Weg und begann, die Zwiebeln auszugraben. Bald schon hatte ich nicht nur Erde an den Händen, unter den Fingernägeln und bis hinauf zu den Ellbogen, sondern auch im Gesicht, weil ich mir den Schweiß weggewischt und über die juckende Nase gerieben hatte. Um mir nicht auch noch die Haare zu verdrecken, versuchte ich verzweifelt, eine Strähne aus meinem Gesicht zu pusten, als ich ein glockenhelles Lachen hörte.

Ich schaute mich um und entdeckte Prinzessin Iolith, vertraut in Dravit Arm eingehakt, wie sie durch die Gärten schlenderten. Der Anblick versetzte mir einen Stich und ich duckte mich hinter einen großen Busch, damit sie mich nicht sehen konnten.

»Ach, jetzt tu nicht so!«, forderte sie ihn lachend auf.

»Ich erinnere mich wirklich nicht mehr«, schwor er.

»Das kannst du unmöglich vergessen haben!« Sie löste sich, verstellte ihm den Weg und ergriff seine Hände. »Du und ich, das knisternde Kaminfeuer. Der Wein. Ich werde diesen Abend nie vergessen.«

»Du warst ja auch nicht so betrunken wie ich.«

Sie schmunzelte. »Du hast damals wirklich nicht viel vertragen. Das hat sich mittlerweile doch hoffentlich geändert.«

»Ich war kaum vierzehn Jahre alt. In dem Alter ist es nicht ungewöhnlich, wenn man nach einer Flasche Wein betrunken ist.«

»Eine halbe Flasche«, korrigierte sie ihn und schlang ihren Arm wieder unter seinen.

»Du hast doch kaum etwas angerührt.«

»Also erinnerst du dich doch.«

Ich wusste nicht, was ich denken oder fühlen sollte. Warum hatte mir Dravit erzählt, dass er nur seine Dienerschafft um sich gehabt hatte, wenn er in Wahrheit mit ihr befreundet gewesen war? Offenbar standen sich die beiden sehr nah. Die Prinzessin kuschelte sich ja regelrecht an ihn und Dravit wirkte nicht, als würde ihm das unangenehm sein.

Ich wollte einen Schritt zurückgehen, als die beiden weiterliefen und die Gefahr drohte, dass sie mich entdeckten. Dabei trat ich auf einen Ast, es knackste laut und ich erstarrte vor Schreck.

»Was war das?«, fragte die Prinzessin ängstlich.

»Wahrscheinlich nur ein Eichhörnchen«, meinte Dravit.

»Eine Rieseneichhörnchen? Schau lieber nach.«

Das hatte mir gerade noch gefehlt! Ich schob mich tiefer in die Hecke und zwängte mich zwischen den Ästen hindurch, in der Hoffnung, so ungesehen verschwinden zu können. Mehrmals blieb ich mit den Haaren im Geäst hängen und musste nun wirklich aussehen wie ein Troll, als ich auf allen Vieren auf der anderen Seite durch die Hecke ins Freie brach.

Ich wollte gerade aufstehen, als vor mir ein Rock und zwei polierte Stiefel auftauchten. Während ich durch das Dickicht gekrabbelt war, hatten die beiden die Hecke umrundet und standen nun direkt vor mir.

Dravit blickte zu mir herunter und schmunzelte. »Wie ich gesagt habe, nur ein Eichhörnchen.«

»Ein ganz schön dickes Eichhörnchen und verdreckt obendrein«, höhnte die Prinzessin. »Du hast doch nicht etwa deinen Prinzen belauscht?«

»Ich ... Ähm.«

Die Prinzessin schmiegte sich nah an Dravit und berührte mit ihren Lippen beinahe sein Ohr. »Dein Personal ist äußert neugierig.«

»Ich glaube nicht ...«, begann Dravit.

»Kräuter!«, stieß ich aus. »Ich habe Kräuter gesammelt.«

»Dann mach schön weiter damit«, forderte mich Iolith auf und ergriff Dravits Hand. »Kommst du?«

Sie zog ihn mit sich und ließ ihm nicht die Zeit, zu antworten oder auch nur ein Wort mit mir zu wechseln. »Ist das ein Irrgarten?«, fragte sie und verschwand zwischen den Hecken. »Wenn du mich fängst, gehört dir mein erster Tanz auf dem Ball.«

»Warte!«, rief ihr Dravit nach. »Du wirst dich verlaufen.«

Er warf mir einen gehetzten Blick zu, zuckte entschuldigend mit den Schultern und folgte ihr. Hinter den Hecken konnte ich die Prinzessin kichern hören.

Mit einem schweren Gefühl auf der Brust schaute ich ihm nach, dann wischte ich mir mit meiner Schürze die Erde aus dem Gesicht. Ihn so vertraut mit ihr zu sehen, fühlte sich schrecklich an. Und den beiden auch noch so zu begegnen: schmutzig, auf allen Vieren, mit zerrupftem Haar … Die Prinzessin war unbeschreiblich hübsch, vertraut mit Dravit und genau wie wir teilten die beiden Erinnerungen an ihre Kindheit miteinander. Zudem war sie keine Magd, sondern ganz im Gegenteil die erste Wahl der Königin.

Aber Dravit würde sich doch nicht so leicht von ihr umschmeicheln lassen. Er würde mich, sein Versprechen und was wir füreinander empfanden, nicht einfach vergessen. Tami glaubte das zwar, aber ich kannte ihn besser. Zumindest hoffte ich das und ich hoffte es auch noch, als ich nach Einbruch der Dunkelheit den verborgenen Garten betrat.

Von Dravit fehlte an diesem Abend jedoch jede Spur.

Ich wartete lange auf ihn, war fest davon überzeugt, dass er noch kommen würde und erlaubte es keinem anderen Gedanken, sich in meinem Kopf festzusetzen.

Bis ich so müde war, dass ich kaum noch die Augen offenhalten konnte, wartete ich.

Doch Dravit tauchte nicht auf.

***

Schon am nächsten Tag war überall im Schloss nur noch die Rede von Dravit und Prinzessin Iolith. Sie verbrachten ihre gesamte Zeit zusammen, schlenderten durch die Gärten, frühstückten gemeinsam auf der großen Schlossterrasse und es hieß, dass sie spät am Abend dabei gesehen wurden, wie sie sich in den Weinkeller geschlichen hatten. Während ich im verborgenen Garten auf Dravit gewartet hatte, war er also bei ihr gewesen.

Diese Erkenntnis lag so schwer auf meiner Brust, dass ich das Gefühle hatte, daran ersticken zu müssen. Lieber wäre ich wieder im Wald umzingelt von Banditen gewesen, als auch nur einen Moment länger in meinem Kopf verbringen, wo sich meine Gedanken nur um die beiden drehten. Ich malte mir aus, wie sie zusammen lachten, Wein tranken und alte Erinnerungen aufleben ließen. Ich wollte das nicht, konnte aber nicht anders. Fühlte es sich so an, eifersüchtig zu sein? Ich hätte mir dieses Gefühl am liebsten aus dem Herzen geschnitten. Ich hätte am liebsten gar nichts mehr fühlen wollen. Zu sehr tat es weh.

Den ganzen Tag über musste ich mir wieder und wieder anhören, wie gut die beiden zusammenpassten und was für eine anmutige Königin Iolith werden würde. Um dem Gerede zu entkommen und Tami aus dem Weg zu gehen, dir mir nur sagen würde, dass sie mich gewarnt hatte, bat ich Vater, mir die Arbeit im Schweinestall zu überlassen. Dort war ich ungestört, während ich den Trog schrubbte, ausmistete und die Schweine am Hang außerhalb der Schlossmauer hütete.

Am Abend lag ich mit offenen Augen in meinem Bett, starrte an die Decke und kämpfte gegen den Drang an, aufzuspringen und mich fortzuschleichen. Es hätte mir nur endgültig das Herz gebrochen, ein weiteres Mal im verborgenen Garten auf ihn zu warten, wohlwissend, dass er nicht auftauchen würde – dass er bei ihr war, die so schön und elegant, klug und liebreizend war. Sie, die alles war, was sich die Königin für ihren Sohn gewünscht hatte.

Ich wälzte mich lange hin und her, bis es mir endlich gelang einzuschlafen, nur um davon zu träumen, wie ich ewig im verborgenen Garten auf ihn wartete. So lange, bis der Sommer verstrich, die Blätter von den Bäumen fielen, Schnee fiel und mich, das Schloss und ganz Avendar unter sich begrub.

Ich schrie, als ich aus diesem Albtraum aufwachte, saß sofort aufrecht und atmete schwer.

»Was zur …!?«, stieß Vater aus, stolperte aus dem Bett und riss beinahe den Vorhang von der Decke, als er zu mir gestürzt kam. Er hatte sich im Stoff verheddert, hüpfte auf einem Bein und wäre beinahe auf mich gefallen.

Gehetzt schaute er sich um. In der Hand einen erhobenen Kochlöffel. »Was ist passiert?«, fragte er.

In seinem Rücken murrte Mutter, gähnte und streckte sich.

»Nur ein Albtraum«, versicherte ich ihm. »Wo hast du den Kochlöffel her?«

Er schaute sich den Löffel an, als würde er selbst nicht wissen, wie er in seine Hand geraten war. »Wenn du wüsstest, was deine Mutter schon alles im Halbschlaf mit ins Bett geschleppt hat.«

Mutter stand auf, schlürfte zu mir und tastete meine Stirn und Wangen ab. »Du bist eiskalt, Liebes. Kein Wunder, dass du einen Albtraum hattest.«

»Es ist wirklich eisig heute«, meinte Vater und schloss das Fenster. »Und das mitten im Sommer.«

»Leg dich wieder hin«, riet mir Mutter. »Schlaf noch ein wenig. Ich denke, ich gehe dann schon mal in die Küche. Schließlich geht die Sonne bald auf.«

»Tut mir leid, dass ich euch geweckt habe«, entschuldigte ich mich und rieb mir die Hände. Meine Brust war schon wieder so zugeschnürt und ich spürte, dass sich Tränen anbahnten. Ich wollte vor den beiden nicht weinen. Dann würden sie nur Fragen stellen, die ich nicht beantworten konnte.

»Schon gut«, wiegelte Mutter gähnend ab. »So laut wie dein Vater geschnarcht hat, habe ich sowieso nicht richtig schlafen können.«

»Das liegt nur an der trockenen Luft!«, verteidigte er sich.

»Ja, red dir das nur ein!« Sie schleppte sich müde zu ihren Kleidern und klopfte ihm im Vorbeigehen auf die Schulter.

Er packte sie an der Hüfte, zog sie mit einem Ruck an sich heran und sie schrie dabei erschrocken auf. »Ich könnte dich noch auf ganz andere Weise wachhalten«, raunzte er ihr verstohlen ins Ohr.

Mutter lachte und versuchte, sich halbherzig aus seinen Armen zu befreien, während ich mir die Decke bis über den Kopf zog und mich auf mein Kissen warf. Meine Eltern so zu sehen war peinlich genug, um mich meinen Albtraum vergessen zu lassen.

***

Im Aufenthaltsraum der Dienerschaft brannte an diesem Morgen Feuer im Kamin. Seit dem Frühjahr hatte es niemand mehr entzündet, aber die Nacht war wirklich kalt gewesen.

»Malin!«, rief mir Tami zu. Sie stand mit Katherin und zwei anderen Mädchen in einer Gruppe zusammen und schnürte sich gerade eine rüschenverzierte Schürze um. Ich legte die Stirn in Falten. Das war normalerweise nicht die Aufmachung der Küchenhilfen.

»Was ist los?«, fragte ich.

»Wir sind im Schloss eingeteilt worden«, antwortete Katherin, band sich ebenfalls die Schürze um und begutachtete, wie gut sie saß. »Wie steht mir das? Ich wäre doch ein hervorragendes Zimmermädchen, meint ihr nicht auch?«

»Du siehst aus wie immer«, sagte Tami abschätzig. Sie reichte mir ebenfalls eine Schürze. »Alle Mädchen sollen aushelfen. Die Kamine müssen entzündet werden. Von denen gibt es nämlich hunderte im Schloss und die Königin will, dass die alle brennen, damit ihre Gäste nicht frieren müssen.«

»Hunderte ist vielleicht ein bisschen übertrieben«, kicherte eines der Mädchen.

»Das geht doch in Ordnung für dich, oder?«, fragte mich Tami besorgt.

Katherin schnaubte verächtlich. »Als ob sie eine Wahl hätte.«

»Alles gut«, sagte ich, zwang mich zu einem Lächeln und band mir die Schürze um.

Gemeinsam machten wir uns auf den Weg.

»Nicht mal frühstücken konnten wir«, murrte eines der Mädchen auf dem Weg zu einem Dienstboteneingang ins Schloss.

»Worauf wetten wir, dass Prinz Dravit und seine Prinzessin längst schon am Frühstücken sind?«, sagte Katherin. »Während wir hungern müssen und die doppelte Arbeit haben, um im Schloss alles mollig warm zu machen, füttern sie sich wahrscheinlich gegenseitig mit gezuckertem Obst.«

Am Eingang wartete bereits eine ganze Schar Dienstmädchen auf uns. Eine ältere Dame drückte uns Schaufeln und Eimer in die Hände, dann teilte sie uns in kleine Gruppen auf. Ich war mit zwei Zimmermädchen für das obere Stockwerk des Westflügels verantwortlich. Weit weg von Dravit und der Gefahr, ihm über den Weg zu laufen. Die Zimmermädchen kannten den Weg und liefen voraus.

»So einen Kälteeinbruch hatten wir noch nie«, sagte eine der beiden.

»Und das gerade jetzt, wo die junge Liebe des Prinzen erblüht.«

»Jetzt wirst du aber schnulzig«, meinte die andere und kicherte.

Ich hätte mir am liebsten die Ohren zugehalten. Dabei wäre es wohl das Beste, wenn ich mich an so ein Gerede gewöhnte. Sollten Dravit und Iolith wirklich heiraten, musste ich es mir noch viel öfter anhören. Bei dem Gedanken stockte mein Atem. Eigentlich wollte ich solche Vermutungen nicht anstellen. Noch hatte ich nicht mit ihm gesprochen und es könnte ganz anders sein als es auf alle wirkte, aber weder mein Herz noch mein Verstand hörten auf mich. Es gelang mir nicht diese Gedanken abschütteln und zu verhindern, dass sie mich eifersüchtig, ja sogar wütend machten.

»Hast du gehört, dass die Prinzessin gestern gesehen wurde, wie sie noch spät in der Nacht in den Gemächern des Prinzen verschwunden ist?«, fragte das eine Mädchen mit gesenkter Stimme. Mein Inneres verkrampfte sich.

»Da bahnt sich doch nicht etwa ein Skandal an?«, mutmaßte die andere.

Ich schraubte meine Hände fester um den Henkel des Ascheeimers. Plötzlich sprang neben mir ein Fenster auf, eisiger Wind fegte in den Korridor und die beiden Mädchen erschraken. Eine von ihnen verschloss das Fenster schnell wieder.

»Brrrr«, bibberte die andere. »Lasst uns schnell die Kamine entzünden. Ich nehme das Zimmer hier, du das dort hinten und du –« Sie deutete auf mich. »Wie ist eigentlich dein Name?«

»Malin«, sagte ich leise.

»Ich bin Iria und das hier ist Tabatha. Du gehst am besten in das Zimmer gleich um die Ecke. Du weißt doch, wie man einen Kamin entzündet, oder Malin?«

»Ja, sicher.«

Wir teilten uns auf. Ich betrat das Zimmer, das mir Iria zugewiesen hatte und sank vor dem Kamin auf die Knie. Viel auszufegen gab es nicht. Immerhin brannten die Kamine schon eine ganze Weile nicht mehr. Dennoch wollte ich meine Arbeit gründlich machen und kroch bis zur Hüfte in die Feuerstelle, um auch die hintersten Ecken auszukehren.

»Wen haben wir denn da?«, hörte ich jemanden hinter mir sagen.

Ich schrak hoch, stieß mir den Kopf und hustete, weil ich Asche aufgewirbelt hatte. Neben mir waren Schritte zu hören. »Das ist doch das verdreckte Eichhörnchen, nicht wahr?«

Ich kroch aus dem Kamin und rieb mir den schmerzenden Hinterkopf. Neben mir stand Prinzessin Iolith in hohen Stiefeln, mit hochgestecktem Haar, breitkrempigem Hut und Lederhandschuhen. Die Gerte in ihrer Hand ließ mich darauf schließen, dass sie vorhatte auszureiten.

Ein verstohlenes Lächeln lag auf ihren Lippen.

»Verzeiht«, sagte ich und senkte den Blick. »Ich werde nur das Feuer entzünden, dann gehe ich wieder.«

Meine Hände ballten sich unwillkürlich zu Fäusten. Ruhig zu bleiben, während sie vor mir stand, kostete mich alle Mühe. Ich kannte sie nicht, sie war vielleicht ein guter Mensch, aber es fühlte sich an, als hätte sie sich zwischen mich und Dravit gedrängt. Das machte es mir nicht leicht, sie zu behandeln, wie es einer Prinzessin gebührte.

»Lass dir ruhig Zeit«, sagte sie abwinkend.

Ich widmete mich wieder dem Kamin, während sie zu einem Stuhl schlenderte und elegant auf die Kissen sank. Ihr Blick lag auf der Gerte, die sie zwischen den Fingern drehte, bevor sie wieder zu mir aufschaute. »Erzähl mir unterdes doch ein wenig von dir und Dravit.«

Ein Schauer durchfuhr mich. »Wie ...?«, fragte ich unbeholfen und hetzte mich damit ab, die Asche in den Eimer zu schippen. Woher wusste sie von uns? Mein Herz pochte mir bis zum Hals und ich wäre am liebsten schon fertig gewesen, damit ich das Zimmer endlich verlassen konnte.

»Du bist doch Malin, nicht wahr? Sein bester Freund, der sich als Mädchen entpuppt hat. Er hat damals viel von dir erzählt.«

»Hat er das?« In meinen Ohren rauschte es. Ich fühlte mich verraten, obwohl Dravit ja damals noch ein Kind gewesen war und nicht hatte wissen können, dass wir Jahre später zusammenfinden würden. Wieso hätte er nicht von unserer Freundschaft erzählen sollen? Trotzdem fühlte es sich unwirklich an, dass diese Frau, die als Adlige so viel höher stand als ich, von uns wusste.

»Wir hatten keine Geheimnisse voreinander«, ergänzte sie. »Über eine lange Zeit hinweg waren wir unzertrennlich und ich glaube, er hat mir von jedem eurer Abenteuer erzählt. Als ich gesehen habe, wie er dich im Garten angeschaut hat, wusste ich sofort, dass du es bist.« Sie deutete mit der Gerte an mir herunter. »Wenn du nicht so verdreckt gewesen wärst und wir dich nicht dabei erwischt hätten, wie du uns belauscht hast, hätte er uns bestimmt miteinander bekannt gemacht. Aber du warst ihm in dem Moment wohl peinlich. Verständlicherweise.«

Sie stand auf, kam zu mir gelaufen und ich stapelte schnell etwas Holz in der Feuerstelle, bevor ich aufstand. Ich wollte nicht vor ihren Füßen kauern, während sie mich von oben herab betrachtete.

»Ich weiß nicht, ob ich ihm peinlich war«, sagte ich und klopfte mir die Asche von der Schürze.

»Du musst dich auch nicht für das schämen, was du nun mal bist. Eine einfache Magd mit Dreck im Gesicht oder Asche im Haar. Das zeugt doch nur davon, dass du fleißig bist und anpacken kannst, nicht wahr?«

Ihre Worte versetzten mir einen Stich. Tat sie das mit Absicht? Zeigte sie mir auf, wo mein Platz war? Oder war das ein Versuch von ihr, freundlich zu sein?

»So ist es«, bestätigte ich.

»Siehst du? Wir beiden verstehen uns. Auch wenn wir in verschiedenen Welten leben. Genau wie du und Dravit. Traurig eigentlich.« Sie seufzte. »Jedenfalls freut es mich, dass wir uns persönlich kennenlernen konnten, jetzt, wo wir noch öfter miteinander zu tun haben werden.«

»Öfter?«, fragte ich.

»Aber ja! Du weiß es noch nicht, weil wir es bisher für uns behalten haben, doch ich denke, dir kann ich es verraten: Dravit hat um meine Hand angehalten.«

Mein Atem stockte. In meinen Ohren rauschte es und alles drehte sich. Das konnte nicht die Wahrheit sein! Das würde er mir nicht antun.

»Nein …«, stammelte ich, schüttelte ungläubig den Kopf und wich einen Schritt zurück.

»Was bist du plötzlich so blass um die Nase?«, fragte Iolith. Bildete ich mir das nur ein oder klang ihre Stimme mit einem Mal hämisch und gemein?

Ich atmete tief durch. »Es ist nichts«, behauptete ich. Dabei hätte ich ihr am liebsten an den Kopf geworfen, dass sie ihn nicht haben durfte. Sie war aus dem Nichts aufgetaucht und hatte sich zwischen uns gedrängt. Ich wusste nicht, auf wen ich wütender war. Auf sie, auf ihn oder auf mich, weil ich ihm geglaubt hatte. Weil ich ihm alles geschenkt hatte. Mein Herz, meine Liebe und mein Vertrauen.

Der Wind heulte im Kamin, ließ die Fensterläden klappern und es kam mir vor, als würde es im Raum um einiges kälter werden.

Auf Ioliths Lippen tauchte ein zufriedenes Lächeln auf. »Dann ist ja gut«, sagte sie.

Ich nickte. »Wenn Ihr mich jetzt entschuldigen würdet«, bat ich mit erstickter Stimme und zwang mich zu einem angemessenen Knicks vor ihr, die mir gerade offenbart hatte, dass sie bald schon meine neue Königin sein würde.

Ohne sie noch einmal anschauen zu können, stürmte ich aus dem Zimmer und wäre dabei beinahe mit Iria zusammengestoßen.

»Der Kamin brennt ja noch gar nicht!«, stellte sie fest.

Ich hörte sie kaum. Wie erstarrt stand ich im Korridor. Meine Hände zitterten, das Atem fiel mir schwer und es kam mir vor, als wäre alles um mich herum in die Ferne gerückt und still geworden. Als hätte die Musik der Welt aufgehört zu spielen.

Iria musterte mich argwöhnisch. »Also gut, ich kümmere mich darum«, sagte sie genervt und ließ mich stehen.

Alles war stumm, kalt und abweisend geworden und ich wusste, dass ich genauso werden musste, wenn ich nicht zusammenbrechen wollte. Wenn ich nicht weinend und schluchzend vor den Gemächern der künftigen Königin auf die Knie sinken wollte, musste ich mein Herz zu Stein werden lassen. Andernfalls hätte es mich zerstört.

KAPITEL 16

Bis zum Tag des Balls versuchte ich nichts und niemanden mehr an mich heran zu lassen. Mit hochgestecktem Haar, roter Farbe auf den Lippen und nacktem Hals, wo die Kette meiner Mutter hätte hängen sollen, betrat ich das Schloss. Trotz der Kälte, die Avendar mitten im Sommer heimgesucht hatte, war die Stimmung unter den Gästen fröhlich und ausgelassen. Die Kronleuchter glitzerten im Licht Dutzender Kerzen und leise Musik hallte durch den Vorraum.

Vielleicht behielt Tami am Ende ja recht und ich würde meine Gefühle für Dravit irgendwann vergessen. Ich hoffte es sehr, denn noch reichte nur ein Gedanke an unsere gemeinsame Zeit, um mir einen Stich zu versetzen und meinen Atem stocken zu lassen. Es gab so viel, was mich an ihn erinnerte und immer wieder fragte ich mich, wie er mir das antun konnte. Hätte er mich in seinen Gemächern nicht geküsst, hätte er mir nicht versprochen, mir einen Antrag zu machen. Es wäre alles anders gekommen.

Ich wusste nicht, wie ich es ertragen sollte, ihn an ihrer Seite zu sehen. Aber irgendwie musste ich diesen Ball überstehen.

Als ich den Tanzsaal betrat, hatten sich die meisten Gäste bereits eingefunden. Adlige in edlen Kleidern gleich neben Leuten aus dem einfachen Volk zu sehen, war ein ungewöhnliches Bild. Einige der reichen Damen schauten pikiert, es wurde viel getuschelt und man hielt Abstand voneinander. Die Königin beobachtete das Ganze mit Argwohn. Mit angespannter

Miene saß sie auf ihrem Herrschersitz am anderen Ende des Saals und wies gerade einen Diener ab, der ihr ein Getränk anreichen wollte.

Die Gäste aus Embird und der Umgebung wirkten teils aufgeregt, teils schienen sie sich fehl am Platz zu fühlen. Genauso wie auch ich am liebsten irgendwo anders gewesen wäre.

»Wo ist denn jetzt der Prinz?«, hörte ich jemanden sagen.

»Ich kann es kaum erwarten zu tanzen!«, sagte jemand anderes.

Ich schob mich durch die Menge, fing Gesprächsfetzen über das Wetter und die ungewöhnlichen Gäste des Prinzen auf und entdeckte schließlich Dravit, der sich mit ein paar Damen in einfachen Kleidern unterhielt. Ich erkannte sie als die Angestellten des Schneiders aus Embird. Von ihnen stammten die Banner in Landesfarben, die überall von den Wänden hingen. Die Damen wirkten ganz verzückt und ich war zufrieden, dass unser Plan aufging. Das Volk würde seinen Prinzen als gutmütigen, freundlichen Mann kennen und lieben lernen.

»Malin!«, rief mir jemand zu.

Ich schaute mich um und entdeckte Navena, die Tochter des Pferdewirts von Embird. Sie trug ein ausladendes, safrangelbes Kleid mit übermäßig vielen Rüschen, hatte ihre goldenen Locken zu einer aufwändigen Frisur hochgesteckt und sich die Lippen rosa bemalt. Sie winkte mir aufgeregt zu und zog damit nicht nur meine Aufmerksamkeit auf sich, sondern auch die einiger Adliger, die sie für ihr ungeniertes Verhalten missmutig beäugten.

Ich lief zu ihr und sie ergriff gleich meine Hände. Wir kannten uns kaum, aber so aufgeregt, wie sie war, schien sie einfach nur dankbar zu sein, ein bekanntes Gesicht zu sehen. »Wie schön dich hier zu treffen«, sagte sie. »Du siehst total hübsch aus! Wie eine von den Adligen.«

»Das Kompliment kann ich zurückgeben«, sagte ich. »Wo ist denn deine Schwester?«

»Oh, dort hinten treibt sie sich rum.« Navena ging auf die Zehenspitzen, um über die Köpfe der vielen Gäste hinweg sehen zu können. »Sie hat einen Baron oder so kennengelernt. Kannst du dir das vorstellen? Einen Baron!«

Ich schaute mich um und entdeckte Alina bei dem jungen Mann mit Halbglatze, mit dem ich auf dem letzten Ball getanzt hatte. Die beiden schienen sich gut zu verstehen.

»Und wo ist jetzt der Prinz?«, fragte Navena. »Meinst du, ich kann ihn zum Tanz auffordern?«

»Wenn Damenwahl ist, bestimmt«, meinte ich und deutete auf Dravit. Er unterhielt sich mittlerweile mit ein paar anderen Leuten. Offenbar wollte jeder die Gelegenheit nutzen, ihm für die Einladung zu danken. Gleich neben ihm stand Iolith und mir schnürte es die Brust zu, als ich sah, wie sie sich vertraut an ihn schmiegte. Mein Blick glitt zur Königin, die ihren Sohn ebenfalls beobachtete. Ein zufriedenes Lächeln lag auf ihren Lippen.

»Warte mal!«, stieß Navena verblüfft aus. »Den kenne ich doch. Er war mit dir auf dem Wochenmarkt.«

»Er wollte sein Volk kennenlernen«, erklärte ich.

Navena verengte den Blick. »Ihr wart aber ziemlich vertraut miteinander.«

»Es sollte niemand Verdacht schöpfen«, redete ich mich heraus. »Er wollte nicht als Prinz erkannt werden.«

Navena dachte einen Moment lang darüber nach, wirkte dann aber überzeugt und beließ es dabei. »Ich will ihn unbedingt kennenlernen. Stellst du mich vor?«

»Ich weiß nicht ...«

»Ach komm! Das schuldest du mir als Freundin.« Sie hakte sich unter meinem Arm ein und zog mich auf Dravit zu.

Dass wir Freundinnen waren, war mir neu. Mir fiel allerdings keine Ausrede ein, warum ich sie ihm nicht vorstellen sollte, also ließ ich es zu, dass sie mich quer durch den Saal schleifte. Bei Dravit angekommen, legte sich ein Lächeln auf seine Lippen, als er mich sah. Er öffnete den Mund und ich hatte keine Ahnung, wie er mich begrüßen wollte, also kam ich ihm zuvor und knickste tief, mit gesenktem Blick.

»Eure Hoheit«, sagte ich. »Wenn ich Euch Navena vorstellen darf, die Tochter des Pferdewirts aus Embird.«

Navena sog die Luft ein und versuchte sich ihrerseits an einem Knicks.

»Es ist mir eine so, so große Ehre! Wir kennen uns schon aus Embird. Ihr erinnert euch bestimmt nicht mehr an mich.«

»Aber sicher erinnere ich mich«, widersprach er.

»Wirklich?« Navena stand sofort wieder aufrecht.

»Darf ich dir Prinzessin Iolith vorstellen?« Er deutete auf seine Begleiterin.

»Eine echte Prinzessin?«, fragte Navena aufgeregt.

»Du bist mir aber eine Süße«, stellte Iolith fest. »Und dieses Kleid. Außergewöhnlich!«

Dravit schaute zu mir und tat das viel zu vertraut. Wie sollte es gelingen Gerüchte zu vermeiden, wenn er mich so anschaute? Ich mied seinen Blick, auch wenn es mir schwerfiel.

»Entschuldigt mich«, murmelte ich und ließ ihn und die anderen stehen. Ich drängte mich durch die Menge, auf das Buffet zu, das an einer Seite des Saals aufgestellt worden war. Es sah köstlich aus. Von gefüllten Eiern, über belegte Häppchen, bis hin zu tranchierter Gans, war alles zu finden.

Ich überlegte, mir einen Teller zu nehmen und ihn zu füllen, um beschäftigt zu wirken. Irgendetwas musste ich tun, um auf andere Gedanken zu kommen.

»Das Buffet ist noch nicht eröffnet«, sagte Dravit.

Mein Herz machte einen Satz und ich kämpfte gegen den Drang an, mich ihm zuzuwenden.

»Hast du unseren Plan vergessen?«, flüsterte ich ihm zu. »Wir wollten so tun, als würden wir uns nicht kennen.«

»In deiner Gegenwart vergesse ich alles.«

Mein Inneres verkrampfte sich. »Zum Beispiel, mir von ihr zu erzählen? Von *euren* Plänen?«

»Das ist wohl nicht der beste Ort, um darüber zu reden«, meinte er in ernstem Tonfall.

»Ach ja?« Ich wirbelte nun doch zu ihm herum. Augenblicklich sammelten sich Tränen in meinen Augenwinkeln und wusste sofort, dass das ein Fehler gewesen war.

Einige Blicke richteten sich bereits auf uns. Ich rannte davon, verschwand wieder in der Menge, lief in Schlangenlinien um ein paar Gruppen herum und hoffte, Dravit dadurch abhängen zu können. Nach allem, was geschehen war, konnte ich ihm einfach nicht gegenüberstehen und so tun, als würden wir uns kaum kennen. Ich konnte nicht vergessen, was Iolith zu mir gesagt hatte und auch nicht ausblenden, wie sehr es weht tat, ihn mit ihr zu sehen.

Ich warf einen Blick zurück und sah, dass er versuchte, mich einzuholen. In dem Moment erklang Musik und die Menge um uns herum teilte sich. Alle Gäste fanden sich am Rand des Saals ein, während ich wie erstarrt war. Denn das Lied, das die Geigen und Flöten des königlichen Orchesters spielten, war unser Lied. Es war sein Lied, das er mir gewidmet hatte.

Ich schaute mich nach Dravit um und entdeckte ihn am Rand der freien Tanzfläche, gleich neben Iolith, die höflich knickste und ihm ihre Hand anbot. Er nahm sie an und sie erhob sich wieder.

Am liebsten wäre ich davongestürmt. Zu sehen, wie er mit ihr zu unserem Lied tanzte, hätte ich nicht ertragen.

Die beiden wechselten ein paar Worte, dann ließ er sie stehen. Ich verstand nicht, was gerade vor sich ging. Meine Gedanken rasten, alles um mich herum schien zu verstummen und ich starrte wie unter Schock zu Dravit, der auf direktem Wege zu mir gelaufen kam. Vor mir angekommen verbeugte er sich.

Ich schaute mich unsicher um. Alle Blicke waren auf uns gerichtet, die Königin hatte sich aus ihrem Stuhl erhoben, funkelte mich wütend an und Iolith wirkte wie vor den Kopf gestoßen. Mir kam es vor, als wäre es im Saal kälter geworden. Ich konnte nur vermuten, dass es der Schrecken war, der von mir Besitz ergriffen hatte und mich zittern ließ.

Das war der Eröffnungstanz. Wie kam Dravit auf die Idee, ihn mit mir zu tanzen? Und was hätte ich anderes tun können, als seine Hand anzunehmen, als er sie mir entgegenstreckte?

Er führte mich in die Mitte der Tanzfläche. Mein Herz pochte so heftig in meiner Brust, dass es beinahe wehtat.

»Wieso tust du das?«, fragte ich mit erstickter Stimme.

»Ein Tanz steht mir zu«, erklärte er. »Hast du schon vergessen? Und wenn es unser letzter ist.«

Er zog mich an sich heran, ich schaute zu ihm auf und versank regelrecht in der Wärme seiner Augen. Mein Atem stockte. Ihn so nah bei mir zu spüren ließ mich alles andere vergessen. Es blieben nur wir, unser Lied und der Tanz, der uns über das Parkett schweben ließ. Die Kälte verschwand, die Musik der Welt erklang und verschmolz mit der Melodie unseres Liedes.

Die Wirklichkeit holte mich erst wieder ein, als sich uns weitere Tanzpaare anschlossen. Ich spürte ihre Blicke und die Fragen, die ihnen durch den Kopf gingen. Als die Musik endete, hielt ich es nicht länger aus. Ich verstieß gegen jede Etikette und rannte von der Tanzfläche, ohne mich von Dravit zu verabschieden. Ein Blick zurück verriet mir, dass ihm diesmal nicht die Gelegenheit blieb, mir zu folgen. Iolith hatte ihm den Weg verstellt und kam er nicht umhin, mit ihr zu tanzen.

Am Rand des Saals angelangt fand ich eine Terrassentür und stürzte nach draußen. Es war mittlerweile so kalt, dass sich mein Atem in Nebelfetzen vor mir abzeichnete. Ein Schauer durchfuhr mich, ich schlang mir die Arme um den Körper und schaute wieder zum Saal. Die Tanzfläche war gefüllt. Adlige tanzten neben einfachen Leuten, alle schienen sich zu amüsieren. Auch Iolith und Dravit, die ein hinreißendes Paar abgaben.

Vor mir schwebte etwas kleines Weißes vom Himmel. Eine Schneeflocke. Ich hob die Hand und fing sie auf. Wenn ich selbst doch nur so kalt gewesen wäre – so kalt wie der Winter – dann hätte ich den Schmerz, den ich mir aus dem Leib schneiden wollte, nicht spüren müssen.

Ich schloss meine Finger um die Schneeflocke und schaute wieder zum Schloss.

Wieso bloß hatte Dravit den Tanz mit mir eröffnen wollen? Wieso ausgerechnet mit unserem Lied? Hatte er geglaubt, mir damit einen Gefallen zu tun? Hatte es eine Art Abschied sein sollen? Ein letztes Dankeschön, für unsere gemeinsame Zeit? Ich wandte mich vom Anblick der fröhlichen, tanzenden Menschen ab, klammerte mich an das Geländer der Terrasse und versuchte nicht zu weinen. Es gelang mir nicht.

In meinem Rücken hörte ich, wie die Tür geöffnet wurde.

»Malin?« Es war Dravit.

»Wieso folgst du mir schon wieder?«

»Wieso rennst du schon wieder weg?« Er griff nach meinem Arm, drehte mich zu sich und wirkte überrascht, mich so traurig vorzufinden. Seine Hand legte sich an meine Wange. »Weinst du etwa?«

»Was denkst du denn?« Ich schob ihn von mir und wischte mir die Tränen weg.

»Das Lied sollte eine Überraschung für dich sein. Ich wollte dir damit eine Freude bereiten und jetzt siehst du aus, als hätte es dir das Herz gebrochen.«

»Das Lied hat mir mein Herz nicht gebrochen. Das warst du.«

»Malin ...« Er kam mir näher, doch ich wich vor ihm zurück. Ich konnte ihn nicht in meiner Nähe ertragen. Nicht einmal anschauen konnte ich ihn. Zu sehr tat es weh.

»Was auch immer ich getan habe ...!«, begann er.

»Verstehst du es denn wirklich nicht?«, warf ich ihm vor. »Kann jemand so blind sein? Du hast mir ein Versprechen gegeben, Dravit! Und kaum taucht sie auf, ist es vergessen. Du hättest wenigstens den Anstand haben können, es mir ins Gesicht zu sagen. Aber du bist ja lieber mit ihr im Weinkeller gewesen, statt mich im Garten zu treffen.«

Dravit schmunzelte. Ich konnte kaum glauben, dass er das tat. Ich schüttete ihm mein Herz aus und er fand das lustig? Es kam mir vor, als würde ein anderer vor mir stehen, als hätte ich ihn nie wirklich gekannt.

»Bist du etwa eifersüchtig?«, fragte er und hob die Brauen.

»Ich, eifersüchtig? Auf deine Verlobte? Das stünde mir gar nicht zu.«

Dravits Augen weiteten sich. »Warte! Wie kommst du darauf, dass sie und ich verlobt sind?«

»Sie hat es mir selbst gesagt.« Früher oder später hätte ich es ohnehin erfahren. Was glaubte er denn, wie lange er es vor mir hätte geheim halten können?

»Dann hat sie dich belogen«, sagte er.

Verwirrt schaute ich ihn an. »Wieso sollte sie?«

»Ich habe keine Ahnung. Aber Malin, glaub mir, ich habe nie auch nur mit dem Gedanken gespielt, ihr einen Antrag zu machen. Ich kenne sie doch kaum. Bevor sie am Schloss eingetroffen ist, haben wir uns nur einmal gesehen und das ist ewig her.«

»Aber …« Aus ihrem Mund hatte das alles ganz anders geklungen. Ich fand bloß keinen Grund, aus dem sie mich belogen haben sollte. »Sie kannte meinen Namen und wusste von unserer Freundschaft. Laut ihr habt ihr all eure Geheimnisse miteinander geteilt. Ihr wart unzertrennlich, hat sie behauptet.«

Er ergriff meine Hände. »Ich weiß nicht, was im Kopf dieser Frau vor sich geht, aber ich schwöre dir, ich bin ihr erst einmal begegnet und war selbst überrascht, wie vertraut sie mit mir umgeht. Ich habe Mutter versprochen, mich um die Gäste zu kümmern, also habe ich Zeit mit ihr verbracht. Es war bloß Höflichkeit, mehr nicht. Niemals würde ich sie heiraten. Mein Herz schlägt doch nur für dich.« Er hob meine Hände an, küsste sie zärtlich und alles in mir drängte darauf, ihm jedes Wort zu glauben. Aber ich konnte nicht so tun, als wäre der Schmerz nicht gewesen.

Es hatte unsäglich wehgetan, ihn mit ihr zu sehen. Es hatte mir das Gefühl gegeben, nichts wert zu sein – nur eine Magd zu sein, die in die Asche gehörte und nicht neben den künftigen König Avendars. Aber wenn er so vor mir stand, dann waren alle Unterschiede vergessen. Dann blieben nur wir beide und meine Gefühle für ihn, die mit jedem Tag stärker wurden.

»Du warst nicht da …«, sagte ich leise. »Im geheimen Garten. Zu unserem Treffen. Du bist nicht gekommen.«

»Und wenn ich könnte, würde ich es ungeschehen machen«, schwor er. »Ich habe die Zeit aus den Augen verloren. Am Abend darauf bist du gar nicht aufgetaucht. Ich bin davon ausgegangen, dass du Zeit brauchst, um über deine Antwort nachzudenken.«

»Das ganze Schloss hat über euch geredet. Überall hieß es, dass sie die künftige Königin sein wird und wie gut ihr doch zusammenpasst. Woher weiß sie so viel über dich und mich?«

Er überlegte, wirkte mit einem Mal ganz abwesend und ließ meine Hände los. »Vielleicht von Mutter. Vielleicht aber auch doch von mir. Ich kann mich nicht mehr gut an damals erinnern.« Er rieb sich die Schläfe.

»Was ist passiert?«, fragte ich und legte meine Hand an seinen Arm. Dravit zuckte zusammen, als hätte ihn meine Berührung aus einem Traum geweckt. Er trübes Lächeln huschte ihm über die Lippen, er nahm meine Hand und führte mich zu einer Bank, etwas abseits der Terrassentüren.

Als wir saßen, glitt sein Blick in die Ferne. Er brauchte eine ganze Weile, um sich zu sammeln und ich drängte ihn nicht. Obwohl es mir Angst machte, dass er sich so viel Zeit nehmen musste. Seit dem Tag seiner Rückkehr wusste ich, dass er etwas verbarg – nicht nur vor mir, sondern auch vor dem Rest der Welt und vielleicht sogar auch vor sich selbst. Wie schwer es ihm fiel, darüber zu sprechen, stand ihm deutlich ins Gesicht geschrieben. Ich nahm seine Hand, verschränkte meine Finger in seine und lehnte mich an seine Seite. Die Stille der Nacht umfing uns. Wenn er nicht hätte reden wollen, wäre das auch in Ordnung gewesen. Die Tatsache, dass mein weißer Achat an seinem Handgelenk hing, reichte mir schon aus, um all meine Zweifel zu vergessen.

»Wenn du …«, begann ich.

»Schon gut«, sagte er gefasst. »Es liegt ein paar Jahre zurück. Ich hatte mich längst an das abgeschiedene Leben auf dem Land gewöhnt. Mutter kam einmal im Monat zu Besuch und erkundigte sich über mein Befinden. Die Bediensteten waren gut zu mir, fast schon wie Freunde. Ich spielte oft mit einem der Stallburschen Schach und übte mich mit den Küchenjungen im Schwertkampf. Von meinen Lehrmeistern war mir Professor Farradon am liebsten. Er unterrichtete mich in Geisteswissenschaften, wir verbrachten viel Zeit in den Gärten, philosophierten über allmögliches, diskutierten manchmal hitzig. Er war der Einzige, der mich wie einen ebenbürtigen Menschen behandelt hat. Bei allen anderen hatte ich das Gefühl, dass sie zwar freundlich taten, aber auch Angst hatten, etwas Falsches zu tun oder zu sagen und dadurch ihre Stellung aufs Spiel zu setzen. Das machte es mir nicht leicht, auch wenn ich es gut nachvollziehen konnte. Wenn Mutter zu Besuch war, reichte nur ein unüberlegtes Wort aus meinem Mund und sie feuerte die halbe Belegschaft. Im Nachhinein denke ich, dass sie es nur gut gemeint hat.«

»Denkst du, dass sie ein schlechtes Gewissen hatte?«, fragte ich.

»Weil sie mit mir und meiner Erziehung überfordert war? Ja, das kann gut sein. Sie hat auf ihre Weise versucht, mir alles mitzugeben, was ich brauche, um ein guter König zu werden. Ich glaube, dass sie selbst schon zu lange einsam ist, um verstehen zu können, wie sich das für ein Kind anfühlt. Aber genug von ihr. Ich habe dir ja bereits erzählt, dass das Anwesen, auf dem ich gelebt habe, sehr abgelegen liegt. Es befindet sich nahe der Landesgrenze, ungefähr eine halbe Tagesreise von der nächsten Stadt entfernt. Von dort bekamen wir unsere Vorräte, sodass es nur eine Frage der Zeit war, bis sich Gerüchte darüber verbreiteten, wer in der Villa wohnte. Eines Tages flanierte ich wieder mit Farradon durch die Gärten, er wollte mir eine seltene Pflanze an der Grundstücksmauer zeigen. Als wir außerhalb der Sicht des Anwesens waren, entschuldigte er sich bei mir und ich verstand erst, warum, als ich von hinten gepackt und verschleppt wurde. Sie stülpten mir einen Sack über den Kopf und zerrten mich zu einem Loch in der Mauer.«

»Du wurdest wirklich entführt?« Ich war fassungslos. Er hatte das im Scherz gesagt und ich war mir die ganze Zeit über nicht sicher gewesen, was wirklich dahintersteckte.

Dravits Blick lag gedankenschwer auf unseren Händen. So getroffen, so verletzt, hatte ich ihn bisher noch nicht erlebt.

»Er hat mich verraten«, sagte er. »Ich wurde entführt. Sie haben mich wie den letzten Dreck behandelt. All ihre Wut auf meine Mutter und das Königreich haben sie an mir ausgelassen, mich getreten, geschlagen und bespuckt und ich konnte nur daran denken, dass ausgerechnet er mich verkauft hatte. Der einzige Mensch, der mir das Gefühl gegeben hat, mehr Wert zu sein als die Krone, die zu tragen ich geboren wurde.« Er wandte sich mir zu und ich konnte all den tief vergrabenen Schmerz sehen, den er begonnen hatte zu Tage zu tragen. Er lag in seinen Augen, im warmen Glanz darin und auch in seinem seichten Lächeln, das mir die Luft zum Atem nahm. »Außer du natürlich«, sagte er. »Du hast immer mich gesehen und nie die Krone.«

»Ich war damals noch zu jung, um den Unterschied zwischen einem Prinzen und einer Magd zu verstehen.«

»Ich verstehe ihn noch immer nicht.« Er lehnte seine Stirn an meine und ich schloss die Augen.

»Du musst nicht weitererzählen, wenn du nicht willst.« Es tat weh zu sehen, wie sehr er litt. Ich wollte nicht der Grund dafür sein, dass er das Vergangene noch einmal durchleben musste.

»Doch, das muss ich«, widersprach er und löste sich wieder von mir. »Ich will, dass du die ganze Geschichte kennst. Ich hätte sie dir schon viel früher erzählen sollen. Also, wo war ich?«

»Sie haben dich mitgenommen«, sagte ich mit beschlagener Stimme. Wie viel Angst er gehabt haben musste, konnte ich mir kaum ausmalen. Am liebsten hätte ich den Jungen von damals fest in den Arm genommen, um ihm etwas von dieser Angst zu nehmen. Stattdessen blieb mir nur, Dravits Hand fest zu drücken.

»Sie wollten Mutter erpressen und verschleppten mich dafür über die Grenze. In einem Karren denke ich oder einer Kutsche. Ich hatte die ganze Zeit einen Sack über dem Kopf, war geknebelt und bekam kaum Luft. Ich erinnere mich an das Poltern über eine holprige Straße, an die hämische Lache der Männer und ansonsten nur an Dunkelheit. Es vergingen ein paar Tage. Irgendwann quälten mich Hunger und Durst so sehr, dass ich glaubte, sterben zu müssen. Damit das nicht geschah, befreiten sie mich endlich von dem Sack und gaben mir etwas zu essen. Ich war in einer Hütte im Wald eingesperrt. Meine Hände waren zwar noch gefesselt, aber da ich nun endlich wieder sehen konnte, schmiedete ich Fluchtpläne. Als die Männer nach zu viel Met und ausgelassener Feierlaune eingeschlafen waren, nahm ich meinen Mut zusammen. Mit den Zähnen löste ich den Schlüssel zur Tür vom Gürtel des Anführers. Noch nie in meinem Leben habe ich solche Angst gehabt. Ich habe am ganzen Leib gezittert, weswegen der Schlüssel unentwegt klapperte und die Männer in ihrem Schlaf unruhig wurden. Aber es gelang mir, die Tür aufzuschließen und ins Freie zu stürzen. Ich habe dir davon erzählt, wie ich in die Grube mit Brennnesseln gefallen bin?«

Ich nickte nur, weil mir die Worte mit Hals steckengeblieben waren.

»Ich war damals nicht auf der Flucht vor meinen Hauslehrern und es waren auch nicht die Bediensteten, die mich fanden. Es war ...«

»Iolith?!«, stolperte es aus mir heraus. Ich bereute, ihn unterbrochen zu haben, aber der Gedanke, dass sie nach dieser Hölle für ihn dagewesen war, erklärte einiges.

Dravit bejahte meine Vermutung mit einem Nicken. »Diese Hütte lag auf den Ländereien ihres Vaters. Sie fand mich halb erfroren, gefesselt und von Schlick bedeckt, brachte mich zu sich nach Hause, ließ die Männer, die mich entführt hatten, verhaften und schickte eine Nachricht an meine Mutter. Wie gesagt erinnere ich mich nicht mehr an viel. Ich war übel zugerichtet, halb verhungert und fiebrig. Aber ich weiß noch, dass sie an meiner Seite war und ich mich mit ihr verbunden gefühlt habe. Sie war genauso einsam wie ich. Ein junges Mädchen, ganz allein auf einem riesigen Anwesen. Eine Prinzessin, abgeschottet von der Welt, wie in einem goldenen Käfig eingesperrt, während ihr Vater auf Reisen war und sie nicht wusste, wann und ob er zurückkehren würde. Es kann gut sein, dass ich ihr viel erzählt habe. Vielleicht habe ich ihr im Fieberwahn und angetrunken von dem Wein aus ihrem Becher sogar Dinge versprochen, an die ich mich heute nicht mehr erinnern kann. Dinge, die sie noch gut im Gedächtnis hat, an die sie sich geklammert hat, während ich versucht habe zu vergessen. Es waren drei Tage. Dann kam eine Kutsche, um mich abzuholen. Ich weiß nicht einmal, was mit Farradon passiert ist. Iolith habe ich nie wiedergesehen. Mutter hat meine Wachen verdoppeln lassen und bald schon war alles wie bisher. Als wäre nie etwas geschehen.« Er legte den Kopf in den Nacken und schaute hinauf zu den Sternen. »Und doch war alles ganz anders. Wie hinter einem Schleier. Ich denke, damals hat es begonnen. Von da an lernte ich zu hassen, was mich berührte: Musik, Lachen, Tanz. Ich ertrug das alles nicht mehr, bis du wieder in mein Leben getreten bist.« Er wandte sich mir zu. »Du hast Licht in meine Dunkelheit gebracht, Malin. Musik in die Stille.« Seine Hand legte sich sanft an meine Wange, ich schloss die Augen und schmiegte mich an seine warme Haut. Er tat gerade so, als hätte ich ihn gerettet. Dabei war er doch die Melodie, in die meinem Herzen widerklang. Er war es, der es höherschlagen ließ.

»Ich wünschte, ich könnte das alles von dir nehmen«, sagte ich.

»Aber das hast du doch.« Er beugte sich zu mir vor, seine Hand glitt in mein Haar und seine Lippen legten sich auf meine. Ich öffnete den Mund und ließ mich auf den Tanz unserer Zungen ein. Mein Herz überschlug sich schier, ein warmer Schauer durchfuhr meinen Körper von den Ohrenspitzen, bis hinunter in die Zehen und ich zog Dravit näher an mich heran. Aller Schmerz und alle Wut waren vergessen.

KAPITEL 17

Wir saßen eine lange Zeit auf der Bank, abseits des Festes, und überließen die Welt sich selbst. Am liebsten wäre ich nie wieder zurückgekehrt. Ich wollte mich weder Iolith noch der Königin stellen müssen. Genauso wenig wie den Blicken des Adels, wenn sie Dravit und mich Hand in Hand sahen.

Es war kalt, ich zitterte und Dravit rieb meine frierenden Hände. »Wir sollten wieder reingehen«, schlug er vor.

»Noch nicht«, bat ich.

Er lächelte, beugte sich zu mir vor und küsste mich zärtlich auf die Lippen. Jedes Mal, wenn er das tat, war es, als würde alles um uns herum in Schweigen verharren und erst das Klappern der Terrassentür riss mich zurück in die Wirklichkeit. Erschrocken schaute ich zum Schloss und sah Iolith vor uns stehen.

Fassungslos starrte sie uns an. »Wie kannst du es wagen?«, fuhr die Dravit an.

Er stand auf und hob beschwichtigend die Hände. »Beruhige dich erst einmal. Ich verstehe jetzt, dass du unsere gemeinsame Zeit anders bewertet hast als ich. Wenn ich dir damals etwas versprochen haben sollte …«

»Das hier wird nicht passieren!«, entschied sie und deutete auf uns beide. »Ich habe zu viel investiert, um mein Anrecht auf den Thron Avendars an diese … diese dreckige kleine Magd abzutreten.«

Dravit tat einen Schritt auf sie zu, doch ich erhob mich ebenfalls und legte ihm die Hand auf dem Arm, um ihn zurückzuhalten. Ihre Worte taten weh, aber ich konnte auch verstehen, wie verletzt und verraten sie sich fühlen musste.

»Lass es ihn erklären«, bat ich sie.

»Du wagst es, mich direkt anzusprechen?«

»Sie hat jedes Recht dazu«, sagte Dravit.

»Nein«, widersprach Iolith. »Ich habe jedes Recht! Ich habe mein ganzes Leben darauf ausgerichtet, den Thron an deiner Seite zu besteigen. Sie wird mir das nicht nehmen. Und du genauso wenig.« Wut funkelte in ihren Augen. Sie hob die Arme, krümmte ihre Finger und ich schrak zurück, als ich sah, wie eisiger Nebel um ihre Hände aufzog. Sie war eine Hexe! Ich konnte es kaum glauben. Oft schon hatte ich Geschichten gehört, aber die hatten immer so fern und unwirklich geklungen. Mit eigenen Augen zu sehen, wie jemand Magie wirkte, ließ mich vor Angst erstarren.

Dravit wollte sich schützend vor mir aufbauen, doch ich trat einen Schritt vor. »War das der Grund für deine Einsamkeit?«, fragte ich. »Hat dein Vater dich vor der Welt verstecken wollen? Und dann hast du Dravit gefunden und dich nicht mehr so verlassen gefühlt, nicht wahr?«

»Schweig!« Sie tat eine schnelle Bewegung mit der Hand und ich schrie, als mich die Kälte traf und zu Boden schleuderte.

Dravit eilte zu mir, doch Iolith war schneller. Sie baute sich vor ihm auf, presste ihre Hand auf seine Brust und sein Atem stockte. Ich hörte ein Knistern und Knacksen, wie knirschendes Eis.

»Aufhören!«, schrie ich, aber Iolith beachtete mich gar nicht.

»So ist das also«, sagte sie. »Ich weiß nicht, wie es dir gelungen ist, den Zauber zu brechen, aber glaub ja nicht, dass ich ihn kein zweites Mal aussprechen kann. Dein Herz gehört mir. Es hat mir vom Tag unserer ersten Begegnung an gehört.«

Dravit packte sie an den Schultern, stieß sie von sich und rang nach Luft. »Du hast mich damals verhext«, presste er hervor und sackte auf ein Knie.

Ich rappelte mich auf und kroch zu ihm. »Alles gut?«, fragte ich.

Er nickte schwerfällig.

Iolith lag vor uns am Boden und starrte ungläubig auf ihre Hände. »Es hätte funktionieren müssen …«, murmelte sie.

»Komm.« Dravit stand auf, half mir hoch und wir liefen an Iolith vorbei zum Schloss. »Die Wachen sollen sich um sie kümmern.«

Ich stand wie neben mir und versuchte, mir einen Reim aus allem zu machen. Der plötzliche Schmerz, den Dravit in seiner Brust verspürt hatte, die Abneigung allem gegenüber, was sein Herz hätte berühren können, die Kälte, die tief in ihm geruht hatte. Das alles war nicht den schmerzhaften Erlebnissen von damals zuzuschreiben gewesen. Es war Ioliths Magie gewesen. Sie hatte sein Herz zu Eis erstarren lassen und wohl geglaubt, es noch genauso vorzufinden.

Den Thron hatte sie besteigen wollen. Stattdessen kauerte sie nun geschlagen und dem Wahn nahe am Boden, starrte mit weit aufgerissenen Augen auf ihre Hände und brabbelte unverständlich vor sich hin.

»Warte«, sagte ich und blieb stehen. War die Kälte, die ganz Avendar in den letzten Tagen heimgesucht hatte, auch ihrer Magie zuzuschreiben? Wenn dem so war, wie mächtig musste sie dann sein? Ich wandte mich ihr wieder zu und erstarrte, als ich sah, dass sie sich bereits aufgerichtet hatte.

Die Wut, die ich in ihren Augen funkeln gesehen hatte, war zu blankem Hass umgeschlagen. Jede Faser ihres Körpers strahlte Entschlossenheit aus und mir blieb nicht einmal mehr die Zeit, Dravit zu warnen, bevor sie schreiend die Arme ausbreitete und wir beide von einer Welle reinster Magie getroffen wurden.

Ich hörte Glas zerspringen und schlug hart auf dem Boden auf. Dravit gleich neben mir, um uns herum die Splitter der zerstörten Terrassentüren. Die Gäste im Tanzsaal schrien panisch und Schritte knirschten im Glas, als sich uns Iolith näherte.

»Mit welchem Zauber hast du ihn an dich gebunden?«, fragte sie mich.

Ich stemmte mühsam meinen Oberkörper hoch. Mir tat jeder Knochen im Leib weh, meine Arme und Beine waren mit Schnittwunden übersäht. »Zauber?«, fragte ich.

»Was geht hier vor?«, verlangte die Königin zu erfahren.

Wachen näherten sich dem Geschehen und Iolith deutete auf mich. »Diese Magd hat unseren Prinzen verhext. Er steht unter ihrem Bann.«

»Sie lügt«, sagte Dravit und stand auf.

»Und was ist dann das?«, fragte Iolith, packte sein Handgelenk und entriss ihm die Achatkette. »Ein magisches Artefakt, dass das Herz des Prinzen an sie ketten soll. Diese unwürdige Bedienstete hat versucht, die Krone Avendars an sich zu reißen!« Sie warf die Kette von sich, sie schlitterte ein Stück weit über den Boden und die Menschen wichen ihr erschrocken aus.

»Es ist nur ein Schutzamulett, weiter nichts«, erklärte ich.

Dravit riss sich von Iolith los, die daraufhin auf mich deutete. »Sie gibt selbst zu, dass es von ihr stammt.«

»Die Prinzessin ist die Hexe«, sagte Dravit. »Verhaftet sie!«

Iolith schmunzelte überlegen. »Das ist nur ihr Zauber, der aus dir spricht«, säuselte sie versöhnlich, kam ihm näher ehe er reagieren konnte, hatte sie ihm erneut eine Hand auf die Brust gepresst.

»Nein!«, stieß ich aus.

Wieder stockte Dravits Atem. Seine Augen weiteten sich und diesmal gab es nichts, dass ihn vor der Magie schützte, diesmal würde sie sein Herz zu Eis erstarren lassen. Ich rappelte mich auf, sah die ängstlichen und argwöhnischen Blicke, die auf mich gerichtet waren und begriff, dass die Menschen ihr Glauben schenkten. Iolith verdrehte die Wahrheit, verdrehte sein Herz und war kurz davor zu gewinnen.

Ich stürzte voran, wollte mich zwischen sie und Dravit drängen, doch ein Wachmann hielt mich auf. »Nicht!«, schrie ich.

Dravit stieß Iolith von sich. Sie stolperte zurück, wäre beinahe gestürzt und weitete fassungslos ihre Augen. »Aber, wie …?«, stammelte sie.

»Festnehmen«, verlangte Dravit und wandte sich dann mir und dem Wachmann zu. »Lasst sie sofort los.«

Iolith begann zu lachen. Erst leise, dann immer lauter, ausgelassen, fast schon wahnsinnig. Sie warf den Kopf in den Nacken und wehrte sich nicht, als sie von zwei Wachmännern ergriffen wurde. Ganz plötzlich hörte sie auf zu lachen und starrte Dravit an. »Du liebst dieses Gör«, sagte sie. »Das also hat meine Magie unwirksam gemacht. Die ganze Vorbereitung war umsonst.«

Die Königin näherte sich uns. »Wovon spricht sie?«, verlangte sie zu erfahren.

Dravit nahm meine Hand.

»Das ist noch nicht vorbei«, verkündete Iolith. »Dieses Land steht mir zu! Avendar wird mir gehören.«

Die Königin musterte sie abwertend. »Das glaubst du wirklich? Nach diesem Auftritt? Niemand hier wird das so schnell vergessen haben, meine Liebe.«

»Vergessen? Oh doch! Ihr werdet alles vergessen. Ganz Avendar wird sich nur an eines erinnern. An mich! An eure einzige und wahre Königin.« Während sie das sagte, heulte der Wind durch den Saal. Es wurde unsäglich kalt, ich begann zu zittern und mein Atem ging schneller. Als ich sah, wie Ioliths blondes Haar Strähne um Strähne in Weiß erblasste, wie sich ihre Hände zu Fäusten ballten und sie ihren ganzen Körper anspannte, wusste ich, dass wir ihre Magie bei Weitem unterschätzt hatten.

Dravit reagierte sofort, entriss einem der Wachen sein Schwert und wollte Ioliths Wirken damit ein Ende setzen, doch er erstarrte in der Bewegung, als sich Eiskristalle über die Klinge hinweg direkt auf ihn zubewegten. Sie erreichten seine Hand und er schrie vor Schmerz. Er ließ das Schwert fallen, sackte auf die Knie und hielt sich das Handgelenk.

Iolith riss sich los, schleuderte die Wachen mit einer einzigen Bewegung ihrer Arme von sich, und ließ dabei alles links und rechts von sich zu Eis erstarren. Die Wachen, die Tische, jeder, der es nicht schaffte auszuweichen.

»Flieht!«, rief ich den Gästen zu. »Raus hier!«

Sofort brach Panik aus. Die Türen wurden aufgerissen und jeder versuchte, der erste zu sein, der den Thronsaal verließ. Ich sah Navena und Alina unter den ersten von ihnen.

»Stehen bleiben!«, schrie Iolith, breitete noch einmal die Arme aus und ließ den Boden bis hin zum Rand des Saals unter Eiskristallen verschwinden. Niemand der verbliebenen Gäste regte sich mehr, niemand konnte auch nur einen Schritt tun, weil unsere Füße festgefroren waren. Ich versuchte vergebens, mich zu befreien.

Nur das Knistern von Glas und Eis sowie der gehetzte Atem der verängstigten Gäste war zu hören, als sich Iolith dem knienden Dravit näherte.

»Nur dich lasse ich nicht vergessen«, entschied sie. »Diesmal wirst du dich an alles erinnern.«

Sie hob die Hand.

»Nein!«, stieß ich aus.

Ruckartig wandte sie mir den Kopf zu. »Zu dir komme ich noch«, sagte sie und schaute wieder zu Dravit. Mit zwei Fingern berührte sie seine Stirn und ich musste mitansehen, wie sich Eiskristalle auf seiner Haut bildeten. Der Zauber ergriff Besitz von ihm, das Feuer in seinen Augen erlosch und eines davon färbte sich in eisiges Blau, nachdem das Eis sein halbes Gesicht überwuchert hatte.

»Aufhören!«, schrie ich und schluchzte. »Bitte, hör auf!«

Iolith schnaubte genervt, löste meine Hand von Dravit und er sackte kraftlos vornüber. »Du kannst es wohl nicht abwarten, an der Reihe zu sein.« Sie richtete ihre Hand auf mich und was folgte, war Dunkelheit.

ABSCHNITT 3

Das Erwachen

KAPITEL 18

Wie eine Flut hatten mich die Erinnerungen überrollt. Ich bekam kaum Luft, so überwältigend war die Welle an Bildern und Gefühlen. Alles war wieder da. Ich wusste mit einem Mal, wer ich war, wer meine Eltern waren, dass die wahre Königin zur Kammerdame degradiert worden war und auch, wer vor mir saß.

»Dravit!« Meine Stimme war wie erstickt, ich zitterte und starrte ihn mit weit geöffneten Augen an.

Was hatte sie ihm bloß angetan? Wie hatte es nur so weit kommen können? Durch das Eis auf seiner totenblassen Haut war es ihm nicht möglich, auch nur eine Regung zu zeigen. Lediglich eine Träne rollte ihm über die Wimpern und erstarrte auf seiner Wange. Ich umfasste sein Gesicht mit beiden Händen. Er fühlte sich so kalt an, dass es mir einen Schauer über den Rücken jagte. »Du bist noch da drin, nicht wahr? Du musst tun, was sie sagt, aber du bist noch du selbst. Du erinnerst dich, während alle anderen vergessen haben. Ich habe dich vergessen.«

Er senkte den Blick, löste seinen Handschuh und auch die Finger, die darunter zum Vorschein kamen, waren von Eiskristallen überzogen. Als er seine Hand an meine Wange legte, kroch mir die Kälte bis tief ins Innere. Dennoch schmiegte ich mich fest an ihn. Ich ignorierte den Schmerz, den die Vereisungen bei mir auslösten, schloss die Augen und meine Tränen liefen ihm über die Haut.

Es musste einen Weg geben, ihn und ganz Avendar von diesem Fluch zu befreien. Iolith durfte nicht gewonnen haben.

Dravit zog mich an sich heran und hielt mich fest, als würde er all die Umarmungen nachholen müssen, die uns in den letzten Monaten nicht vergönnt gewesen waren – als würde er befürchten, mich zu verlieren, kaum dass wir uns wieder voneinander lösten. Ich verstand diese Angst sehr gut. Ich spürte sie ebenfalls.

»Ich habe dich ein Monster genannt«, sagte ich. »Es tut mir so leid.«

Dravit schob mich sanft von sich, strich mir mit dem Daumen über die Wange und schüttelte schwerfällig den Kopf. Selbst das schien ihm kaum möglich zu sein. Wie hielt sie ihn bloß am Leben? War alles, was ihn aufrecht hielt, nur der Fluch, den sie über ihn gelegt hatte? Dieser Gedanke schnürte mir die Kehle zu. Wieder füllten Tränen meine Augen und ließen das Bild vor mir verschwimmen.

»Sie hat dein Herz zu Eis erstarren lassen ...«, kam es mir wieder in den Sinn. »Damals, als ihr noch Kinder wart, hat sie dich verflucht, aber ihr Plan ging nicht auf. Dein Herz ist aufgetaut.«

Ich erinnerte mich, dass ich kurz nach seiner Rückkehr ans Schloss geglaubt hatte, sein Herz würde so ruhig schlagen, dass ich es nicht spüren konnte. In Wahrheit war es zu diesem Zeitpunkt noch gefroren gewesen. Erst nach und nach war es aufgetaut.

Bei den Gedanken legte ich meine Hand an seine Brust und spürte die Wärme, die von ihr ausging. Ich spürte sein Herz schlagen. Iolith mochte mächtig sein, aber eines gab es, dass selbst sie nicht besiegen konnte: unsere Liebe zueinander.

Ich richtete mich weiter auf, kam Dravit näher und küsste ihn. Die Kälte ging augenblicklich auf mich über. Ich spürte, wie sich Eiskristalle auf meinen Lippen bildeten, wie mir der Fluch bis auf die Knochen kroch, mit jedem Atemzug meine Lunge füllte und sich das Eis knisternd einen Weg über meine Haut bahnte. Im Augenwinkel sah ich, dass erste Strähnen meines Haars die Farbe von Schnee annahmen. Dravit wollte mich von sich schieben, doch ich wäre lieber in seinen Armen zu Eis erstarrt, als ertragen zu müssen, ihn so leiden zu sehen. Vielleicht gelang es mir, den Fluch auf mich zu nehmen und ihn zu befreien. Ich vergrub meine Finger im Stoff seines Hemds und wollte ihn festhalten, aber er packte mich an den Schultern und drückte mich weg.

Schwer atmend starrte er zu Boden und als er zu mir aufschaute, waren seine Lippen leicht geöffnet und seine Haut wirkte nicht mehr ganz so blass. Ich hätte ihn am liebsten erneut geküsst, um den Fluch endgültig zu brechen. Dravit ließ das jedoch nicht zu.

»Warte«, bat er heiser und hielt mich weiter auf Abstand.

Er konnte sprechen! Ich hätte schreien, singen und tanzen können vor Glück. Es war unsere Liebe gewesen, die den geheimen Garten vor Ioliths Einfluss beschützt hatte. Auch wenn die Erinnerungen erloschen waren, hatte ich meine Gefühle für ihn die ganze Zeit über in mir getragen. Sie hatte im Klang der Melodie unseres Liedes die Lichtung im Wald aufgetaut und sie würde ihn endgültig befreien können, wenn er es nur zuließ.

»Sie wird merken, dass ihr Zauber nachgelassen hat«, warnte er.

»Aber wir müssen sie aufhalten!«

»Nur weißt ich nicht wie. Sie hält ganz Avendar als Geisel und du weißt nicht, wozu sie noch fähig ist. Du weißt nicht, was sie mit denen getan hat, die gegen sie gehandelt haben und was mit dem Land und den Menschen geschieht, wenn ich mich ihrem Willen nicht beuge.«

Die Verzweiflung, die sich in seiner Mimik abzeichnete, nagte an der Hoffnung, die in mir aufgekeimt war. Ich hatte das Gefühl, keine Luft mehr zu bekommen, während ich beobachten musste, wie ihm die Eiskristalle erneut über die Haut krochen. Mit Schrecken sah ich, dass die Farbe in mein Haar zurückkehrte und zeitgleich aus seinem Gesicht wich.

»Nein!«, stieß ich aus.

»Schon gut«, sagte er leise. »Alles ist gut.«

Aber das war es nicht. Das war es ganz und gar nicht. Ich wollte nach ihm greifen, ihn erneut küssen, den Fluch auf mich nehmen, wenn es nicht anders ging, aber Dravit stand auf.

»Das lasse ich nicht zu!«, schrie ich und rappelte mich ebenfalls auf die Füße. Ich hielt ihn fest, wollte ihn zwingen, wenn es nicht anders ging, mich die

Magie brechen zu lassen, die ihn zu ihrem Sklaven machte. Dravit wusste das abzuwenden, indem er mich an sich heranzog, seine Arme und meinen Körper schlang und mich festhielt. Vergebens versuchte ich, von ihm loszukommen.

»Ich bin so froh, dich wieder zu haben«, sagte er. Seine Stimme klang leise und kraftlos. Fast so, als hätte er sich bereits weit von mir entfernt.

Ich schmiegte mich an ihn, klammerte mich an ihm fest und schluchzte leise. Es durfte nicht sein, dass sie gewonnen hatte. So durfte das zwischen mir und ihm nicht enden.

Ein Geräusch, wahrscheinlich nur ein Vogel, zog unsere Aufmerksamkeit auf sich. Wir schauten zu den Hecken, in denen es geknackst hatte und als ich mich Dravit wieder zuwandte, verbarg er sein Gesicht unter der Maske.

»Du gibst nicht auf, oder?«, fragte ich.

Er schüttelte den Kopf.

»Und wir sehen uns wieder«, entschied ich. »Morgen, bei Sonnenuntergang, hier im Garten. Dann schmieden wir einen Plan, um sie zu besiegen.«

Er nickte und es kam mir vor, als würden seine Augen funkeln. Da war eine Wärme in ihnen, die ich zuvor nicht gesehen hatte. Sie zauberte mir ein trübes Lächeln auf die Lippen, machte mir aber auch Angst. Was, wenn Iolith diese Veränderung an ihm ebenfalls wahrnehmen konnte?

Dravit trat von mir zurück und verbeugte sich, als wäre ich die Königin Avendars. Dann ging er und ich blieb allein zurück. Allein mit meinen Erinnerungen, mit dem Wissen um diesen Fluch, um die Wahrheit über den Achatkrieger und einem Funken Hoffnung, an den ich mich klammerte.

Mein Blick glitt zur Kalimba am Boden. Was nach dem Ball geschehen war, lag noch hinter einem Schleier. Ich erinnerte mich nicht mehr, wie ich an die Kalimba gekommen war, ahnte aber, dass Dravit sie mir anvertraut hatte.

Ein paar Gäste hatten fliehen können. Das wusste ich noch. Auch Alina und Navena waren entkommen und dennoch hatte sie der Fluch am Ende getroffen und ihnen die Erinnerungen an das wahre Avendar, an Sommer, Frühling und Herbst genommen. Bauern wussten nicht mehr, dass sie einst Felder bestellt hatten, Sänger hatten ihre Lieder vergessen, meine Eltern ihre Tochter und mit mir ihr Eheversprechen, genau wie ich aus dem Gedächtnis jedes Einzelnen gelöscht worden war, mit dem ich je etwas zu tun gehabt hatte. Sogar mein Tanzkleid hatte mir Iolith genommen und mich in einfacher Kleidung, ohne Erinnerungen raus in die Kälte gejagt, um Dravit und mich zu bestrafen. War denn ihr eigenes Herz zu Eis erstarrt, dass sie so grausam sein konnte? Eine andere Antwort fand ich nicht und so sehr ich sie auch hassen wollte, hatte ich auch Mitleid mit ihr. Schließlich hatte ich mir in einem Moment größter Trauer selbst gewünscht zu Eis zu werden. Dennoch konnte ich wohl kaum erahnen, was ihr Schlimmes widerfahren sein musste, dass sie zu so einem Menschen geworden war – zu einem Mädchen, dass das Herz eines Jungen zu Eis erstarren ließ, damit er so kalt und gefühllos wurde wie sie.

***

Als ich wenig später in den Aufenthaltsraum der Dienerschaft zurückkehrte, waren es ausgerechnet meine Eltern, die ich zu so später Stunde noch antraf. Die Kerzen auf den Tischen waren bereits gelöscht worden und alle anderen zu Bett gegangen. Nur das Kaminfeuer flackere noch unstet. Mutter stand dort an einem Sessel.

»Halt still«, mahnte Vater sie und fummelte in ihren Haaren herum.

»Autsch, Aua, verdammt!«, fluchte sie ungehalten.

Vater grinste, zog etwas aus ihrem Haar und hielt es ins Licht. »Was ist das? Ein Stück Brot?«

»Was weiß ich, womit mich diese Lausebengel beworfen haben«, murrte Mutter und beobachtete, wie er die Schultern hob und das kleine Etwas näher an seinen Mund führte. »Du willst das doch nicht essen?«

»Ich wollte nur dran riechen«, behauptete er.

Sie verdrehte die Augen, schnappte sich das vermeintliche Brot und warf es ins Feuer.

»Bist du ein Tier? Du würdest auch wirklich alles essen.«

»Wenn es von dir stammt«, säuselte er ihr ins Ohr.

»Ach, geh mir weg!« Sie fuchtelte mit den Händen, als würde sie eine lästige Fliege vertreiben, konnte sich ein Schmunzeln aber nicht verkneifen. Als sie mich an der Tür stehen sah, schob sie ihn endgültig von sich. »Malin! So spät noch unterwegs?«

Es fühlte sich seltsam an, meinen Eltern gegenüberzustehen, die keine Ahnung hatten, wer ich war. Es tat weh, wie eine Fremde angeschaut zu werden und zeitgleich machte es mich überglücklich, zu wissen, dass ich eine Familie hatte.

Ich konnte nicht anders, lief zu Mutter zu und umarmte sie.

»Huch!«, stieß sie verwundert aus und tätschelte mir den Rücken. »Was bist du denn so anhänglich?«

Es tat unheimlich gut, sie festzuhalten. Wenn sie doch nur gewusst hätte, wer ich war! Ich hätte ihr am liebsten alles erzählt, aber wer würde mir glauben?

»Die Kleine vermisst bestimmt die Küche«, mutmaßte Vater.

Ich löste mich von Mutter und umarmte auch ihn. Es war mir egal, dass die beiden mich nicht mehr kannten, solange ich ihnen nur nah sein konnte.

»Na na, meine Kleine«, sagte Vater tröstend. »Es wird schon alles wieder gut.«

»Ja, das wird es«, stimmte ich zu und drückte ihn fest.

»Jetzt geh erst einmal zu Bett«, riet mir Mutter. »Morgen sieht die Welt schon besser aus.«

Ich löste mich von Vater und nickte, ohne die beiden anschauen zu können. Mit Sicherheit wäre ich in Tränen ausgebrochen. Ein Kloß steckte in meinem Hals und schnitt mir die Worte ab. Ich lief zum Schlafsaal, schlüpfte durch die Tür und atmete erst einmal tief durch.

Die Wahrheit zu kennen, während alle um mich herum an die Lüge glaubten, würde schwerer zu ertragen sein, als ich gedacht hatte. Ich konnte nur hoffen, dass Iolith nicht dahinterkam, bevor Dravit und ich einen Weg gefunden hatten, den Fluch zu brechen.

***

Als ich am nächsten Tag vom Schweinestall aus beobachten konnte, wie die Kutsche der Schneekönigin vom Hof fuhr, ließ ich mir die Gelegenheit nicht entgehen. Am Abend würden sich Dravit und ich im verborgenen Garten treffen und bis dahin wollte ich mehr über den Fluch in Erfahrung gebracht haben. Jeder weitere Tag, an dem Avendar darunter leiden musste, war einer zu viel.

Ich ließ alles stehen und liegen und eilte zurück zum Schlafsaal. Ich hoffte, dort allein zu sein, fand jedoch Katherin an Reys Bett vor.

»Geht es ihm wieder schlechter?«, fragte ich, noch an der Tür stehend.

»Was geht dich das an?«, maulte sie. »Musst du nicht die Schweine hüten oder so?«

Ich holte die Kalimba, die ich am Abend wieder in meiner Kiste verstaut hatte, und lief zu ihr. Rey lag in seinem Bett und starrte mit trüben Augen zur Decke. Der Anblick seiner blassen Haut und dem schneeweißen Haar versetzte mir einen Stich. Zu sehr erinnerte er mich an Dravit.

»Was hast du da?«, wollte Katherin wissen und nickte zur Kalimba.

»Ich werde gleich Musik spielen«, erklärte ich.

Das ausgerechnet vor ihr zu machen, gefiel mir gar nicht. Nicht nur, dass Katherin oft gemein war, sie hatte auch schon bewiesen, wie gerne sie petzte. Da ich aber nicht wusste, wann Iolith das Schloss noch einmal verlassen würde, sah ich keine andere Möglichkeit. Ich baute einfach darauf, dass Katherin, so fies sie auch manchmal war, alles für ihren Bruder tun würde. Schließlich hatten sie nur einander.

»Du machst Scherze«, höhnte sie.

»Ihr wart halb verhungert, als ihr damals vor den Schlosstoren aufgetaucht seid«, erzählte ich.

Es lag fünf Jahre zurück. In Lumpen waren die beiden gekleidet gewesen, abgemagert bis auf die Knochen. Ich erinnerte mich noch gut.

»Was? Woher weißt du das? Wer hat dir davon erzählt?«

»Es gab nur noch euch beide – Rey und dich –, eure Eltern sind gestorben und du hast dich von da an um ihn kümmern müssen. Wie ein Wolf sein Junges hast du ihn verteidigt und du bist heute noch genauso bissig wie damals.«

»Es war Tami, oder? Diese blöde Kuh!« Sie konnte ja nicht wissen, dass ich damals dabei gewesen war, als Vater sie ins Schloss geholt und einen Schlafplatz im Stall für sie bereitet hatte. Ich selbst hatte ihnen Suppe und Decken gebracht und Mutter überredet, sie in der Küche arbeiten zu lassen.

»Versuch dich einfach daran zu erinnern«, bat ich und senkte meinen Blick auf die Kalimba.

Katherin sprang auf. »Hast du den Verstand verloren?«

»Ganz im Gegenteil.« Ich legte meine Daumen an die Zinken. Bis zu diesem Zeitpunkt war ich fest entschlossen gewesen, wurde dann aber doch nervös. Ich konnte nicht gut singen, auch wenn ich es liebte. Ebenso wenig beherrschte ich dieses Instrument. Allerdings entlockte selbst der unbegabteste Spieler einer Kalimba nur die schönsten Töne, also gab es nichts zu befürchten. Außer vielleicht, dass die Musik nicht ausreichte, um Reys Herz zu erreichen. Aber daran wollte ich gar nicht denken. Iolith hatte das Singen und Tanzen nicht grundlos verboten. Was Herzen der Menschen erwärmte, war mächtig genug ihren Fluch zu brechen. Davon war ich fest überzeugt. Ich schlug die Zinken an und sanfte Töne erfüllten den Saal.

»Oh mein Gott«, stieß Katherin fassungslos aus. »D-du musst damit aufhören! Malin, wirklich, hör auf!«

Ich ließ mich nicht beirren, spielte weiter und versuchte, mir Rey ins Gedächtnis zu rufen. Ich versuchte, mich an ihn zu erinnern, so wie ich ihn von früher kannte. Die Melodie, die ich spielte, wurde von diesen Erinnerungen getragen. Ich dachte an sein schiefes Lachen, seine ehrliche und offene Art. Die Hassliebe zwischen ihm und Katherin, wie sie sich ständig in die Haare bekommen hatten und doch immer füreinander dagewesen waren.

»Verdammt«, fluchte Katherin, ergriff meinen Arm. »Was ist bloß los mir dir? Die Königin bestraft uns beide, wenn sie davon erfährt! Der Achatkrieger könnte jeden Moment in der Tür stehen.«

»Das wird er nicht«, versprach ich.

Katherin öffnete den Mund, kam aber nicht zu einer Antwort, weil sich Rey in dem Moment regte. Er stöhnte leise und blinzelte.

»Was ist hier los?«, murmelte er. Die Farbe kehrte allmählich in sein Gesicht zurück und seine Augen wirkten längst nicht mehr so trübe.

»D-das ist unmöglich!«, stammelte Katherin ungläubig. »Rey?«

»Was ist unmöglich?«, fragte er. »Was ist passiert?«

Katherin ergriff seine Hand. »Du warst ... ich ...«

Sie wandte sich mir zu. »Woher wusstest du das? Und woher hast du dieses Ding? Ist das verzaubert oder so?«

»Das war einfach nur Musik«, erklärte ich. »Weiter nichts. Wichtig ist nur, dass die Königin nicht erfährt, was hier passiert ist.«

»Bin ich irre? Du hast meinen Bruder zurückgeholt. Von mir erfährt sie kein Wort.« Sie sank neben Rey auf den Stuhl und strich ihm über die Stirn.

»Bin ich krank?«, fragte er.

»Ja«, bestätigte sie mit bebender Stimme. »Aber jetzt wird alles gut. Du wirst wieder ganz gesund.«

Ich lächelte und mein Herz fühlte sich um so vieles leichter an. Auch wenn ich nicht wusste, wie es uns gelingen sollte, Ioliths Fluch in ganz Avendar zu brechen, war Reys Heilung zumindest ein erster Schritt in die richtige Richtung.

Mit der Kalimba fest an mich gedrückt wandte ich mich zum Gehen, hörte dann aber in meinem Rücken, wie Katherin von ihrem Stuhl aufsprang.

»Warte!«, rief sie mir nach und umrundete das Bett, um mich aufzuhalten. »Glaubst du, du kannst hier so einen Auftritt hinlegen und dann einfach verschwinden? Du hast einen Weg gefunden, denen zu helfen, die von der Schneekönigin verflucht wurden. Das muss jeder erfahren!«

»So einfach ist das nicht.«

»Doch, es ist genauso einfach! Hast du eine Ahnung, wie viele Leute auf so ein Wunder warten? Du kannst das nicht für dich behalten.«

Ich öffnete den Mund, wusste aber nicht, was ich darauf sagen sollte. Sie kannte ja nicht die ganze Wahrheit und würde sie mir wohl auch nicht glauben. Sie wusste nicht, wozu die Schneekönigin noch fähig war. Aber in einem hatte sie Recht: Jeder musste erfahren, dass ihre Macht gebrochen werden konnte.

KAPITEL 19

Bei Sonnenuntergang war ich nicht allein im verborgenen Garten. Ich hatte nicht nur Katherin und Rey überzeugen können, mich zu begleiten. Auch meine Eltern, Tami, Finn, Timo und ein paar andere Stallburschen waren mir gefolgt. Genau wie die ehemalige Königin, in ihrer Kleidung als Kammerdame. Ich war nervös und hoffte, dass Dravit mir verzeihen würde. Schließlich hatte ich ihn nicht vorwarnen können.

Bis auf Tami, die wohl etwas enttäuscht war, weil ich ihr Geheimversteck preisgegeben hatte, bestaunten alle den verborgenen Garten. So nah bei der Schneekönigin einen Ort vorzufinden, der nicht in den Fängen des ewigen Winters lag, grenzte an ein Wunder. Sie bestaunten die hochstehende, saftige Wiese, das Farbenmeer an Blumen und die stattgrünen Bäume, die im rötlichen Schein der untergehenden Sonne beinahe magisch wirkten.

Mutter trat an mich heran. »Ganz ehrlich, Malin, das ist wirklich ein besonderer Platz, aber wenn die Königin davon erfährt …«

»Das darf sie nicht«, unterbrach ich sie und wandte mich an die anderen. »Was ihr heute Abend sehen und hören werdet, muss unter uns bleiben. Die Schneekönigin darf nichts davon wissen. Sie hat hier keine Macht und so soll es auch bleiben.«

»Findet sie es nicht sowieso irgendwann raus?«, fragte Timo. Er verschränkte die Arme vor der Brust. »Ich denke es ist besser, wenn wir diesen

Garten einfach vergessen, alle unserer Wege gehen und so tun, als wüssten wir nichts davon.«

»Schau dir meinen Bruder an«, sagte Katherin und deutete auf Rey. »Malin hat den Fluch gebrochen, den die Königin über ihn gelegt hat. Wir sollten ihr zumindest zuhören.«

»Das sehe ich auch so«, stimmte Tami zu. »Lassen wir sie reden. So tun, als wären wir nie hier gewesen, können wir danach immer noch.«

Die Blicke der anderen richteten sich auf mich. Ich wusste nicht, was ich sagen und wie ich ihnen alles erklären sollte. An diesem Ort war es leichter die Wahrheit zu verstehen, weil der Fluch des Winters keine Macht hatte, aber dennoch war sie zu unglaublich. Wie hätte ich sie davon überzeugen können, dass ihr Leben eine Lüge war? Ich öffnete unsicher den Mund, hatte noch immer keine Idee, wo ich anfangen sollte, und kam auch nicht dazu, denn in dem Moment trat Dravit durch den Rankenvorhang in den Garten.

»Vorsicht!«, warnte Finn und wich erschrocken zurück.

Vater stellte sich schützend vor Mutter, Katherin zog Rey an sich heran und Timo rannte blindlings davon.

Dravit schaute sich unter den Umstehenden um, bis sein fragender Blick auf mich fiel.

»Alles gut«, versprach ich den Leuten und stellte mich neben ihn. »Er ist nicht der Dämon, für den ihn alle halten.«

Ich nickte ihm auffordernd zu, woraufhin er widerwillig die Maske abnahm und sich die Kapuze vom Kopf zog.

»Warum hast du sie hergeführt?«, fragte er mit gesenkter Stimme.

»Er wird uns jetzt also nicht die Erinnerungen stehlen?«, fragte einer der Stallburschen.

»Das könnte ich nicht, selbst wenn ich wollte«, erklärte Dravit. »Ohne den Einfluss der Schneekönigin habe auch ich keine Macht. Ich bin hier für niemanden eine Gefahr.«

Timo kam zurück, blieb aber auf sicherem Abstand stehen. »Was ist mit denen, die du schon im Namen der Königin bestraft hast?«, warf er Dravit vor.

»Sollen wir das jetzt alles vergessen, nur weil unter der Maske keine dämonische Fratze steckt?«

»Niemand verlangt, dass ihr vergesst, was ich getan habe«, versicherte Dravit.

Einer der Stallburschen lachte laut auf. »Es verlangt also niemand, dass wir vergessen? Das kommt ja gerade vom Richtigen!«

»Vielleicht sollten wir ihm mal zeigen, was wir von den Gesetzen der Schneekönigin halten«, sagte Timo und schlug mit der Faust in seine offene Handfläche.

»Gute Idee«, stimmte ein anderer Stallbursche zu.

Zwei von ihnen näherten sich uns.

»Wartet!« Ich hob die Arme, doch schon hatten sie Dravit gepackt und zerrten an ihm. Er wehrte sich nicht.

»Lasst ihn los, ihr versteht das nicht!«

Sie stießen mich beiseite und zwangen Dravit auf die Knie. Panik ergriff Besitz von mir.

»Aufhören!«, verlangte ich.

»Das reicht jetzt!«, entschied Vater. Er drängte die Jungs von Dravit weg, packte Timo am Kragen und stieß ihn von sich. »Habt ihr denn völlig den Verstand verloren?«

»Du weißt, was er alles getan hat!«, giftete ihn Timo an und deutete auf Dravit.

»Ihr solltet euch nicht fragen, was er *bisher* getan hat, sondern, was er noch tun *kann*.« Er wandte sich Dravit zu und reichte ihm die Hand. »Malin ist ein gutes Mädchen. Wenn sie dir vertraut, wird sie ihre Gründe haben.«

Dravit nahm seine Hand an und ließ sich von ihm aufhelfen.

»Jetzt beruhigen sich erst einmal alle«, forderte Mutter mit erhobenen Händen.

Ich lief zu Dravit. »Geht es dir gut?«

Er nickte. »Ich verstehe nur nicht, warum du diese Leute hergeführt hast.«

»Du kannst sie nicht allein besiegen«, erklärte ich. »Und das musst du auch nicht.«

»Besiegen?«, fragte Timo. »Was ist hier eigentlich los?«

»Das wollen wir alle wissen«, meinte Finn.

Tami kam näher. Sie wirkte ängstlich, riss sich aber zusammen. »Tut das ... weh?«, fragte sie und hob zögerlich die Hand, um das Eis zu berühren, dass Dravits Gesichtshälfte bedeckte. Sie wagte es jedoch nicht, ihn anzufassen.

»Ein wenig«, gab er zu. »Man gewöhnt sich daran, schätze ich.«

Ihr Blick wanderte zu seinen weißen Strähnen. »Hat sie das getan? Genau wie bei Rey und den anderen?«

Wieder nickte er.

Tami verengte den Blick. »Zwingt sie dich also, ihre Befehle auszuführen?«

»Das tut sie«, antwortete ich an seiner Stelle. »Sie zwingt uns alle, ihr Spiel zu spielen.«

»Sie ist nun mal die Königin«, meinte Finn.

»Das ist sie eben nicht«, widersprach ich. »Fragt euch mal, wozu es in Avendar Felder gibt, obwohl im Winter kein Ackerbau möglich ist. Wozu Mühlen, Kornlager und Sommerkleider? Wozu das alles, wenn Avendar seit jeher unter Schnee und Eis begraben liegt?« Ich wusste, dass der verborgene Garten der einzige Ort war, an dem ich diese Frage stellen konnte, ohne dass der Fluch seine Wirkung zeigte und jeglichen Zweifel im Keim erstickte.

Tatsächlich fand niemand eine Antwort oder Ausrede. Alle wirkten verwirrt und nachdenklich.

»Die Schneekönigin ist nicht die, für die sie sich ausgibt«, fügte ich hinzu.

»Malin hat Recht«, pflichtete mir Dravit bei. »Es liegt ein Fluch über Avendar. Ihr alle habt vergessen, wer ihr früher wart. Und wenn sich jemand zu erinnern droht, ist es meine Bürde, ihm das Gedächtnis zu nehmen.«

»Dann hör doch auf damit«, warf ihm Timo vor.

»So einfach ist das nicht«, sagte ich.

»Es gibt Schlimmeres, als das Gedächtnis zu verlieren«, erklärte Dravit. Sein Anblick war wohl der beste Beweis dafür. Aber auch das, was die Königin Rey und anderen angetan hatte, unterstrich seine Worte. »Sie droht, das ganze Land im Eis erstarren zu lassen, bevor sie die Krone wieder hergibt.« Er schnaubte verächtlich. »Ich zweifle nicht daran, dass sie dazu fähig ist, also habe ich getan, was sie von mir verlangt hat, um jene zu schützen, die mir am Herzen liegen.«

Sein Blick fiel auf die ehemalige Königin – seine Mutter, die nicht mehr wusste, wer er war. Genau wie sich meine Eltern nicht an mich erinnern konnten.

»Und warum jetzt dieses Treffen hier?«, fragte sie. »Gibt es einen Weg, den Fluch zu brechen, für den ihr ausgerechnet uns braucht?«

»Ich kenne keinen«, gab Dravit zu.

»Na toll«, murrte Timo.

»Die Menschen hungern!«, erklärte ich. »Hier am Schloss geht es uns noch gut, aber vor den Toren herrscht Armut. Die Vorräte gehen zur Neige, die Felder müssten bestellt werden, doch bei der Kälte wird nichts wachsen.«

»Ist das nicht schon immer so gewesen?«, fragte Finn. »Wir kennen es doch nicht anders und bisher kam Avendar zurecht.«

»Eben nicht«, widersprach ich. »Der Fluch lässt euch das glauben, aber tatsächlich herrscht der Winter erst ein Jahr lang. Ein weiteres halten wir nicht durch.«

»Du erinnerst dich also?«, fragte Tami.

»Noch nicht sehr lange, aber ja, ich erinnere mich an unser früheres Leben.«

»Dann erzähl mal«, forderte mich Timo aus. »Bin ich in Wirklichkeit der König von Avendar und Katherin meine Braut?«

»Das hättest du wohl gern«, giftete sie ihn an.

»Nein, ihr seid schon die, für die ihr euch haltet. Bis auf …« Ich schaute zu Dravits Mutter, die verwundert die Stirn in Falten legte. »Dies hier ist eure wahre Königin«, erklärte ich. Dann deutete ich auf Dravit. »Und Dravit ist der Kronprinz Avendars.«

Eine erdrückende Stille machte sich im Garten breit. Keiner wusste, was er sagen oder tun sollte und auch ich blieb still. Ich mied es, meine Eltern anzuschauen. Allen zu offenbaren, dass es sich bei der Kammerdame um die Königin handelte, sorgte schon für genug Unglauben. Ich traute mich nicht, auch noch meine Herkunft zu enthüllen.

»Dann ist er …«, begann die Königin und schaute zu Dravit. »Mein Sohn?«

Ich nickte, während Dravit keine Regung zeigte. Ich hatte nie das Gefühl gehabt, dass er und seine Mutter sich nahestanden. Sie hatte ihn fortgeschickt und mir war es vorgekommen, als hätte er ihr das nie wirklich verziehen. Die Kammerdame, die nun vor ihm stand, war jedoch eine andere. Sie wusste nichts davon, dass sie mit der Erziehung ihres Sohnes überfordert gewesen war. Nicht einmal, dass sie in ihrem früheren Leben einen Sohn gehabt hatte, war ihr bis zu diesem Zeitpunkt klar gewesen. Der Schock darüber stand ihr ins Gesicht geschrieben. Sie starrte Dravit an und Tränen füllten ihre Augen. Zögerlich näherte sie sich ihm.

»Ich habe einen Sohn …«, sagte sie mit bebender Stimme und ehe Dravit wusste, wie ihm geschah, umarmte sie ihn.

Noch immer blieb er stocksteif. Nur seine Augen wirkten gerührt und es dauerte lange, bis er die Hände hob und ihre Umarmung erwiderte. Es kam mir vor, als würde eine unheimlich schwere Last von ihm fallen.

»Ein Leben lang habe ich mir Kinder gewünscht«, sagte sie leise. »Dabei war mir mein Sohn die ganze Zeit über so nah und ich habe ihm nicht beistehen können.« Sie löste sich von ihm und legte ihre Hand an seine Wange. Ich konnte sehen, wie das Eis unter ihrer Berührung zurückging. »Aber das ist jetzt vorbei«, versprach sie und presste die Lippen zu einem schmalen, liebevollen Lächeln zusammen.

»Sie kann uns doch alles erzählen!«, knurrte Timo und deutete auf mich. »Glaubt ihr echt, dass diese alte Schnepfe unsere Königin ist?«

Vater brummte etwas in seinen Bart und musterte die Königin von oben bis unten. »Ich kann mir das gut vorstellen«, meinte er. »Sie hat schon immer etwas Angsteinflößendes an sich gehabt.«

Dravits Mutter löste sich von ihm und wandte sich Vater zu. »Und das sagt ausgerechnet der Mann, der keinerlei Respekt vor mir hat.«

»Woher weißt du das alles?«, fragte mich Tami.

»Ich konnte den Fluch brechen, indem ich Musik gespielt habe«, erklärte ich. »Deswegen verlangt die Schneekönigin auch von Dravit, allen das

Gedächtnis zu nehmen, die singen, tanzen oder musizieren. Weil Musik die Herzen berührt und dadurch den Fluch aufhebt.«

»Wenn wir also alle singen …«, überlegte Tami.

Sollte das alles sein? Sollte es genügen, wenn wir uns bei den Händen nahmen und gemeinsam ein Lied sangen? Hier, an diesem Ort, an dem alles begann und alles enden könnte?

»Zu spät«, hallte eine glockenklare Stimme über unsere Köpfe hinweg.

Ich erstarrte vor Schreck und auch in die Gesichter der anderen stand das Entsetzen geschrieben. Wir wandten uns dem Eingang zum verborgenen Garten zu, wo die Schneekönigin durch den Rankenvorhang getreten war. In einem Kleid aus feinster, weißer Spitze, das eng um ihren Körper lag, nach unten hin weit ausfächerte und wie Wasser über den Boden floss, stand sie uns gegenüber. Eiskristalle säumten ihre Haut und verschmolzen mit dem Spitzenstoff, als gäbe es keine Grenze mehr zwischen ihr, dem Mensch – dem Mädchen von damals – und ihr, der Schneekönigin, mit all ihrer übermächtigen Wintermagie.

Timo und ein paar andere Stallburschen stolperten rücklings von ihr und rannten so schnell sie konnten davon.

»Sie hat hier keine Macht«, sagte Dravit und stellte sich schützen vor uns.

»Noch nicht«, verbesserte ihn Iolith.

Sie kam näher und mit jedem Schritt, den sie tat, kroch Reif über den Boden hinweg. Mit Entsetzen musste ich beobachten, wie das Gras gefror und die Blumen welkten. Ich wich zurück, weil die Erde unter meinen Füßen erstarrte.

Gehetzt schaute ich mich um. Ein Entkommen gab es nicht. Die Schneekönigin hob ihre Arme, eine Welle aus Kälte brach über uns herein und ich musste meine Augen abschirmen, um sie vor den eisigen Winden zu schützen, die schneidend und pfeifend um uns herumwirbelten. Der Frost bahnte sich knirschend einen Weg durch den Garten, die Bäume hinauf, bis zu den höchsten Blättern, und erreichte Timo und die anderen Flüchtenden, noch bevor sie bei den entfernten Hecken am Rand des verborgenen Gartens angelangt waren. Die Männer erstarrten mitten in ihrer Bewegung zu Eisstatuen.

»Ich werde nicht zulassen …!«, begann Dravit.

»Shhh-shh«, säuselte Iolith und legte ihren Finger auf seinen Mund. »Zu sprechen hat dir nie gut gestanden. Als stummer Diener gefällst du mir besser.«

Dravit riss die Augen auf. Die Farbe wich aus seinem Gesicht, Eiskristalle bildeten sich auf seinen Lippen und er stolperte vor ihr zurück. Mit schmerzverzerrtem Gesicht hielt er sich die Kehle und rang nach Atem. Noch eine Sekunde länger und sie hätte ihm erneut die Stimme genommen.

»Hör endlich auf, uns zu quälen!«, flehte ich.

Iolith ließ sich nicht erweichen. Ganz im Gegenteil wirkte sie durch meine Worte nur noch wütender. Sie riss den Arm in meine Richtung, riesige Eiszapfen brachen aus dem Boden und zwangen mich zurückzuweichen. Einer davon schoss gleich neben mir in die Höhe und erwischte meinen Arm, der augenblicklich festfror. Die Kälte kroch mir bis auf die Knochen. Ich versuchte verzweifelt, mich loszureißen, kam aber nicht frei.

Was stimmte nicht mit dieser Frau? Was war ihr schreckliches widerfahren, dass sie so werden konnte?

Hämisch lachend warf Iolith den Kopf in den Nacken. »Dachtet ihr wirklich, mich vom Thron stoßen zu können, indem ihr ein paar Küchenjungen und Stallburschen zusammentrommelt? Dachtet ihr, ich merke es nicht, wenn mein Einfluss auf den Achatkrieger schwindet? Ein Blick in seine ach so gütigen Augen genügt, um mir alles zu verraten, was ich wissen will.«

Sie wandte sich ihm zu.

»Lass deine Finger von meinem Sohn, du Hexe!«, schrie die Königin und zog damit Ioliths Aufmerksamkeit auf sich.

Tami nutze die Gelegenheit, um zu mir zu eilen und zu versuchen, meinen Arm freizubekommen.

»Sag bloß, du erinnert dich.« Iolith musterte die Königin prüfend. »Nein, das tust du nicht. Sonst wüsstest du, dass es dein Wille war, mich auf dem Thron Avendars zu sehen. Hätte sich dein Sohn diesem Willen gebeugt, wäre ich nicht gezwungen gewesen, mir zu nehmen, was mir zusteht. Dann wärst du heute noch die Königin Mutter und keine Kammerdame, die sich meinen Befehlen zu beugen hat.«

Die Königin schaute zu Dravit. Ein sanftes Lächeln umspielte ihre Lippen, verschwand aber gleich darauf wieder. »Ich erinnere mich nicht. Das ist wahr.« Als sie sich Iolith zuwandte, funkelte Entschlossenheit in ihren Augen. »Aber eines weiß ich mit Sicherheit: Ich würde lieber sterben, als dass ich meinen Sohn einer so grausamen Frau wie dir überlasse.«

»Das lässt sich einrichten«, sagte Iolith und streckte ihre Hand nach der Königin aus.

Dravit packte Iolith am Handgelenk und verstellte ihr den Blick auf seine Mutter. »Du wirst sie nicht anrühren«, warnte er.

»Glaubst du etwa, mich aufhalten zu können?« Sie ließ ihre Magie fließen, Eiskristalle krochen Dravits Arm hinauf und der Schmerz zwang ihn in die Knie. Mit einem Ruck befreite sich Iolith aus seinem Griff, er kippte vornüber und fing sich mit der Hand ab.

»Dravit ...!«, stieß ich aus. Ich wollte zu ihm, aber das Eis hielt mich noch immer gefangen. Neben mir tauchte mein Vater auf und schob Tami beiseite.

»Beeil dich«, drängte Mutter. Sie zog eine Suppenbolle aus ihrer Kochschürze hervor und reichte sie ihm. Er rammte den Stiel mit voller Wucht ins Eis. Es brach entzwei und endlich konnte ich meinen Arm befreien.

Ich schaute mich um. Dravit kniete noch am Boden, Katherin hatte Rey fest an sich gezogen. Finn stand breitbeinig mit einem Stock bewaffnet da und zitterte am ganzen Leib. Er hatte auch allen Grund dazu. Keiner von uns konnte etwas gegen die Schneekönigin ausrichten. Selbst wenn ich alle bewaffneten Wachen des Schlosses in diesem Garten versammelt hätte, wären wir gegen ihre Magie machtlos gewesen. Ich wusste nicht, was wir noch tun konnten.

»Lauft!«, rief uns die Königin zu.

Iolith bedachte sie mit einem giftigen Blick. »Wie edelmütig von dir.«

»Verschwindet von hier«, pflichtete ich der Königin bei.

Ich rannte zu Dravit und ließ mich neben ihm auf die Knie fallen. Er fühlte sich eiskalt an, zitterte und sein Atem zeichnete sich in frostigen Nebelschwaden vor ihm ab.

»Du musst hier weg!«, ächzte er mit erstickter Stimme.

»Niemals«, widersprach ich.

Iolith trat einen Schritt auf die Königin zu. »Ausgerechnet du willst dich mir entgegenstellen?«, fragte sie. In ihrem Rücken flohen die anderen zum Ausgang. Tami versuchte, mich mit Handzeichen dazu zu bewegen, ihnen zu folgen, aber ich schüttelte nur den Kopf. Ich konnte Dravit nicht zurücklassen, ebenso wenig seine Mutter.

»Es wäre ein Spaß, den Fluch von dir zu nehmen, damit du dich daran erinnerst, wie sehr du versagt hast«, warf Iolith der Königin vor. »Den eigenen Sohn ins Exil zu schicken, weil du nicht fähig warst, ihm eine gute Mutter zu sein. Es war fast zu leicht, an ihn heranzukommen. Als hättest du gewollt, dass dich jemand endgültig von ihm befreit.«

Dravit raffte sich auf die Füße und hob schützend den Arm vor seine Mutter.

»Du musst sie nicht verteidigen«, sagte Iolith. »Wenn sie dich je wirklich geliebt hätte, wäre es nicht so einfach gewesen, dich aus diesem vereinsamten Anwesen zu entführen. Ein paar Bestechungsgelder haben genügt. Ich habe dich damals befreit und dir den Schmerz genommen, den sie dir zugefügt hat!« Sie deutete auf die Königin.

»Du warst für die Entführung verantwortlich?«, hakte er ungläubig nach.

»Es war ein notweniges Übel«, erklärte sie. »Du musstest erkennen, wie wenig du deiner Mutter bedeutest und wie viel uns verbindet.« Ich rappelte mich auf, Iolith wandte sich mir zu und ihr Blick war voller Verachtung. »Wenn sie nicht gewesen wäre, würdest du jetzt an meiner Seite stehen ... Wir beide, wir haben uns verdient! Unsere Schicksale sind und waren damals schon miteinander verknüpft. Genau wie deine Mutter dich in die Verbannung geschickt hat, hat auch mein Vater versucht, mich vor der Welt zu verstecken. Aus Angst vor meiner Macht. Ginge es nach ihm, wäre ich noch immer dort eingesperrt.« Sie hob ihre Hände. Eiskristalle tanzten ihr wie Nebel um die Finger und sie genoss diesen Anblick. »Es hätte alles anders kommen müssen. Du hättest *mich* wählen müssen, statt dein Herz an eine dahergelaufene Magd zu verschenken. Schließlich habe ich das alles nur für uns getan. Ich habe deinen Schmerz gespürt. Ich habe deine Einsamkeit fühlen können. Sie hat mich zu dir geführt und ich wusste, dass wir füreinander bestimmt sind. Du musstest es nur noch erkennen. Ich wollte dich von deinem Leid befreien, verstehst du? Was ich getan habe, war notwendig, um dir zu beweisen, dass wir zusammengehören und Seite an Seite über dieses Land herrschen können, befreit von dem Scherz, der in unseren Herzen gebrannt hat.«

»Was dein Vater dir angetan hat …«, begann ich.

»Still!«, brüllte sie mich an. »Sprich du nicht von solchen Dingen. Du weißt nicht, wie sehr Dravit und ich gelitten haben. Deine Eltern lieben dich. Sie tun alles für dich und selbst, nachdem ich die Erinnerung an dich aus ihrem Gedächtnis gelöscht habe, sind sie noch für dich da. Du glaubst, Dravit zu verstehen? Ihm geholfen zu haben, indem du den Zauber gebrochen hast, den ich schützend über sein Herz gelebt habe? Schau ihn dir doch an, schau, wie er leidet. Das ist allein deine Schuld.«

»Nein, es ist die meine«, widersprach die Königin, bevor Dravit selbst das Wort ergreifen konnte.

Ioliths Mundwinkel zuckte. »Du gibst es also zu?«

»Lass dich nicht auf sie ein«, bat Dravit.

Die Königin legte ihre Hand auf den Arm, mit dem Dravit sie noch immer abschirmte, schob ihn sanft beiseite und trat selbstsicher vor Iolith. Dravit wollte sie aufhalten, ergriff ihre Schulter, aber sie ließ sich nicht beirren. »Schon gut«, versicherte sie ihm, streifte seine Hand ab und wandte sich Iolith zu. »Wenn es stimmt, was du sagst, dann ist es doch offensichtlich. Dann habe ich versagt. Als Mutter und als Königin.«

»Wenigstens bist du einsichtig«, rechnete ihr Iolith an. »Anders als mein Vater, der es gewagt hat, mich auszulachen, als ich ihm verkündet habe, eines Tages Königin zu werden, hast du wenigstens den Anstand, deine Fehler einzugestehen. Ungeschehen machst du sie dadurch jedoch nicht.«

»Was hast du vor?«, fragte ich.

Iolith antwortete mir nicht. Sie schmunzelte bloß hämisch und ihr Blick wurde eiskalt, während die Königin erschrocken die Augen aufriss. Sie schaute zu ihren Füßen, wo sich Eiskristalle gebildet hatten, ihr allmählich die Beine hinaufkrochen und sie Stück für Stück zu einer Statue erstarren ließen.

»Aufhören!«, verlangte Dravit. Er tat einen Schritt vor, doch Iolith hielt ihn auf, indem sie ihre Hand drohend auf mich richtete.

»Du wirst schon bald merken, dass es sich wie eine Erlösung anfühlt, von ihr befreit zu sein«, versprach sie.

Die Königin hob mühsam ihre Hände. Das Eis kroch ihr bereits in die Finger und den Hals hinauf. Dennoch gelang es ihr, Iolith mit einer schnellen Bewegung zu packen und festzuhalten, unmittelbar, bevor sie endgültig erstarrte.

»Flieht!«, stieß sie noch aus und ein siegessicheres Lächeln gefror ihr auf den Lippen.

Iolith brüllte ungehalten und versuchte vergebens, ihr Kleid aus dem eisigen Griff zu befreien.

Dravit zögerte nicht. Er packte meine Hand und zog mich mit sich. So schnell wir konnten rannten wir aus dem Garten, brachen durch den Rankenvorhang und durchquerten das Labyrinth. Ich warf einen Blick zurück, als ich Iolith erneut schreien hörte. Mein Herz schlug mir bis zum Halse und meine Gedanken rasten. Mir war klar gewesen, dass sie Schlimmes erlebt haben musste, um so ein grausamer Mensch zu werden. Dass sie aber so gnadenlos war, hätte ich niemals für möglich gehalten.

»Ihr Herz!«, rief ich. »Sie hat ihr eigenes Herz zu Eis werden lassen, so wie damals deines. Um sich vor dem Schmerz zu schützen. Deswegen ist sie so grausam. Wenn wir ihr Herz auftauen ...« Hinter uns rauschte es, als würden uns Wassermassen nachjagen. Ich warf einen gehetzten Blick zurück und sah, dass es die Hecken waren, die im Frost ihre Blätter verloren. Eiskristalle bahnten sich einen Weg über den Boden und die Hecken direkt auf uns zu.

Am Ausgang des Labyrinths angekommen packe mich Dravit an beiden Schultern. Eindringlich schaute er mich an und deutete auf den schmalen Pfad, der zum Hof führte.

»Du verschwindest von hier!«, verlangte er. »Keine Widerrede.« Dass sein

Blick flüchtig zum Schloss huschte, entging mir nicht. Ich sah die Terrasse, auf die ich damals vor dem Ball geflohen war und sofort wurde mir klar, was er vorhatte. Er wollte mich fortschicken und dann die Achatkette holen. Iolith hatte sie ihm vom Handgelenk gerissen und von sich geworfen. Konnte sie nach so langer Zeit noch dort liegen? Wenn ich recht behielt und Iolith nur zu besiegen war, indem wir ihr Herz auftauten, würde uns die Kette von Nutzen sein.

»Ich gehe mit dir«, entschied ich.

Dravit schüttelte den Kopf. Zum Streiten blieb jedoch keine Zeit. Die Eiskristalle krochen auf uns zu, das gesamte Labyrinth war bereits unter ihrem weißen Schimmer begraben und ich hörte Ioliths Schritte.

»Schnell jetzt!«, drängte ich und rannte los.

Dravit folgte mir.

Auf der Terrasse angekommen stellte ich fest, dass die Glastüren nicht mehr in Scherben vor uns lagen. Ich dachte erst, sie wären wieder instandgesetzt worden, aber was ich an ihrer Stelle sah, wirkte milchig und rau. Ich näherte mich den Türen, legte meine Hand darauf und zog sie gleich wieder weg, als mir die Kälte in die Finger fuhr. Meine Handfläche war nass geworden. Er handelte sich nicht um neu eingesetzte Scheiben, sondern um Eis.

»Ich glaube, wir haben sie abgehängt«, ächzte Dravit hinter mir. Er schluckte schwer und stützte sich auf einer Bank ab. Wie sehr ihm Ioliths Magie zusetzte, begriff ich erst jetzt. Von Minute zu Minute wurde er blasser, als würde ihm langsam aber unabdinglich das Blut in den Adern gefrieren. In meinem Entsetzen darüber brauchte ich einen Moment, um zu begreifen, dass er sich nicht einfach nur auf der Bank abstützte. Er hatte sie her geschleift. Ich trat beiseite, er hievte die Bank hoch und schleuderte sie gegen die Eiswand. Sie zerbrach in Scherben und stürzte in sich zusammen. Dahinter war es dunkel. Bitterkalte Luft hauchte mir wie der Atem einer Bestie entgegen und ich trat nur zögerlich über das knirschende Eis ins Innere des Tanzsaals.

KAPITEL 20

Der Anblick des Tanzsaals jagte mir einen Schauer über den Rücken. Wie ein Mahnmal der Vergangenheit lag er eisbedeckt vor mir. Das Mondlicht, das durch die zerbrochene Scheibe fiel, glitzerte auf dem gefrorenen Boden, den von Eiszapfen gespickten Kronleuchtern und den Gästen, die es nicht rechtzeitig aus dem Saal geschafften hatten. In ihrer Bewegung zu Eis erstarrt standen sie teils eng an die Wand gepresst da, teils drängten sie sich durch die Türen. Die Musiker des königlichen Orchesters saßen noch an ihren Instrumenten. Auch sie wirkten wie lebensnahe Kunstwerke, aus Eis gehauen, genau wie der Thron auf dem Podest und das Büfett an der gegenüberliegenden Wand.

Dravit klaubte die Kette vom Boden auf. Sie hatte tatsächlich noch genau dort gelegen, wo sie von Iolith hingeschleudert worden war. Er betrachtete sie einen Moment lang nachdenklich, dann schloss er seine Hand um den Stein und kam auf mich zu. In seinem Blick lag Entschlossenheit. Ich wusste sofort, was er von mir erwartete und schüttelte den Kopf. »Ich gehe nicht weg!«

Er ergriff meine Hände. »Sie hat sich in den Kopf gesetzt, dass ich sie verstehen müsste, weil sich unsere Schicksale ähneln. Vielleicht kann ich dadurch an sie herankommen, mit ihr reden und ihr Herz erweichen. So wie du es gesagt hast. Zuvor muss ich aber wissen, dass du in Sicherheit bist. Ich hätte nie zulassen dürfen, dass du dich erinnerst ...« Die Vorwürfe, die er sich machte, standen ihm ins Gesicht geschrieben.

Ich sah das allerdings ganz anders. »Hättest du mir damals nicht die Kalimba mitgegeben, wärst du immer noch stumm und unfähig, mit ihr zu reden. Was du getan hast, war kein Fehler! Nur dadurch haben wir jetzt die Möglichkeit, den Fluch zu brechen. Und ich lasse dich damit nicht allein. Wir machen das zusammen, verstanden?« Bei den Worten legte ich meine Hand auf seine Brust und ein Schauer durchfuhr mich. Sie fühlte sich kalt an. Nur ganz schwach konnte ich die Wärme spüren, die am Tag zuvor noch unbändig in ihm geglüht hatte. Erschrocken schaute ich zu ihm auf.

Dravit hielt meinem Blick nicht stand. Niedergeschlagen, erschöpft, wie er war, schaute er an mir vorbei zu Boden und sagte nichts. Die Stille, die mich mit einem Mal umfing, war erdrückend.

»Du gibst auf ...«, stellte ich mit tonloser Stimme fest. Ich konnte es nicht glauben. Es durfte einfach nicht wahr sein! »Aber unsere Liebe ist stärker als sie! Durch sie ist dein Herz aufgetaut, sie ... ist doch noch da, oder? Du ...«

Dravit riss den Kopf zu mir um und schaute mich an, als hätte ich ihm das Schlimmste unterstellt. »Aber natürlich liebe ich dich!«, schwor er. »Ich werde dich selbst dann noch lieben, wenn sie mich in Eis verwandelt hat, wie ... wie sie es mit Mutter getan hat ...« Seine Stimme brach kurz weg, doch er hatte sich schnell wieder im Griff. Mit festem Blick schaute er mich an. »Selbst wenn die ganze Welt unter Schnee und Eis verschwunden ist, wird es noch diesen einen Funken in mir geben, der nur für dich glüht. Du bist meine Musik, Malin. Du bist das leise Summen, das die alles verschlingende Stille in meinem Herzen durchbrochen hat. Das Funkeln in meiner Dunkelheit.« Seine bitterkalten Finger strichen mir sanft über die Wange. Er war so blass geworden, seine Lippen waren blau angelaufen, seine Augen wirkten trübe, doch trotz der Kälte, die begonnen hatte, allmählich auch sein Herz zu erfassen, leuchtete es noch immer warm in ihnen. »Ich spüre die Kälte nicht, solange ich mich an den Klang deiner Stimme erinnern kann«, versprach er. »Es tut nicht weh, Malin. Nichts kann mir noch wehtun, außer der Gedanke, dich zu verlieren.«

Er beugte sich zu mir vor, sein Atem legte sich kalt auf meine Haut und ließ mich schaudern. Ich wollte ihn küssen und versuchen, damit endgültig den Fluch zu brechen, der über ihm lag, doch kurz bevor sich unsere Lippen berührten, hielt er inne. »Bitte geh jetzt«, flüsterte er.

»Ich kann nicht …«

»Wenn du nicht gehst, wirst du mein Schicksal teilen. Ein Kuss würde genügen, um dich zu Eis erstarren zu lassen.«

»D-das kannst du nicht wissen!« Tränen füllten meine Augen. »Lass es mich doch wenigstens versuchen. Es ist doch schon einmal gelungen!« Ich legte meine Hand an seine Wange, spürte, wie mir die Kälte unter die Haut kroch und wusste, dass er recht hatte. Allein ihn zu lange zu berühren, sorgte schon dafür, dass mir das Blut in den Adern zu gefrieren drohte. Wahrhaben wollte ich es dennoch nicht.

»Wenn ich das zulasse und die Musik verstummt, die mein Herz am Schlagen hält, wie könnte ich dann noch darauf hoffen, das ihre zu erreichen?«

»Was nutzt Musik, wenn sie niemand hört?« Ich packte kurzentschlossen seine Hand, befreite die Achatkette aus seinen steifgefrorenen Fingern und legte sie ihm um den Hals. Wenn er schon nicht zuließ, dass ich versuchte, den Zauber mit einem Kuss zu brechen, dann sollte wenigstens der Achatstein seine Wirkung tun und sein Herz vor der Kälte beschützen.

»Die Kette ist für Iolith gedacht«, erinnerte er mich.

Ich wollte etwas erwidern, stockte aber, als ich Eis knirschen hörte. Ein Schatten fiel in den Tanzsaal und wir wirbelten zur Terrasse herum. Iolith stand dort in der Tür.

»Behalte sie ruhig«, sagte sie gönnerhaft. »Ich besitze genug Schmuck und Tand. Oder dachtet ihr tatsächlich, mich mit einem wertlosen Achatstein bezwingen zu können? Weißer Achat schützt das Herz vor Flüchen, er bricht sie nicht und er bezwingt auch keine Magie. Ihr könnt mir nicht nehmen, was von Geburt an mein Recht war – weder die Kräfte, die durch meine Adern fließen, noch die Krone auf meinem Haupt.«

»Wieso tust du das alles?«, fragte ich. »Du behauptest, Dravit helfen zu wollen und dann verfluchst du ihn, sodass er sich in eine Eisstatue verwandelt?«

Sie kam schlendernd näher. »Das wird er nicht, keine Sorge. Sein Herz wird von den Schmerzen befreit. Genau wie ich meines davon erlöst habe. Dann endlich wird er verstehen und seinen Platz an meiner Seite einnehmen. Er wird keine Statue wie jene, die es nicht anders verdient haben.«

Dravit ballte die Hände zu Fäusten. »Du bist es, der diesen Schmerz erst verursacht hat«, saget er. »Ich war als Kind nicht glücklich, das ist wahr. Ich habe mein Zuhause vermisst, meine Freunde und auch meine Mutter. Aber ich hätte das überstanden. Der Verrat meines einzigen Vertrauten damals, die Hilflosigkeit, als diese Männer mich verschleppt haben, erst das hat für die Schmerzen gesorgt, die mich innerlich zerrissen haben. Du hast mir diese Wunden zugefügt und sie dann vereist.«

»Ich habe dir nur die Wahrheit gezeigt«, widersprach sie. »Die Grausamkeit und Gleichgültigkeit der Menschen ist allgegenwärtig. Du musstest das verstehen, um mich verstehen zu können.«

»Ich verstehe dich aber nicht.« Sein Blick verengte sich und Wut funkelte dabei in seinen Augen auf. »Ich werde dich nie verstehen.«

Iolith ließ sich davon nicht beirren. »O doch, das wirst du. Es hat ja bereits begonnen, nachdem ich deine Mutter in Eis verwandelt habe oder warum glaubst du, kämpft dein Herz nicht mehr gegen die Kälte an?«

Verwirrt schaute ich von Dravit zu ihr. Ich hatte geglaubt, dass durch ihre Berührung seiner Lippen ein Fluch auf ihn übergegangen war, der sein Herz wieder in Eis zu verwandeln drohte. Offenbar war das nicht der Fall.

Ioliths Mundwinkel kräuselten sich in einem hämischen Schmunzeln. »Auch wenn sich dein Verstand noch weigert, es anzuerkennen, versteht dein Herz bereits, dass ich es vor den Schmerzen beschützt habe. Sie erlöschen, wenn es erst einmal zu Eis erstarrt ist. Nichts wird dich mehr verletzen können. Wir werden gleich sein, du und ich.«

»Das ergibt doch keinen Sinn!«, warf ich ihr vor. »Wenn er die Kälte zulässt, dann nur, um sich vor den Schmerzen zu schützen, die durch den Verlust seiner Mutter verursacht werden. Hast du nicht gesagt, dass sie ihn nie geliebt hat? Laut dir trägt sie an allem die Schuld, warum also sollte es ihn so verletzten, sie zu verlieren?«

»Denkst du, dass ich meinen Vater nicht geliebt habe?«, fragte sie. »Trotz allem, was er mir angetan hat, wollte ich nichts weiter als seine Anerkennung. Das ist der wahre Fluch. Davon müssen wir uns befreien. Nicht von der Kälte, die uns vor den Schmerzen beschützt, sondern von der Liebe zu jenen, die eben diese Schmerzen auslösen.«

Ich wusste nicht, wie wir ihr Herz je erreichen sollten, wenn es so verbittert und von Hass zerfressen war. Worte allein reichten nicht aus. Ich hätte alles sagen können und sie hätte es mühelos abgeschmettert. Die einzige Wahrheit, an die sie noch glauben wollte, war ihre eigene. Und trotz allem sah ich in ihr dieses einsame, kleine Mädchen vor mir stehen. Ein Kind, das sich nichts mehr wünschte, als geliebt zu werden und lieben zu dürfen. Ich fragte mich, ob es eine Zeit gegeben hatte, in der es genügt hätte, dieses kleine Mädchen in den Arm zu nehmen, ihr ein liebevolles Schlaflied zu singen und einen Kuss auf die Stirn zu geben, um die Kälte von ihr abzuwehren.

»Genug geredet«, entschied sie. »Dank der ehemaligen Königin weiß ich endlich, was ich tun muss, um mein Werk zu vollenden.« Sie richtete ihre Hand auf mich, ich wich erschrocken zurück, spürte aber bereits die Kälte, die meine Beine hochkroch. Meine Füße froren am Boden fest und ich war unfähig, ihr weiter auszuweichen.

»Tu das nicht!«, flehte Dravit.

»Ich werde sie dir nehmen, genau wie ich dir deine Mutter genommen habe. Erst dann wirst du dich nicht länger sträuben. Du wirst wollen, dass der Schmerz verschwindet und die Kälte zulassen, die uns beide erlöst.«

Ich schaute zu Dravit und las in seinem Blick dieselbe Panik, die auch von mir Besitz ergriffen hatte. Kaum merklich schüttelte er den Kopf.

»Nein«, stieß er tonlos aus und ergriff meine Hände.

»Versprich mir, dass du die Schmerzen zulässt«, bat ich. Tränen gefroren mir auf der Haut. Das Eis war mir bereits bis zu den Knien hochgewandert und kroch mir durch die Adern. Ich spürte meine Hände kaum noch. Ebenso wenig Dravits Berührung. Dabei war er alles, was ich fühlen wollte. Seine Nähe, seine Hände an meinen. Ich schaute ihm direkt in die Augen und versuchte, mich an die Wärme zu klammern, die darin glomm. »Versprich es mir!«, drängte ich.

»Ich kann nicht!« Er nahm mich in den Arm und hielt mich fest. »Soll sie uns doch beide in Eis verwandeln. Nichts bringt mich dazu, dich loszulassen.«

»Tu das nicht«, flehte ich ihn an. Ich hätte ihn von mir gestoßen, wenn ich fähig gewesen wäre, mich zu bewegen. Auch wenn der Fluch der Schneekönigin nur durch seine Umarmung erträglich wurde, wollte ich nicht, dass er uns beide traf. »Du musst dich erinnern, auch wenn es wehtut. Auch wenn es dich zerreißt. Lass nicht zu, dass sich dein Herz in Eis verwandelt, sonst stirbt mit dem Schmerz die letzte Hoffnung für Avendar. Du musst das Land vom Winterfluch befreien. Versprich es mir!«

Dravit drückte mich nur noch fester an sich, ließ mich dann aber unverhofft los. Das Eis hatte mein Gesicht erreicht, verschloss mir den Mund und trübte das Bild vor meinen Augen. Nur verschwommen konnte ich sein sanftes Lächeln sehen. »Du hast Recht, es sind die Erinnerungen, die uns Schmerzen bereiten«, sagte er und wandte sich der Schneekönigin zu. Er streckte die gespreizten Finger in ihre Richtung.

»Das willst du nicht wirklich tun«, sagte Iolith. »Ich habe dir diese Macht verliehen, du kannst sie nicht gegen mich verwenden.«

»Das werden wir sehen.« Er tat einen Schritt auf sie zu.

Ioliths Atem stockte, als sie sah, wie sie ihre Erinnerungen in Form von schimmernden Nebelfetzen verließen und auf Dravits Hand zu schwebten.

»Hör auf!«, verlangte sie mit erstickter Stimme. »Wenn du das tust, wird niemand in ganz Avendar dem Winter Einhalt gebieten können. Niemand wird dadurch etwas gewinnen! Niemand wird ...« Sie sank auf die Knie, die Essenz der Erinnerungen sammelten sich auf Dravits Hand und er schloss sie darin ein.

Als das Eis meine Augen endgültig erreicht hatte, wurde das Bild von Dravit und der am Boden kauernden Iolith verzerrt. Ich war nicht mehr fähig, auch nur zu blinzeln, spürte meinen Körper nicht mehr und konnte nicht einmal mehr atmen. Mir blieben nur noch meine Gedanken, aber selbst die verstummten allmählich. Mein Sichtfeld verengte sich, alles um mich herum verblasste und wurde nur noch einmal aufgehellt, als Dravit die genommenen Erinnerungen endgültig in seiner Hand zerquetschte, sie kurz aufblitzten und dann verstummten. Genau wie meine Gedanken. Alles, was blieb, war ein Summen. Ein leises Lied, das mich in die Dunkelheit begleitete.

Ein Lächeln so sanft,
das Haar Ebenholz,
der Glanz deiner Augen den Sternen so nah.
Am Abend der Wind,
trägt dein Lied mit sich mit.
Du singst von den Sommern am Schloss Avendar.

Meine Knie wurden weich und ich sackte zu Boden. Ich konnte wieder etwas erkennen, wenn auch nicht viel. Nasses Parkett, weiter nichts. Ich spürte meinen Körper kaum und mein Atem ging so flach, dass sich mein Brustkorb nur unmerklich hob. Aber ich spürte und ich atmete. Ich war am Leben.

Ich lag in Dravits Armen, der mit mir zu Boden gesunken war, mich festhielt und leise summte. Er summte unser Lied. Sein Kopf ruhte auf meinem und seine Tränen rannen mir über die Stirn.

Ich blinzelte. »Dravit?«

»Du lebst!«, stieß er aus. Er schob mich ein Stück weit von sich und schaute mich direkt an, als müsse er sich davon überzeugen, sich nicht geirrt zu haben. Mir fiel sofort auf, dass seine Haut wieder an Farbe gewonnen hatte. Seine Hände fühlten sich warm an, die weißen Strähnen waren aus seinem Haar verschwunden. Nur sein linkes Auge hatte noch immer die Farbe von Eis, während in dem anderen ein unstillbares Feuer loderte.

»Ist der Fluch gebrochen?«, fragte ich.

Er lächelte. »Wie es scheint.«

Dann küsste er mich. Sanft und zärtlich – wie der erste Sonnenstrahl nach einem langen Winter. Alles fühlte sich mit einem Mal leicht an. Als wäre das, was hinter uns lag, nur eine ferne Erinnerung und nichts, was noch kommen würde, konnte uns etwas anhaben.

Erst als es um uns herum lauter wurde, löste er sich von mir. Gemurmel und das Rascheln von Kleidern waren zu hören. Wir schauten uns um und mein Herz machte einen Freudensprung, als ich sah, dass die Gäste aufgetaut waren. Der Fluch hatte ihnen nicht das Leben genommen, wie ich geglaubt hatte. Auch Dravit wirkte erleichtert.

Er half mir auf die Beine.

»Wo ist Iolith?«, fragte ich.

»Dort vorne.« Er nickte in Richtung einer Frau, die ich erst auf den zweiten Blick wiedererkannte. Ihre Haare waren nicht mehr weiß, sondern golden und ihre Haut nicht mehr so blass wie zuvor. Sie saß am Boden, schaute sich verwirrt um und wirkte dabei ganz unschuldig. Wie ein kleines Mädchen, das sich verlaufen hatte. Und eigentlich war sie das doch die ganze Zeit gewesen: ein verirrtes Mädchen.

Eine Schlosswache trat an uns heran. »Eure Hoheit, geht es Euch gut?«, fragte er. Dabei wirkte er selbst, als könnte er jemanden gebrauchen, der ihn stützte. Wie bei allen anderen im Tanzsaal war seine Kleidung vom Schmelzwasser durchnässt und seine Beine wackelig.

»Ja, es geht schon«, versicherte Dravit.

»Wisst ihr, wo die Königin ist?«, fragte der Wachmann.

Dravits Gesicht erhellte sich. Es musste ihm erst in dem Moment klargeworden sein, dass auch seine Mutter noch am Leben war. »Ja, ihr geht es ebenfalls gut, schätze ich. Ich werde gleich nach ihr sehen. Kümmere dich derweil gut um diese Frau.« Er deutete auf Iolith. »Bewacht sie gut. Sie ist verwirrt und erinnert sich an nichts mehr.«

»Damit ist sie nicht die einzige«, meinte der Wachmann und schaute sich um. »Es gab einen Ball, vermute ich?«

Offenbar wusste niemand mehr, was Iolith getan hatte. Wahrscheinlich war das auch besser so.

»Es wird sich alles aufklären«, versprach Dravit. »Du hast deine Befehle.«

»Jawohl, Eure Hoheit!« Der Mann salutierte, Dravit nickte knapp und schlang dann seinen Arm fester um mich. »Kannst du laufen?«

»Ich denke schon«, versicherte ich ihm.

Dravit half mir zur Terrassentür und ich ließ mich gerne von ihm halten. Am liebsten hätte ich ihn nie wieder losgelassen.

Ich hob die Hand, um mich vor dem Licht zu schützen, als wir nach draußen traten. Warm kitzelte mir die Sonne auf der Haut. Sie brach durch meine gespreizten Finger und zwang mich zu blinzeln. »Es ist ja Tag«, stellte ich fest. »Wie lange war ich eingefroren?«

»Ich hätte auch geglaubt, dass wir noch tiefe Nacht haben«, meinte Dravit. »Es muss mehr Zeit vergangen sein, als ich es im Gefühl hatte.«

Ich gewöhnte mich allmählich an die Helligkeit, senkte meine Hand und jeder Zweifel, dass der Fluch gebrochen war, verflog augenblicklich. Vor mir lagen die Schlossgärten nicht länger unter Schnee und Eis. Ich konnte beobachten, wie das Tauwasser versickerte, als würden keine Sekunden, sondern Tage vergehen. Es schien beinahe, als würde die Zeit nachholen wollen, was der Fluch ihr geraubt hatte; so konnte ich mitansehen, wie Gras spross, Blumen aus der Erde brachen, sich Blätter an Büschen und Bäumen auffalteten und alles um uns herum in sattes Grün getaucht wurde. Vögel zwitscherten, Sonnenlicht glitzerte auf den letzten, verblieben Tautropfen und die sommerliche Wärme trieb mir die restliche Kälte aus dem Körper. Dravit wandte sich mir zu, ich schaute zu ihm auf und lächelte. Alles, was mich noch an die vergangenen Monate erinnerte, war sein eisblaues Auge. Ich hob die Hand, legte sie an seine Wange und versank in seinem Blick. Mein Herz schlug schneller, wenn er mich auch nur anschaute. Dann war es, als würde es singen wollen, als würde die Zeit stillstehen und alles um uns herum diesem Lied tief in mir lauschen.

Er beugte sich zu mir vor, hielt aber inne, als Schritte zu hören waren und wandte sich dem Garten zu. Die Königin durchquerte mit straffer Haltung den Kräutergarten und kam direkt auf uns zu. Dravit ergriff meine Hand und drückte sie fest.

»Komm«, forderte er mich auf und wir verließen die Terrasse. Vor der Königin angekommen wirkte er mit einem Mal ganz ernst. Er deutete eine Verbeugung an.

»Mutter«, grüßte er sich steif.

»Ist der Fluch gebrochen?«, fragte sie ohne Umschweife.

Dann konnte sie sich also erinnern? Was war dann mit meinen Eltern?

Wussten sie noch, was geschehen war? Der Gedanke ließ mich unruhig werden. Ich wollte unbedingt nach ihnen sehen.

»Das ist er«, bestätigte Dravit.

Die Königin atmete erleichtert durch, dann packte sie ihren Sohn unverhofft und zog ihn fest an sich heran. Dravit wirkte noch geschockter als bei ihrer Umarmung im verborgenen Garten. Mit weit aufgerissenen Augen starrte er ins Leere.

»Ich bleibe dabei, dass das alles meine Schuld war«, sagte sie, schob ihn von sich und legte ihre Hände an seine Wangen. Beinahe, als hätte sie vergessen, wie er aussah, schaute sie ihn lange an und studierte jedes Detail an ihm. »Irgendwann in den letzten Jahren habe ich vergessen, dass ich nicht nur Königin, sondern auch Mutter bin. Ich habe es als meine Pflicht angesehen, dich zu einem König zu erziehen, genau wie es meine Pflicht ist, mich um die Belange Avendars zu kümmern. Dabei ist es ein Privileg, deine Mutter zu sein und das hätte ich dir an jedem einzelnen Tag zeigen müssen. Ich hätte dir sagen müssen, dass ich dich liebe, mein Sohn. Hörst du? Ich liebe dich.«

»Ich …« Dravit stockte.

»Schon gut«, sagte sie und zog ihn wieder an sich heran.

Diesmal war es anders. Dravit war nicht mehr steif und angespannt wie zuvor. Er erwiderte ihre Umarmung und schloss die Augen. »Ich liebe dich, Mutter«, sagte er leise.

Die Königin atmete tief durch. Sie ließ seine Worte auf sich wirken, dann fiel ihr Blick auf mich. »Und jetzt stell mir deine Begleiterin vor«, forderte sie ihn auf.

Dravit trat einen Schritt von ihr zurück und neben mich. Er nahm meine Hand und drückte sie an seine Brust, sodass ich spüren konnte, wie sein Herz pochte.

»Ich verstehe«, sagte die Königin, hob eine Braue und musterte mich von oben bis unten. »Deine Wahl hätte weitaus schlechter ausfallen können, wie sich in den letzten Monaten gezeigt hat. Ich werde mich eurem Glück bestimmt nicht in den Weg stellen.«

»Habt Dank!«, sagte ich und knickste vor ihr.

Mein Herz überschlug sich beinahe und ich musste mich zwingen, nicht zu hüpfen und der Königin vor Freude in die Arme zu springen.

»Malin!«, rief jemand.

Ich schaute mich um und entdeckte meine Eltern.

»Mutter!«, rief ich, rannte zu ihr und fiel ihr in die Arme. Vater umarmte uns beide und drückte mich dabei so fest an sich, dass ich kurz vom Boden abhob.

»Gott sei Dank geht es dir gut!«, sagte Mutter, nachdem uns Vater wieder abgesetzt hatte.

»Wir waren auf der Flucht vor dieser Hexe schon auf dem halben Weg ins Tal, als die Erinnerungen zurückgekommen sind«, erzählte Vater.

»Warum hast du uns nichts gesagt?« Mutter strich mir ein paar Strähnen hinters Ohr. »Es muss doch schrecklich für dich gewesen zu sein, dass wir dich wie eine Fremde behandelt haben.«

»Aber das habt ihr nicht!«, stritt ich ab. »Ihr habt mir das Gefühl gegeben, zuhause zu sein, noch bevor ich mich wieder erinnern konnte.«

Mutter presste die Lippen zu einer schmalen Linie zusammen und zog mich wieder an sich. »Ich hoffe, diese Hexe hat ihre wohlverdiente Strafe erhalten. Den Hintern hätte man ihr versohlen sollen.«

Mühsam befreite ich mich aus ihren etwas zu festen Griff. »Ich will euch Dravit vorstellen«, sagte ich, nahm sie bei den Händen, während sie noch verwirrte Blicke austauschten, und zog sie zu ihm und der Königin.

»Königliche Hoheit, Eure Majestät!«, begrüßte Vater die beiden und verbeugte sich.

Mutter knickste und gab mir einen Stoß mit dem Ellbogen. »Du schuldest uns ein paar Erklärungen«, flüsterte sie mir zu. Allerdings nicht leise genug, als dass Dravit sie nicht gehört hätte.

Er reichte mir seine Hand. »Vor allen Dingen schuldet ihr ganz Avendar Dank dafür, dass wir vom Winterfluch befreit wurden. Ich für meinen Teil verdanke ihr noch weit mehr – begonnen mit meinem Herzen, bis hin zu meinem Leben.« Er deutete einen Handkuss an, schaute dabei zu mir auf und lächelte, dass mein Herz höherschlug.

Vor der Königin wäre es wahrscheinlich angebracht gewesen, Zurückhaltung zu zeigen, aber dazu war ich nicht fähig. Ich grinste breit von einem Ohr zum anderen und sprang ihm in die Arme, kaum dass er sich aufgerichtet hatte.

Dravit nutzte meinen Schwung, hob mich an der Hüfte über seinen Kopf und wirbelte im Kreis, während er mich in seine Arme sinken ließ. Als meine Füße den Boden berührten, strich er mir zärtlich über die Wange und küsste mich.

Neben uns räusperte sich die Königin. »Wie wäre es mit einem kleinen Spaziergang durch die Schlossgärten?«, schlug sie meinen Eltern vor. »Gönnen wir den beiden etwas Zeit für sich.«

»Sehr gerne«, sagte Mutter.

Nur am Rande bekam ich mit, wie uns die drei alleinließen. Meine ganze Aufmerksamkeit galt Dravit und die seine galt mir. Wäre es nach mir gegangen, hätte ich den Blick nie wieder von ihm gelassen. Noch einmal wollte ich ihn nicht verlieren, nicht einmal für den Bruchteil eines Augenblicks. Nie wieder.

EPILOG

In bodenlangem Nachtgewand stand ich vor dem Spiegel und kämmte mir mein Haar. Ich wohnte nicht länger mit meinen Eltern zusammen in dem kleinen Zimmer bei den Räumen der Angestellten, sondern im Ostflügel des Schlosses, nicht weit von Dravits Gemächern entfernt. Hier stand ein Himmelbett, gleich neben mir eine wuchtige Frisierkommode und an die Räumlichkeiten grenzte sogar mein eigenes Badezimmer. Obwohl mir das alles gehörte, vermisste ich es meinen Eltern nah zu sein und auch die Zeit mit meinen Freunden im Aufenthaltsraum der Dienerschaft, in der Küche und am Hof fehlte mir sehr. Ich konnte aber gut verstehen, warum Mutter und Vater das Angebot der Königin, fortan im Schloss zu leben, abgelehnt hatten. Sie liebten ihre Arbeit und hätten ohne sie nichts mit ihrer Zeit anzufangen gewusst.

Wenigstens Tami war noch bei mir. Sie war meine Zimmerdame und Iolith hatte ihren Platz in der Küche eingenommen. Ich war mir sicher, dass Katherin mit ihr umzugehen wusste und Mutter ihr die liebevolle Strenge zukommen ließ, die sie brauchte, um ihren Platz in der Welt zu finden. Da all ihre Magie in den Winterfluch geflossen war, stellte sie auch keine Gefahr mehr da.

Es hatte nur wenige Wochen gedauert, bis der Fluch auch in den hintersten Ecken Avendars der Vergangenheit angehörte, der Sommer zurückgekehrt war und die Felder in voller Pracht standen. Die Kunde über alles, was geschehen war, hatte sich schnell verbreitet. Man sang bereits Lieder über den Achatkrieger und die böse Königin des Winters. Noch in hundert Jahren und weit darüber hinaus würde man sich diese Geschichte erzählen. Bis dahin würde es sie wahrscheinlich in unzähligen Varianten geben. Ich hoffte, dass Iolith in der einen oder anderen Erzählung auch besser wegkam, denn ich glaubte noch immer fest daran, dass sie im Grunde ein gutes Herz hatte, das bloß von Eis bedeckt gewesen war. Es wäre wohl alles anders gekommen, hätte sie jemand geliebt.

»Was stehst du da rum?«, fuhr mich Tami an.

Ich war so in Gedanken gewesen, dass ich ihr Eintreten gar nicht mitbekommen hatte.

»Ich stehe nicht rum, ich käme mir mein Haar.«

Tami verengte den Blick, kam zu mir gestapft und zerrte mich zur Frisierkommode. »Du sorgst noch dafür, dass meine Anstellung überflüssig wird. Für sowas bin ich jetzt zuständig!«

»Ich werde mir doch wohl noch die Haare kämmen können«, sagte ich lachend.

»Aber das musst du jetzt nicht mehr«, meinte Tami und deutete auf den Hocker vor der Kommode.

Es klopfte und jemand schob die Tür auf. Dravit steckte seinen Kopf in meine Gemächer, sah mich und lächelte.

Tami schnappte aufgebracht nach Luft. »Was fällt Euch ein!«, fuhr sie ihn an. »Malin ist noch im Schlafgewand.«

»Schon gut«, wiegelte ich ab und lief zu ihm.

Er schloss die Tür hinter sich und ich ging auf die Zehenspitzen, um ihn zu küssen. Sein Blick fiel auf das Tanzkleid, dass mir Tami bereits rausgelegt hatte.

»Wollen wir ausreiten?«, fragte er.

»Was ist mit dem Ball?« Es war zwar noch früh, aber das Kleid musste angepasst werden, Tami hatte bereits verkündet, dass die Frisur, die sie für mich vorgesehen hatte, Stunden in Anspruch nehmen würde und ich hatte der Königin versprochen, mich zu einem Tee bei ihr einzufinden.

»Für einen Ausritt haben wir sicher noch Zeit«, versprach Dravit.

»Ganz bestimmt«, pflichtete Tami ihm bei.

Von ihr hätte ich die gegenteilige Aussage erwartet. Stattdessen ließ sie mir gar nicht erst die Zeit über Dravits Vorschlag nachzudenken. Sie lief zum Schrank und suchte mir Reitkleidung zusammen.

»Alles gut«, stimmte ich zu. »Aber du erklärst das der Königin.

»Schon erledigt«, sagte er und küsste meine Stirn. »Wir treffen uns auf dem Hof.«

»Sobald ich angezogen bin«, versprach ich.

Jedes Mal, wenn er mich wieder allein ließ, vermisste ich ihn, kaum dass sich unsere Blicke nicht mehr trafen. Ich wusste, dass wir den Rest unseres Lebens Zeit füreinander haben würden, fühlte mich aber dennoch von ihm getrennt. Wir teilten ja nicht einmal gemeinsame Gemächer und das würde sich auch nach unserer Hochzeit nicht ändern. Die Krone hatte bereits zwischen uns gestanden, als ich noch eine Magd gewesen war und er eine Adlige heiraten sollte – und das tat sie noch immer. Die wenigen Momente zu zweit vergingen einfach viel zu schnell und wurden weniger, je mehr Pflichten er sich auflud. Umso mehr freute ich mich auf den Austritt.

Tami half mir mich umzuziehen, band mir Zöpfe und begleitete mich auf den Hof. Dort wartete Dravit bereits mit Juros.

Verwundert schaute ich mich um. Beim letzten Mal, als wir gemeinsam ausgeritten waren, hatte die Königin auf eine Kutsche bestanden und uns Wachen zur Seite gestellt. Nicht nur, dass Dravit diesmal allein war, er trug auch seinen grünen Lodenumhang, wie bei unserem Ausflug auf den Wochenmarkt. Juros war mit prallgefüllten Satteltaschen beladen und neben ihm stand auch kein zweites Pferd.

Tami legte ihre Hand auf meine Schulter. »Ich werde dich vermissen«, sagte sie.

Aus der Küche traten Mutter, Katherin, Rey und Finn ins Freie. Vater stand im offenen Tor zum Pferdestall. Hinter mir tauchte die Königin auf.

»Wieso …«, begann ich Tami zu fragen.

Sie nickte in Dravits Richtung. »Geh zu ihm«, forderte sie mich auf.

Verwirrt wie ich war, nahm ich die Stufen nach unten und eilte zu Dravit. »Was geht hier vor sich?«

»Eine Freundin hat mir mal geraten, meine Pflichten zu vergessen, das Schloss zu verlassen und Avendar als Barde zu bereisen. Ich nehme mir diesen Rat zu Herzen, Malin. Weiter nichts.«

»Aber, wieso ...?« Ich drehte mich im Kreis, schaute zu Vater, zu Mutter und zur Königin. Sie waren eingeweiht, nur ich nicht? »Was ist mit der Krone?«

»Die kann warten«, versprach er. »Ein Jahr, vielleicht zwei. Wir kehren zurück, wenn wir so weit sind.«

»Wir?«

Er lachte. »Dachtest du, ich lasse dich hier zurück?«

»Ich dachte, dass du mich in solche Entscheidungen einweihen würdest, bevor ich vor vollendete Tatsachen gestellt werde.« Ich stemmte die Fäuste in meine Hüften.

»Deine Mutter war fest davon überzeugt, dass du dich nicht von Zuhause trennen könntest, wenn dir eine Wahl bleibt. Da ich aber nicht bleiben und auch nicht ohne dich sein kann, sah ich nur diese Möglichkeit.« Er beugte sich zu mir vor und sprach mit gesenkter Stimme weiter. »Zugegebenermaßen war es nicht leicht deinen Vater zu überzeugen. Immerhin sind wir noch nicht verheiratet. Nach unserer Hochzeit sind wir jedoch König und Königin – mit allen Pflichten, die damit einhergehen. Dazu bin ich noch nicht bereit. Also, was sagst du? Wirst du auch dann an meiner Seite bleiben, wenn ich bloß ein umherziehender Barde bin?«

Ich lächelte, ich strahlte regelrecht. »Immer«, versprach ich und fiel ihm um den Hals.

Dravit küsste mich, dann ergriff er meine Hüften und hob mich mühelos in den Sattel.

»Ich will mich noch verabschieden!«

»Das kannst du!«, versprach Mutter. Sie und auch die anderen waren näherkommen. Ich ergriff ihre Hand, Vater tätschelte liebevoll mein Knie.

»Ich werde euch so vermissen«, sagte ich. »Euch alle!«

»Wir dich auch!«, rief mir Tami zu.

Meine Gefühle sprudelten regelrecht über. Ich war hin und hergerissen zwischen Glücksgefühlen und Aufregung und der Angst vor dem Fremden – davor mein Zuhause zu verlassen und ein neues Abenteuer zu beginnen.

Ich winkte zum Abschied. Dravit schwang sich hinter mir in den Sattel, trieb Juros an und legte seinen Arm um meine Hüfte. Er war mir so nah, dass ich sein Herz pochen spürte. Ruhig, kräftig und voller Zuversicht. Meine Ängste ebbten ab. Was blieb, war die Vorfreude auf das, was uns erwartete und ich richtete meinen Blick nach vorne.

Mit Dravit an meiner Seite fühlte sich jedes Abenteuer leicht an. Durch ihn wurde alles um uns herum zur Musik und die Welt zu einer Bühne, die ich tanzend im Sturm erobern wollte. Und mein Herz tanzte bereits. Es tanzte, zu dieser einen, vertrauten Melodie.

Ein Lächeln so sanft,
das Haar Ebenholz,
der Glanz deiner Augen den Sternen so nah.
Am Abend der Wind,
trägt dein Lied mit sich mit.
Du singst von den Sommern am Schloss Avendar.

DANKSAGUNG

Mein Dank geht an die mir unbekannte Person, die ein Video mit Kalimba-Musik geteilt und dadurch meine Aufmerksamkeit auf dieses wundervolle Instrument gelenkt hat. Ich weiß nicht, wer du bist und du weißt nicht, dass ich dir die Inspiration für dieses Buch verdanke. Nichtsdestotrotz stehe ich in deiner Schuld. Wir dürfen nie vergessen, dass es oft die kleinen, unscheinbaren Taten sind, die viel bewirken können, auch wenn wir manchmal das Gefühl haben, nichts zu bewegen.

DIE MACHT DER GEFÜHLE
TAUCH EIN IN ROMANTISCH-FANTASTISCHE GESCHICHTEN.
I M P RE E S S
#IMPRESSBOOKS
ALLES VON IMPRESS HIER:
IMPRESSBOOKS.DE

Romantische Märchenadaptionen

Jennifer Alice Jager
BEING BEASTLY. DER FLUCH DER SCHÖNHEIT
ISBN 978-3-551-30076-8
Softcover
Auch als E-Book erhältlich

Als die schöne Valeria erfährt, wen sie heiraten soll, ist ihr wohlbehütetes Leben auf einen Schlag vorbei. Graf Westwood benimmt sich mehr wie ein Biest als ein Mann von Stand. Doch dann stößt Valeria auf magische Windlichter, die ihr einen ganz anderen Grafen zeigen …

Jennifer Alice Jager
PRINZESSIN FANTAGHIRO. IM BANN DER WEISSEN WÄLDER
ISBN 978-3-551-30121-5
Softcover
Auch als E-Book erhältlich

Fantaghiro ist nicht nur die Jüngste von drei Königstöchtern, sondern auch die Wildeste. Tagtäglich setzt sie sich über alle Regeln des Hofs hinweg und streift oft stundenlang in den verbotenen Weißen Wäldern umher. Bis sie plötzlich nur mit einem Stock bewaffnet dem gut aussehenden Schwertkämpfer Alessio gegenübersteht …

Jennifer Alice Jager
DIE NACHT DER FALLENDEN STERNE
ISBN 978-3-551-30122-2
Softcover
Auch als E-Book erhältlich

Niemals trüben Wolken den Blick auf das Firmament des Landes Havendor. Der Mond leuchtet stets und die Sterne flüstern sich Legenden über den silbernen Thron der alten Könige zu … Als direkte Nachfahrin und rechtmäßige Regentin hat Luna die Erzählungen schon immer geliebt, aber nie geglaubt. Bis eines Nachts die Sterne vom Himmel fallen und zu Männern werden – den Kriegern der Mondkönigin.

IMPRESS

WWW.IMPRESSBOOKS.DE

Impress
Die Macht der Gefühle

Impress
Ein Imprint der Carlsen Verlag GmbH
November 2021

Lektorat: Rebecca Steltner
Umschlagbild: shutterstock.com / © Paradise studio / © ganjalex / © MilousSK / © Kichigin / © Diego Alfonso Carranza / © Tamara Kulikova / © MVolodymyr / © Runrun2 / © Roy photo
Umschlaggestaltung: Vivien Summer
ISBN 978-3-551-30442-1
www.impressbooks.de